MICHAEL WALLNER

Der Flug nach Marseille

Michael Wallner

Der Flug nach Marseille

Roman

Luchterhand

MIX
Papier aus verantwortungsvollen Quellen
FSC® C014496

Verlagsgruppe Random House FSC® N001967

1. Auflage

Neumarkter Str. 28, 81673 München
Umschlaggestaltung: buxdesign | München unter
Verwendung eines Motivs von © ClassicStock/Corbis
Satz: Uhl + Massopust, Aalen
Druck und Einband: GGP Media GmbH, Pößneck

Printed in Germany
ISBN 978-3-630-87474-6

www.luchterhand-literaturverlag.de
www.facebook.com/luchterhandverlag
www.twitter.com/luchterhandlit

Dank an K. für ein Jahr voll Inspiration

Erster Teil

I

Es war Herbst, und der Krieg war verloren. Vier Jahre währte das Sterben schon, Entbehrung, Erschöpfung und Trauer gingen durchs Land. Dabei waren die jungen Männer im Sommer 1914 voll Zuversicht und Begeisterung ins Feld gezogen, zugleich erfüllt von einem unheimlichen Hochmut. Der Sieg schien eine Sache von Wochen, schlimmstenfalls Monaten zu sein. Rasch hatte sich jedoch abgezeichnet, dass das große Schlachten so bald kein Ende nehmen würde. Aber es musste enden, wenn nicht alles zugrunde gehen sollte. Da weder die Regierung noch das Militär fähig waren, diesen Krieg zu verkürzen, musste das Volk selbst die Sache in die Hand nehmen. Es musste aufbegehren und sich verweigern.

Im November 1918 wurde ausgerechnet das beschauliche München besonders heftig von den Stürmen der Zeit gepackt. Man hatte König Ludwig III. abgesetzt und verjagt. Am 7. November verkündete eine Proklamation: »Bewohner von München, unter dem fürchterlichen Druck innerer und äußerer Verhältnisse hat das Proletariat die Fesseln mit gewaltiger Anstrengung zerrissen und sich jubelnd befreit. Ein Arbeiter- und Soldatenrat ist gegründet, der die Regierung in sicherer Hand hat. Es lebe der Frieden! Nieder mit der Dynastie!«

Eine neue Zeit war angebrochen.

Es dämmerte schon, als Julie Landauer von der Ludwigstraße kommend Richtung Innenstadt lief. An der Feldherrnhalle sprach ein Matrose und rief dazu auf, alle Kriegshandlungen einzustellen. Vom Hofgarten zogen bewaffnete Revolutionäre vorbei, in ihrer Mitte Zivilisten; man zwang sie, die Hände über dem Kopf zusammenzulegen. Julie lief weiter. Dort stand eine Gruppe von Wartenden, eine Versammlung war einberufen worden, die Leute wirkten unruhig und ängstlich, dabei aggressiv. Julie blieb nicht stehen. Sie hatte gerade eine Patientin verloren, eine Frau Anfang dreißig. Typhus, so lautete die Befürchtung des Stationsarztes. In München gab es offiziell keinen Typhus. In Wirklichkeit war diese Frau einsam und lautlos an einer Krankheit gestorben, die es in Bayern angeblich auch nicht gab: Hunger.

Julie Landauer lief schneller. Sie war neunundzwanzig Jahre alt, hatte helles Haar, das sie wegen der Locken meistens zu einem Knoten zusammenfasste. Ihre grünen Augen konnte man fröhlich nennen, vielleicht auch frech. Ihr ungeschminkter Mund war zu breit, ihre Stimme ein wenig heiser. Ihr Gang hatte etwas Selbstverständliches. Julies Figur war weiblich, selbst im Ärztemantel fiel das auf. Sie liebte Ehrlichkeit und war überrascht, wie oft sie in ihrem Beruf lügen musste. Sie weinte um Tiere und durfte nicht weinen, wenn Menschen unter ihrer Hand starben. In den vier Kriegsjahren hatte sie diejenigen, die mit dem Leben davongekommen waren, nicht immer als die Glücklicheren empfunden. Julie hatte gelobt, zum Wohl der Kranken zu wirken, und schämte sich, wie hemmungslos sie ihre eigene Lust auslebte. Julie war unterwegs zu ihrem Geliebten.

Sie war fast bei der Frauenkirche angelangt, als plötzlich die Glocken zu läuten begannen. Es war nicht die volle Stunde, es war kein gewöhnlicher Glockenschlag, das war ein Dröhnen aus dem Himmel. Wer missbrauchte die Glocken für seine Zwecke? Julie wechselte ihre Tasche in die andere Hand. Eine Gruppe von Männern näherte sich, auch sie schauten zu den Türmen hinauf. Gigantisch war das Lärmen, finster drückten die Zwiebeltürme des Doms auf das Kirchenschiff. Die Männer gerieten ins Licht einer Laterne, Julie bemerkte einen mit schwarzweißem Haupt. Ascheflocken hatten sich in sein dunkles Haar gesetzt. »Wer läutet Sturm?«, rief er über das Dröhnen hinweg.

Julie war bereits an der Kirche vorüber, als von der Löwengrube her Schüsse fielen. Ein Haustor sprang auf, aber keiner rannte heraus. Darauf eine unheimliche Stille. Die Gruppe der Männer wusste nicht, was zu tun sei, hilflos standen sie vor dem dunklen Tor; es mutete an wie das Unheil selbst. Julie wollte fort, da hörte sie von drinnen die Schreie. Schreie, die nicht gleich wieder enden würden, Schreie der Todesangst.

Sie schaute an sich hinunter, ihre Jacke, die alten festen Schuhe, sie hörte ihren Atem ein- und ausströmen und ballte die Faust. Jeder, der jetzt dort hineingehen würde, war verrückt. Die Schreie wurden verzweifelter. Julie tat die ersten Schritte auf das Tor zu. »Kommen Sie«, sagte sie zu den Männern. Als diese stehenblieben, hob sie ihre Tasche. »Helfen Sie mir. Ich bin Ärztin.«

Der mit dem schwarzweißen Kopf rührte sich als Erster.

Im Gaslicht blitzte etwas auf, das war nicht der Verschluss eines Gewehres, Julie erkannte die Spitze eines Regenschirmes. Wer lief mit Regenschirm durch das revoltierende München, wer wappnete sich damit, wenn Kirchenglocken Volkssturm läuteten? Wider Willen musste sie lächeln.

»Gehen Sie wirklich da hinein?« Er hatte ein feines Gesicht, ähnlich einem jungen Russen, hohe Wangenknochen, helle, kluge Augen. Er trug einen guten Anzug, anders als die schweren Jacken, die man heute überall sah. »Haben Sie keine Angst?«, fragte er. »Das könnte blutig werden.«

»Das ist es schon«, antwortete sie.

Er hob den Schirm wie eine Lanze. »Lassen Sie mich wenigstens vorgehen.«

Ein düsterer Innenhof, ein Schuppen zur Linken, viele verschlossene Türen. Julie und der Mann liefen dicht nebeneinander. Das Schreien war einem trostlosen Weinen gewichen. Julie zeigte auf eine eisenbeschlagene Tür, von dort kam es. Der Mann drehte sich nach seinen Begleitern um, keiner war ihnen gefolgt.

»Vorsicht«, sagte Julie, als er frontal vor die Tür trat. »Bücken Sie sich, falls die von drinnen schießen.« Sie ging seitlich in Deckung und begutachtete das Schloss. Die Tür war nur verriegelt. »Geben Sie mir Ihren Schirm.«

Der Mann sank auf die Knie und bemühte sich, den Riegel zurückzuschieben. Kaum war das geringste Geräusch zu hören, ging drinnen das Geschrei von neuem los. Der Riegel klemmte, Julie kam dem Knienden zu Hilfe, bis die Tür nachgab. Als hätte ein Säbelhieb es durchschlagen, verstummte das Schreien. Nicht das geringste Licht fiel in den Raum. Julie hörte etwas knistern, der Mann holte Streichhölzer hervor. Zwei fielen zischend zu Boden, das dritte zündete. Im flackernden Schein sahen sie die unheimlichen

Gestalten. Sie hockten in den Ecken, verkrochen sich in den letzten Winkel, es waren vier.

»Nicht mich«, flüsterte einer, die erloschene Zigarette im Mundwinkel. »Nicht mich.«

Eine Frau lag wie leblos da, zwei Soldaten in abgetragenen Uniformen kauerten nebeneinander. Ein alter Mann trug die Jacke eines Dienstmannes. »Ich habe nur ein Plakat abgerissen«, rief er, als Julie mit dem Regenschirm eintrat. »Ich weiß überhaupt nicht, was draufstand. Es hat geregnet, da wollte ich mit dem Plakat meinen Wagen zudecken.«

»Nicht erschießen«, sagte die liegende Frau.

»Es ist keiner mehr da, der Sie erschießen könnte«, sagte Julie. »Stehen Sie auf.«

»Er kann nicht.« Der eine Soldat zeigte auf den anderen. Der hatte den Kopf abgewandt.

Julie kannte Hiebe von Gewehrkolben. Es war eine schlimme Metzgerei, so einen zerschundenen Kopf wieder zusammenzuflicken. Diesem Mann hatten sie mit dem Kolben das halbe Gesicht eingeschlagen.

»Wann werden die Menschen aufhören, einander zu quälen, zu martern, zu morden?«, sagte der Mann an ihrer Seite. Er stand dicht bei Julie, seine Augen waren geweitet, und wenn sie sich nicht täuschte, waren sie feucht.

»Wahrscheinlich nie«, antwortete sie mit müder Stimme.

Plötzlich setzte draußen das Dröhnen aus. Das Geläute endete nicht schlagartig, wie es begonnen hatte, die ausschwingenden Glocken verklangen wie der Donner eines abziehenden Gewitters. Langsam und unsicher, als ob sie ihre Bewahrung vor dem sicheren Tod noch nicht glauben könnten, kamen die Menschen hoch.

»Helfen Sie ihm«, sagte Julie zu dem Mann, dessen Regenschirm sie immer noch in der Hand hielt. Der Soldat stellte seinen Kameraden auf die Beine, der Kopf des Verwundeten pendelte hin und her. »Er muss ins Krankenhaus.« Julie trat ins Freie.

Inzwischen waren die übrigen aus der Gruppe von der Straße ebenfalls auf den Hof gekommen. Sie hatten den Schuppen geöffnet und die Leichen eines Mannes und einer Frau gefunden. Die Toten waren offenbar dort hineingestoßen und exekutiert worden.

»Wer hat den Befehl zur Erschießung gegeben?«, fragte der Mann neben Julie.

»Nicht die Roten«, sagte einer der Befreiten, die von den anderen Männern umringt wurden.

Von der Straße hörte man betrunkenes Grölen. »Nieder mit den Wittelsbachern!«, rief einer. »Nieder! Hoch! Hoch die Wittelsbacher! Nieder mit den Hohenzollern!« Seine Schmähruse verwirrten sich, während er sich entfernte.

Unterdessen erwartete Julie das Eintreffen der Polizei.

»Ich heiße Kupfer«, sagte der Mann mit dem schwarzweißen Haar.

Auch sie nannte ihm ihren Namen und gab ihm den Regenschirm zurück.

2

Die bemalten Holzklötze stellten einen Wagen dar. Karl Kupfer beobachtete, wie sein kleiner Sohn ihn über den Boden bewegte. Dabei benutzte er die Rillen der Dielen als Schienen. Das Holzmännchen, das er daraufgesetzt hatte, trug weder Pickelhaube noch Uniform, sondern Zivil. Karl ermunterte den Buben, mit Dingen zu spielen, die nichts mit der Wirklichkeit zu tun hatten, also nichts mit dem Krieg. Dieser Wagen fuhr in Friedenszeiten.

»Ich setze jetzt eine Frau darauf«, sagte Moritz.

Karl streichelte den rotblonden Schopf. Der Junge hatte das Haar seiner Mutter geerbt. Die Linie der pechschwarzen Mähnen, wie sie in Karls Familie häufig waren, wurde mit Moritz durchbrochen.

»Einverstanden. Aber dann geht es ab ins Bett. Es ist schon spät.«

»Die Mama hat mich aufbleiben lassen, bis du zurückkommst.«

»Schon recht.« Karl war müde bis in die Knochen. Er wollte nicht mehr denken und konnte doch nicht anders. Er dachte an die Frau in der Löwengrube und wie furchtlos sie sich auf den Hof gewagt hatte, wo zwei Menschen erschossen worden waren. Sie hatte den Schwerverletzten notdürftig verarztet und die Leichen untersucht. Sie hatte auch mit der Polizei gesprochen. Keiner von Karls Begleitern hatte eine klare Aussage machen können. In der allgemeinen Verwirrung war nur sie sachlich geblieben und ohne jede Furcht. Wie konnte man in Zeiten wie diesen so wenig Angst zeigen? Wie konnte man sich so ungezwungen in die Nähe des Todes begeben? Ihr Verhalten war das Gegenteil von Tollkühnheit, dachte Karl, zeigte aber auch keine Abgestumpftheit, sondern etwas anderes, etwas, das er nach einiger Überlegung für Verzweiflung hielt. Ein unerklärliches Unglück schien über dem Wesen dieser Frau zu liegen. War das allgemeine Elend nach vier Jahren Krieg schuld daran, die Zeitenwende, von der jeder herumgewirbelt wurde? Oder war es ihr persönliches Unglück, eine Wunde, die ihr ganz allein geschlagen worden war? Zugleich war diese Frau voller Humor gewesen; sie hatte sogar, nachdem die Verletzten versorgt waren, einen Witz über Karl gemacht, weil er nur mit einem Regenschirm bewaffnet in die Revolution zog. An ihren Nachnamen konnte er sich nicht erinnern, doch sie hatte ihm gesagt, dass sie Julie heiße. Er hatte den Namen französisch ausgesprochen.

»Nicht *Jülie*«, hatte sie ihn korrigiert, »man spricht es wie den Sommermonat aus.«

»Juli«, hatte Karl gesagt. »Julie.«

Er wandte sich zu seinem Jungen. »So, mein Großer, jetzt werden die Zähne geputzt.«

Er lockte Moritz von den Spielsachen weg, goss Wasser in das Porzellanbecken und öffnete das Zahnpulver. Moritz zog sich selbständig aus, Karl half ihm nur bei den Hosenknöpfen und ließ schließlich das Nachthemd über den schmalen Körper gleiten. Er breitete das rosa Tuch über die Nachttischlampe, was den Raum in ein heimeliges Zauberreich verwandelte. Hier drohte keine Gefahr, in diesem Zimmer gab es keine Angst vor dem Morgen.

Sie beteten zusammen, die kurze Formel, wonach Gott

sie sicher durch die Nacht bringen und sich Moritz' Mutter annehmen sollte. Karl las ihm das Märchen von den drei goldenen Haaren des Teufels vor und blieb noch eine Weile bei seinem Sohn, auch als er schon dessen gleichmäßige Atemzüge hörte. Karl wollte seine Traurigkeit bezwingen, er fühlte sich heute Nacht schrecklich allein. Er drückte den Kleinen und küsste ihn. An der Decke des Kinderzimmers bewegte sich ein gelber Papierfalter, den Moritz seinen *französischen* Schmetterling nannte. Karl hatte nie herausgefunden, was es mit diesem Namen auf sich hatte.

Plötzlich war die Nacht durchdrungen von der Erinnerung an Frankreich. Im herbstlich nebeligen München fühlte Karl die Hitze von damals, er sah sich mit dem riesigen Sonnenschirm hinter Nina herlaufen. Trotz ihrer blassen Haut, die sich beim kleinsten Sonnenstrahl rötete, hatten sie an einem Ort gelebt, wo das ganze Jahr die Sonne schien. Nina musste schallend lachen, als er den Sonnenschirm von der Hotelterrasse stahl und wie ein Page hinter ihr herlief. Sie schlug absichtlich Haken, um ihn abzuschütteln. Karl in weißen Shorts, heiß brannte der Sand unter seinen Sohlen, Nina im bodenlangen flaschengrünen Kleid, das so wunderbar zu ihrem Haar passte. Seit der Zeit in Antibes hatte er sie nie mehr in diesem Kleid gesehen. Damals war Frieden gewesen, dachte er, kaum jemand hatte das Verhängnis kommen sehen, nicht so bald und nicht so endgültig.

Sie waren auf Einladung von Dumarchellier, Ninas früherem Lehrer, nach Antibes gefahren. Sein Haus lag in den Hügeln über der Halbinsel, ein zweihundert Jahre altes Bauernhaus, von violetter Bougainvillea überwachsen. Dumarchellier galt in Frankreich als bedeutender Maler, Karl hatte jedoch bald herausgefunden, dass der braungebrannte Franzose seit Jahren nichts mehr geschaffen hatte. Er gab Meisterklassen, genoss die Bewunderung seiner vorwiegend weiblichen Schüler. Nina und er verstanden sich wie Vater und Tochter. Das Cap am Mittelmeer, Handelsstation der Antike, später frühchristlicher Bischofssitz, von den Grimaldi an Frankreich verkauft, vom französischen König zur Festung ausgebaut – an diesem Ort, in diesem Haus, hatte Karl arbeiten können, wie es ihm in München nie gelungen wäre. Er schrieb an seinen Texten wie im Rausch.

Sie kannten sich damals erst ein paar Monate, Nina studierte in München Malerei bei Habermann, brannte für den *Blauen Reiter* und schwärmte für Kandinsky. Bei der Ausstellung in der Galerie Thannhäuser begegneten sie einander zum ersten Mal. Ninas künstlerische Helden waren sämtlich anwesend: Klee, Macke, Marianne von Werefkin; ein Wunder, dass Nina Karl überhaupt bemerkt hatte. Während er sich mit Kandinsky unterhielt, hatte sie sich dazu gestellt und mitgeredet. Sie merkte, dass Karl sich Notizen machte, und fragte, für welche Zeitung er schreibe.

Nina war pures Feuer. Sie war aus dem langweiligen Düsseldorf davongelaufen, weil sie dazugehören wollte – München, die Kunststadt, München, der Brennpunkt. Das war 1913 gewesen.

Es war so leicht, sich in Nina zu verlieben. Die Maler, denen sie Akt stand, die Studenten, mit denen sie sich die Nächte um die Ohren schlug, jeder liebte Nina. Merkwürdigerweise entschied sie sich für Karl. Weil es ihr bei ihm die Rede verschlagen habe, wie sie sagte, bei ihm brächte sie keinen einzigen geraden Satz heraus, das sei ihr noch nie passiert, also müsse es Liebe sein. Die Heirat fand überstürzt statt. Karls Vater war schuld daran, er hatte sich noch heftiger in die schöne Rheinländerin verliebt als sein Sohn.

Der Vater wollte entweder diese Schwiegertochter oder keine.

Im Schein der Nachttischlampe lächelte Karl. Damals war Frieden gewesen, das Leben hatte weit ausgebreitet vor ihnen gelegen. Bis zu dem Vorfall mit dem französischen Jungen hatte er nicht verstanden, weshalb Nina die Einladung Dumarchelliers zunächst ausgeschlagen und später nur zögerlich angenommen hatte. Wie konnte man einen Besuch im Paradies ablehnen? Im Norden von Dumarchelliers Besitz erhoben sich die Alpen, tief unten sah man die Küste, die jedes malerische Klischee in den Schatten stellte. Farben wie aus einem Traum, ihre Spaziergänge durch das Kastell, die Abende, wenn die Sonne sich mit dem Untergehen lange zierte, bis sie plötzlich ins Meer stürzte. Dumarchellier war eitel und gönnerhaft, die Schläfen grau, der Körper, den er im offenen Hemd gern zur Schau stellte, kräftig. Er kochte gut und war trinkfest. Junge Frauen kamen zu ihm, um etwas zu lernen. Auch Nina war früher als seine Studentin an einer dieser Staffeleien gestanden. Oft blieben er und Nina als Letzte am Tisch, während die anderen und Karl sich schon zu Bett legten.

Ein Junge aus dem Dorf arbeitete manchmal im Haus, sie nannten ihn Pip. Er lud Einkäufe vom Wagen ab, brachte Weinflaschen in den Keller. An jenem Morgen war Karl, seinen ersten Kaffee in der Hand, durch das Atelier geschlendert und hatte die halbfertigen Bilder von Dumarchelliers Schülerinnen betrachtet. Eine Skizze fiel ihm auf, ein umschlungenes Paar am Strand, die Details wurden schicklich von einem wehenden Tuch verdeckt.

»Das ist genau wie bei Monsieur Dumarchellier und Madame Nina«, sagte Pip hinter ihm. Der Junge hatte frisches Brot geholt und wollte in die Küche.

Karl betrachtete die Skizze und versuchte sich vorzustellen, was Pip zusammenfantasierte. »Unsinn. Wir waren seit Tagen nicht mehr am Strand«, antwortete er.

»Nicht am Strand. Im Zimmer von Monsieur.«

Dumarchellier wohnte in einem riesigen Raum unter dem Dach, in der Mitte führte der Schornstein nach oben, um den sich eine Treppe zur Schlafempore wand. »Was sagst du da?«

»Ich habe sie gesehen. So.« Arglos zeigte Pip auf das Bild der nackten Liebenden. Ich habe auf dem Hang hinterm Haus Holz gesammelt. Das Fenster zu Dumarchelliers Zimmer lag direkt vor mir. Da habe ich hineingesehen.«

»Wann?«

»Gestern Nachmittag.«

Karl ließ ihn gehen und stellte den kalt gewordenen Kaffee auf das Fensterbrett. Nachmittags zogen sich die meisten Gäste im Haus zur Siesta zurück, nur Nina lief währenddessen gern in den Wald und machte Skizzen. Der Junge könnte alles Mögliche gesehen haben oder unterschiedliche Ereignisse durcheinanderbringen, dachte Karl. Warum sollte Nina so etwas tun? Sie liebten einander, nicht die kleinste Wolke trübte ihr Glück. Dumarchellier mochte ein Faun sein, dem die bewundernden Blicke seiner Schülerinnen schmeichelten, aber war er ein Lüstling?

An jenem frühen Morgen in Antibes kehrte Karl in ihr gemeinsames Zimmer zurück und legte sich zu der schlafenden Nina. Als sie erwachte, liebten sie einander. Er suchte nach Anzeichen einer Veränderung und schämte sich zugleich dafür, dass er die Bemerkung eines Jungen und das Bild der beiden umschlungenen Körper nicht aus dem Kopf bekam. Bald darauf reisten sie ab. Daheim angekommen, waren sie einander fremder als vor der Zeit in Frankreich.

Karl hätte seine Zweifel aussprechen, die bohrenden Fragen stellen müssen, stattdessen legte er die am Mittelmeer geschriebenen Texte beiseite, als ob ihnen ein Makel anhaften würde. Nina dagegen stürzte sich in die Arbeit, sie malte Tag und Nacht, ihre violette Serie von Landschaftsbildern entstand. Sie schien nicht einmal zu merken, dass ihre Ehe mehr und mehr zerbröckelte.

Mit der großen Neuigkeit änderte sich alles: Moritz war unterwegs. Moritz zog Ninas Gedanken und Gefühle auf sich, das Jahr der Schwangerschaft war ihre schönste gemeinsame Zeit. Das Glück kehrte zurück, Moritz wurde geboren.

Karl stand von dem schmalen Bett auf, deckte den Jungen zu, hauchte noch einen Kuss auf seine Wange und löschte die Lampe.

Im Wohnzimmer saß Nina an der Staffelei, der Pinsel hing schlaff in ihrer Hand, als ob sie ihn gleich fallen lassen würde.

»Wie geht es voran?«

Ninas Backenknochen stachen aus dem Gesicht hervor, ihre Lippen erinnerten an die breite Liebenswürdigkeit von früher, doch sie waren bleich. Graue Fäden durchzogen das rotblonde Haar, trotz ihrer Magerkeit wirkte der Körper aufgeschwemmt. Auch das halbfertige Bild spiegelte Ninas Zustand wider. Nächtliche Brücke, von einem milchigen Mond beschienen, die Farben weiß, grau und dunkles Blau. Im Vordergrund ein Gesicht, halb dem Betrachter zugewandt, ein Mund, sprachlos in Verzweiflung. Die Nina von früher, die feurige Nina, war seit langem verschwunden.

Sie legte den Pinsel auf die Staffelei. »Schläft Moritz schon?« Ihre Stimme hatte fast jeden Klang verloren.

»Er ist während des Märchens eingeschlafen.« Karl ging

vor ihr in die Knie und nahm ihre Hände. Sie waren eiskalt. »Wie geht es dir?«

»Heute Mittag war es schlimm.« Als ob sie gerade aufgewacht wäre, kam ihr Blick von scheinbar weit her.

»Deine Finger …?« Er betrachtete die vielen kleinen Risse, die ihr Gesicht durchzogen wie ein Renaissancebild.

»Vormittags waren sie wie taub. Jetzt spüre ich wieder ein Kribbeln.« Sie entzog ihm ihre Hände.

»Was hast du gegessen?«

»Alles streng nach Plan. Ich hatte ohnehin keinen Appetit.«

»Soll ich uns etwas zu essen machen?«

»Wenn du hungrig bist. Ich kann nicht.«

Er half ihr auf. Groß und schlank überragte Nina Karl ein wenig. Er brachte sie in die Küche. Sie ließ sich auf den Stuhl sinken. Die Gasbeleuchtung vor dem Fenster gab ihrem Gesicht einen blassgelben Teint.

Karl nahm einen Topf aus dem Schrank. »Ich war heute an der Feldherrnhalle. Es wurden Reden gehalten. Das waren keine geschulten Revolutionäre, die dort sprachen, sondern einfache Leute, die allmählich zu verstehen beginnen, dass ihre Stimme Gewicht hat. Unsere Zeit ist reif, so reif, dass man sie kneten kann.«

»Bist du deshalb so spät gekommen?«, fragte sie vorwurfsvoll. »Ich habe mir Sorgen gemacht.«

»Entschuldige. Die Elektrische war schon wieder unterbrochen. Ich musste laufen.«

»Ach Gott, diese Zeiten.« Mit gebeugten Schultern ließ Nina sich über den Tisch sinken.

Wir sind zwischen die Zeiten gesetzt wie zwischen zwei Stühle, dachte Karl. Wir sind mit dem Feudalen, dem Monarchistischen aufgewachsen, jetzt sollen wir losstürmen ins

Republikanische, ohne zu wissen, wo wir ankommen werden.

Er wärmte die Roten Rüben auf. Ihm war elend zumute: weil er Nina nicht helfen konnte, weil ihr Arzt immer die gleiche verschwommene Diagnose stellte. Als Karl sich zu ihr umdrehte, erschrak er über die schwarzen Ränder unter Ninas Augen. Ginge es nach den Augen, hätte man Nina für viel älter gehalten. Wir sollten den Arzt wechseln oder noch besser: so bald wie möglich nach Frankreich aufbrechen, dachte er, dort waren die Ärzte angeblich weiter. Karl hielt im Rühren inne – das war unmöglich. Der Krieg hatte alles verändert; sie konnten nicht mehr ins Land der Feinde reisen. Gewiss, das Kriegsende war nur noch eine Frage von Tagen. Österreich-Ungarn war bereits zusammengebrochen, die bayerischen Truppen versuchten noch, die südlichen Grenzen vor dem Nachrücken der Entente zu schützen.

Karl spürte, wie es Nina ums Herz war: Am liebsten hätte sie den Strom der Zeit umgelenkt und außerhalb ihrer vier Wände vorbeifließen lassen. Sie wollte nichts hören vom Aufbruch, von einem neuen Kapitel, das angeblich aufgeschlagen wurde, während in Wirklichkeit alles zusammenbrach. Die Zeit floss nur noch in eine Richtung, auf den Abgrund zu. Was gerade geschah, bedeutete die vollständige Auflösung all dessen, was gestern noch gegolten hatte – und es ging so rasend schnell! Jeder Tag brachte Veränderungen, die sonst in Jahrzehnten nicht bewältigt worden waren.

Karl setzte sich an den Tisch. Er erzählte Nina nichts von dem Vorfall auf dem Hinterhof, nichts von den Leichen, nichts von der Ärztin, die ihn so sonderbar beeindruckt hatte. Karl griff zum Löffel und begann zu essen. Das Gemüse stammte aus dem Garten seiner Mutter. Auf der Küchenkommode reihte sich eine Batterie von Kompottgläsern. Wenn die Eltern ihnen nicht aushelfen würden, wüsste er manchmal nicht, wie sie durchkommen sollten. Karl stand auf und holte die Weinflasche; es war die letzte von dem guten Französischen.

3

Julies Haar fiel weich über die nackten Schultern. Ihre Sachen lagen auf dem Sessel. Es gab nichts, womit sie sich zudecken konnte. Nur eine Kerze brannte.

Warum war ihr so schwer ums Herz? Weil sie süchtig war nach dem Rausch, in den er sie versetzte, nach der Auslieferung ihrer selbst? War sie bedrückt, weil ihr Geliebter ihr Sünde bot, statt Zuneigung? Liebe war in ihrem Verhältnis ein Wort, das Julie nur in wollüstig verwirrten Augenblicken hervorstieß. Und doch waren die Tage, an denen er sie nicht hatte sehen wollen, schwer zu ertragen gewesen.

»Was hattest du überhaupt dort zu suchen?«, fragte der Mann, während er sich anzog. Die Stimme war jung, sein Gesicht hatte die harmlose Schönheit eines Knaben. Die Nase war etwas zu kurz, der Mund erinnerte an ein Lebkuchenherz. Auch wenn man auf den ersten Blick meinte, einen unschuldigen Cupido vor sich zu haben, verrieten seine Augen Erfahrung, Wollust und Düsternis. Der Leutnant war in Zivil gekommen, Unauffälligkeit war in diesen Tagen die sicherste Uniform. Der Frack saß meisterlich und schmeichelte seiner sportlichen Figur.

»Ich frage mich, wer die Täter waren.« Julie griff nach ihrer Bluse und bedeckte die Brust damit. »Sie haben sich aufgeführt wie ein Exekutionskommando, aber sie verschwanden wie Meuchelmörder.«

»Weiß man schon etwas über die Toten?« Er zündete das

Gaslicht an, ein Zeichen für Julie, dass er bald aufbrechen wollte.

»Das sind keine Roten gewesen, wahrscheinlich überhaupt keine Politischen. Sie sahen aus wie Leute, die nichts mit dem Umsturz zu tun hatten. Ein nettes Ehepaar, dachte ich, als ich sie untersuchte. Der Frau war die Kugel direkt in den Unterleib gefahren.«

Er griff zu seinem silbernen Etui. »Scheußlich.«

Julie war noch erfüllt von dem düsteren Glück, der seligmachenden Schwere, die sie jedes Mal in Arcos Armen empfand. Ihr war, als ob sie sich während dieser Stunden in eine dunkle Blume verwandelte, giftig vielleicht, aber voll erblüht, sie fühlte ihre Schönheit und ihre Macht. Doch diese schwarze Lilie gedieh nur im Trüben, im Morast. Schmutz war ihr Nährboden, und Julie fühlte, wie sie sich allmählich selbst in ein Stück Schmutz verwandelte. Julie hasste diesen Zustand, sie, die ihr Leben gewählt und es sich erarbeitet hatte, die immer noch bestaunt wurde, weil sie in ihrem weißen Mantel eine von nur achtzig weiblichen Ärzten in ganz München war, Julie wollte nicht aus dem Unrat und der Finsternis geboren sein. Sie verachtete sich dafür, wie sie halbnackt hingeräkelt dalag, in dieser rotseidenen Atmosphäre, auf der Ottomane, in dem Séparée, das an Schwülstigkeit nicht zu überbieten war. Verschlungene Putten wanden sich an der Decke, raffinierte Spiegel boten lüsterne Ansichten, der Champagner, das Zwielicht, die muffige Luft, die Laute, die man aus den Séparées nebenan hörte, das hatte so wenig mit Julie zu tun wie ihr Liebhaber, der sich eine schmale Zigarre anzündete. Sie wusste, er benahm sich absichtlich kühl, als wäre die Frau, mit der er gerade den Rausch genossen hatte, eine Käufliche, die ihm danach gleichgültig war. Sie wusste, Arco begehrte sie ähnlich wie sie ihn, beide brauchten einander auf quälende Weise. Vor Monaten waren sie ineinandergetaumelt und hatten sofort gespürt, was sie im anderen auslösten. Seitdem verkrallten sie sich, fügten einander Bisse und Risse zu, ihre Zärtlichkeit war kannibalisch, ihre Lust verschlingend.

Julie schlüpfte in ihre Unterwäsche und zog die Strümpfe hoch. Sie trat vor den Spiegel. Ihr Gesicht war rot, aufgeraut von Arcos Schnäuzer, ihr Hals wies Male auf, auch die Arme. Wie sollte sie ihr Haar ohne Kamm in Ordnung bringen?

»Willst du zuerst gehen?«, fragte sie, da er die Zigarre bereits löschte.

»Lass uns unten noch etwas trinken.«

»Es ist erstaunlich voll heute Abend.«

»Wundert dich das?« Er klappte das Etui zu. »Die Amüsierwut der Leute wächst in gleichem Ausmaß wie die Unruhen. Von den Randalierern da draußen lassen sich die Münchner doch ihre gute Laune nicht verderben.«

Julie zog ihr Kleid an. Hochgeschlossen bis zum Kinn, war es im Rücken raffiniert ausgeschnitten. »Ich dachte, die Leute hätten Angst, auf die Straße zu gehen, Angst, in feiner Abendgarderobe angetroffen zu werden. Schließlich will man nicht in Verdacht geraten, zu den reaktionären Kreisen zu gehören.«

»Du überschätzt das rote Gesindel.« Ein schmales Lächeln. »Eine Laune der Geschichte hat sie in das Vakuum gespült, das der Krieg hervorgerufen hat. Dieselbe Laune wird sie schneller wieder fortspülen, als sie sich das träumen lassen.«

Arco redete selten über seine politischen Ansichten, obwohl sie für Julie keine Überraschung waren. Er war der Sohn von Maximilian Graf Arco auf Valley und diente als Leutnant im Bayerischen Leibregiment, im Regiment eines

Königs also, der gestern erst gestürzt und schmählich davongejagt worden war. Arco war das Sinnbild all dessen, was die Leute auf den Straßen hassten und abschaffen wollten. Er reagierte mit Herablassung darauf, er verachtete diese Menschen und ihr Bedürfnis, in ihrem Leben und in der Gesellschaft endlich etwas zu verändern.

»Du hältst die deutsche Revolution für eine *Laune*?« Julie nahm seine Hand und zog mit dem Finger die kräftigen Adern auf dem Handrücken nach.

»Ich sehe keine Revolution. Ich sehe nur wildgewordene Bauernlümmel, die sich austoben, bevor eine neue Ordnung heraufziehen wird.« Er öffnete die Tür und ließ ihr den Vortritt. »Dieser Karneval des Terrors ist noch in diesem Jahr vorbei, denk an meine Worte. Und danach sind wir an der Reihe.«

Dieses Jahr, dachte Julie, dieses schreckliche Jahr neunzehnhundertachtzehn, nichts als Tod und Verderben hat es uns gebracht. Zwei Kaiser und ein Zar haben in dem kurzen neuen Jahrhundert bereits ihre Macht verloren. Ist es jetzt besser um uns bestellt?

Draußen stand ein livrierter Diener mit Tablett. »Alles zur Zufriedenheit, Herr Graf?«

Arco gab ihm eine Münze. Er bot Julie seinen Arm, gemeinsam liefen sie die Galerie mit den identischen Türen der Séparées entlang und erreichten den großen Salon.

Das alte Palais hatte seine besten Jahre längst hinter sich, doch in den siebziger Jahren des vorigen Jahrhunderts musste es prachtvoll gewesen sein. Überall witterte man noch den schweren Plüsch, die Tournüren, die die Frauenröcke rund um das Gesäß aufgebauscht hatten, die flachen Schleppen, die Rüschenkrägen. All das war verdrängt worden von der Mode des Krieges. Man trug die Kleider jetzt mit engem

Saum, es gab keine Korsetts mehr, die eine schlanke Taille vorgaukeln sollten. Doch hier, in dem prunkvollen Palais schien die Zeit stehengeblieben zu sein. Paare glitten tanzend über die Marmorböden, weiße Kleider schimmerten, armlange Handschuhe schmückten die Damen, die ihr Lachen sangen. Geigen und ein Klavier spielten zum Tanz auf, ein Cello wurde gezupft. Unbeeindruckt von den historischen Umwälzungen, trug der Mann am Bass einen Kaiserbart. Überall vergnügte man sich in der verzweifelten Hoffnung, den Krieg austreiben zu können wie den Winter zur Fastnachtszeit. So leicht werden wir nicht davonkommen, dachte Julie. Deutschland versinkt.

Arco winkte den Kellner heran und bestellte Sherry für sie beide.

Der Sherry war weich und süß, Julie hielt das Glas mit zwei Fingern und betrachtete die rostrote Flüssigkeit gegen das Licht eines Lüsters. Erstaunlich rasch spürte sie die Wirkung des Alkohols und genoss diese Leichtigkeit, weil sie die giftige Blume in ihr verscheuchen würde. Vor Arco lief Julie zwischen den Menschen hindurch. Überall war dieses Lachen, das Sich-Wiegen zur Musik, die Rosen in den Vasen, überall wurde getrunken. Der Krawall der Straße, die hungrigen Gesichter, der Fackelgeruch, all das drang nicht zu ihnen herein.

Julie und Arco erreichten den oberen Absatz der Freitreppe. Von hier aus hatte man den besten Blick auf die Tanzfläche einen Stock tiefer.

»Lass uns tanzen, Anton.« Sie drehte sich zu ihm.

»Tut mir leid, ich habe noch eine Verabredung.« Er stellte sein Glas an den Rand der Balustrade.

»Mit einer anderen Frau?«, fragte sie lächelnd.

»Meine Verabredung ist eine Sache der Ehre. So etwas

lässt sich leider nicht verschieben.« Er legte die Hände auf Julies Schultern.

Sie wollte ihn umarmen, der Ärmel ihres Kleides wischte über das Sherryglas, und es fiel. Julie sah das zierliche Ding in der Tiefe verschwinden, es zerschellte auf dem Marmor. Ein Reigen roter Tröpfchen sprühte in alle Richtungen, Tanzende schreckten zurück und brachten ihre Kleider in Sicherheit. Julie winkte eine Entschuldigung nach unten. Als sie sich nach Arco umsah, war er bereits gegangen.

4

Julie war die Kälte ihrer Eltern erst in der Pubertät bewusst geworden. Sie war das einzige Kind, die Mutter war bei ihrer Geburt schon Mitte dreißig gewesen. Julie konnte sich an keine streichelnde Geste ihrer Eltern, keinen Kuss, an kein Hand-in-Hand der beiden erinnern. Vater und Mutter waren zwei säuberlich voneinander getrennte Welten, es existierte zwischen ihnen weder Wärme noch Hingabe. Heute, als Neunundzwanzigjährige, dachte Julie manchmal, dass darin der Grund lag, weshalb sie immer noch allein war und warum sie stets Männern den Vorzug gab, die entweder nicht zu haben oder an einer festen Verbindung nicht interessiert waren. Zwischen Arco und Julie war der Gedanke an etwas Bleibendes noch nie aufgetaucht, sie genügten einander in ihrer nüchtern herbeigeführten und praktisch durchlebten Wollust. Das Ende ihrer Leidenschaft kennzeichnete jedes Mal auch das Ende der Begegnung. Julie hatte mehrere Verhältnisse mit verheirateten Männern gehabt; sie waren erfahren, nicht so aufgeregt wie ledige Jungmänner und dankbar für das, was sie kriegten. Meistens war Julie in diese Männer verliebt gewesen, zumindest redete sie sich das ein, zuletzt in ihren Professor. Anfangs war Professor Kilian ihr Lehrer, später ihr Geliebter gewesen, heute arbeitete sie unter seiner Leitung in der Klinik. Julie machte sich nichts vor, ohne Kilian hätte sie es als junge Ärztin nicht so leicht gehabt.

Ein Mann fürs Leben, wäre das überhaupt wünschenswert, dachte sie. Ihre Eltern blickten auf eine fünfzigjährige Ehe zurück. Julie schauderte bei dem Gedanken. Der Vater war in all den Jahren noch stiller geworden, er kaute meist verbissen auf dem Unterkiefer und überließ das Reden der Mutter.

Der einzige Mann, der Julie wirklich etwas bedeutete, war Oskar, ihr Freund aus Kindertagen. Er stammte aus demselben Dorf wie sie. Oskar hatte ein derbes Gesicht, sein Haar war kurz geschnitten. Seit seiner Knieverletzung hatte er diesen merkwürdigen Gang, der ihn von allen anderen unterschied. Er hatte Erde an den Füßen, er war so pur, wie ein Mensch nur sein konnte, dafür liebte ihn Julie. Trotzdem würde sie ihn nie auf jene Art lieben können, wie er es sich wünschte. Oskar war schon in Julie verliebt gewesen, als sie noch Kinder waren. Er hatte sie während der Jahre des Umbruchs und des Krieges geliebt, er war die Beständigkeit in Person. Als Julie noch Zöpfe und Oskar kurze Hosen getragen hatte, war es zu einem Kuss zwischen ihnen gekommen. Es war Sommer, das Heu knisterte und roch gut, Oskar hatte sie umarmt, da hatte sie ihn geküsst. Es war ihr einziger Kuss in all den Jahren geblieben. Julie gab ihrem besten Freund alles, was ihr möglich war; das, wonach er sich am meisten sehnte, blieb sie ihm schuldig.

Mit der finanziellen Unterstützung ihrer Tante war sie zum Studieren nach München gezogen, Oskar war ihr bald darauf gefolgt und in die SPD eingetreten. Sie hatte in Rekordzeit promoviert, nicht, weil sie so begabt war, sondern weil Ärzte damals dringend gebraucht wurden. Wie die meisten Parteimitglieder hatte auch Oskar an den Überfall Russlands auf Deutschland geglaubt und es begrüßt, dass die SPD 1914 den Kriegskrediten zustimmte. Er zog als einer der

Ersten ins Feld und kam wenige Wochen später mit einem Milzriss und einem zertrümmerten Knie zurück.

Heute war sie mit Oskar in ihr Heimatdorf gefahren, um Holz zu holen, und blickte nun über die Weide hinter ihrem Elternhaus. Das Grundstück war das einzige im Dorf, das keine Aussicht auf die Berge hatte. Die Wiese stieg nach Süden hin an, ohne den Blick auf die Alpen freizugeben. Das letzte Heu für dieses Jahr war längst eingefahren, die Tiere standen im Stall. Aber selbst im November war das Gras noch grün. Sie hatte Lust, die Wiese hochzulaufen und sich unter der Eberesche auf ihre alte Bank zu setzen, aber es war spät, und sie musste zurück in die Stadt. Von dort oben sah man wunderbar weit übers Land, im Hintergrund erzählten die Berge etwas von Großartigkeit und zugleich von der Nichtigkeit des Menschengeschlechts. Überhaupt schien auf dem Land alles anders zu sein. Es gab kein aufgeregtes Umhergerenne, keine Ansprachen von Leuten, die die Macht des Volkes beschworen, ohne das Volk zu kennen. Hier hätte es nichts gefruchtet, das Unmögliche zu versprechen, die Menschen auf dem Land glaubten nicht an das Unmögliche, Utopie und Ackerbau verbanden sich schlecht miteinander. Für ein paar fixe Ideen würde sich hier keiner mehr totschießen lassen.

Auch die Armut war hier anders als das Elend in München. Julies Eltern besaßen nichts als das bisschen Grund und Boden, aber Grund und Boden bedeutete heutzutage Reichtum.

»Ich muss bald wieder ins Krankenhaus«, sagte sie zu Oskar.

»Wir wollten zu unserem Baum hochlaufen.« Oskar warf die letzten Holzscheite in den Wagen. Auf Julies Zögern zeigte er den Hügel hinauf. »Komm schon, nur ein paar Minuten.«

Julie schob ihre Hand in die starke Hand Oskars, nebeneinander liefen sie den Hügel hoch. Er verstand ihre burschikose Zärtlichkeit immer richtig, nie versuchte er, einen Nutzen daraus zu ziehen. Während sie gingen, spürte Julie einen Kloß im Hals. Wieso konnte sie sich nicht in einen wie Oskar verlieben? Wieso verfiel sie so leicht auf Männer, die eigentlich schädlich für sie waren? Wieso verfiel Julie auf einen Grafen Arco auf Valley?

Hand in Hand erreichten sie die Eberesche und schauten auf die stoppeligen, vom Regen aufgeweichten Felder. Der Wald beherrschte die Landschaft, Nadelwald vor allem, er war im letzten Jahrzehnt stark emporgeschossen. Die Männer, die den Wald sonst bändigten, waren in den Krieg gezogen. Bei dem Nebel heute waren die Alpen nicht zu sehen.

»Wie wohl das tut.« Julie umschlang Oskars Arm. »Wenn man das sieht, möchte man gar nicht mehr zurück.«

»Du könntest ohne die Stadt gar nicht leben.« Er tätschelte ihre Hand. Ein paar Raben flogen auf.

»Wenn ich hier draußen bin, fällt mir erst auf, dass diese Revolution, diese ganze *rote Aufregung* überhaupt nicht nach Bayern passt.«

Er schmunzelte. »Ich nehme an, dass dir die Landluft zu Kopf steigt, sonst müsste ich dich auf der Stelle als Konterrevolutionärin verhaften.«

»Und erschießen lassen?« Ungeniert fasste sie ihn um die Taille.

Oskar erstarrte für einen Moment. Eine Berührung wie diese ging ihm zu weit. Er liebte sie, aber er bat sich für seine unerwiderte Liebe Respekt aus. Sofort ließ Julie ihn los.

»Fürs Erschießen bist du mir zu schade.« Er lächelte, doch sie spürte seine Traurigkeit dahinter.

»Jetzt muss ich wirklich zurück.« Julie warf einen letzten Blick in die verschleierte Landschaft. Der Besuch auf dem Land hatte sie belebt, wie ein frühlingstolles Lamm sprang sie den Hügel hinunter. Durch sein verwundetes Bein konnte Oskar nicht Schritt halten. Ohne Hast folgte er ihr und ging zum Wagen, während sie sich von ihren Eltern verabschiedete.

Oskars Liebe bewies sich auch in einer Tat wie der heutigen. Er hatte einen Mannschaftswagen der Polizei organisiert, war mit Julie aufs Dorf gefahren und hatte das Personenauto bis unters Dach mit Brennholz vollgeladen.

Oskar war einer der Aufständischen gewesen, die die Polizeidirektion München im Handstreich genommen hatten. Die Polizei hatte eingewilligt, auch unter den neuen Herren für Ruhe und Ordnung zu sorgen. Ein gewisser Staimer war jetzt Polizeipräsident, er hatte Oskar zu seiner rechten Hand gemacht. Der Bauernsohn, der alles über Kühe und Ziegen wusste, stand seit kurzem der weißblauen Ordnungsmacht vor. Wenn es schon einen Umsturz in Bayern geben musste, war er der richtige Mann dafür, dachte Julie. Er passte zu dieser neuen Regierung, die von sich behauptete, dass sie aus dem Volk aufgestiegen sei. Oskar glaubte an deren große gemeinsame Sache, Julie konnte ihre Zweifel nicht recht überwinden. Die Ziele dieser Männer waren zu hoch gesteckt, keine Regierung würde den Krieg und seine Folgen so einfach vom Tisch wischen können. Insgeheim musste sie lachen: Als eine seiner ersten Amtshandlungen hatte der Stellvertreter des Polizeipräsidenten einen Mannschaftswagen requiriert und transportierte Brennholz für seine Freundin damit. Das war die Revolution in Bayern.

»Ich danke dir«, sagte Julie, nachdem sie eingestiegen waren.

»Wofür?« Er startete den Motor und legte den Rückwärtsgang ein.

»Dass du das für mich tust.« Da sie nicht wusste, wohin mit ihrer Zärtlichkeit, boxte sie ihn auf den Oberarm.

»Hör schon auf.« Das schwere Fahrzeug ruckte an.

»Ich mag dich wirklich, Oskar.«

»Ich mag dich ja auch, meine Kleine.« Er lenkte den Polizeiwagen über die holperige Ausfahrt. Im Rückspiegel sah sie ihre Eltern, festgewurzelt wie der alte Birnbaum standen sie da und rührten sich nicht. Der Wind bewegte die Zweige des Baumes, die Eltern vermochte er nicht zu bewegen.

5

In der Redaktion herrschte Chaos. Karl saß im Büro des Chefredakteurs und dachte an die Vorfälle, die ihn an diesen Schreibtisch gebracht hatten.

Am 7. November, dem Tag, an dem Ludwig III. aus der Stadt vertrieben worden war, hatte er spätnachts den Heimweg aus der Redaktion angetreten. Unterwegs war er angehalten worden. »Karl Kupfer?« »Ja?« »Sie werden in Ihrer Redaktion erwartet.« »Von dort komme ich gerade.« »Bitte folgen Sie uns.« Der Gewehrlauf eines Soldaten hatte dem Wunsch, Karl möge ihnen folgen, Nachdruck verliehen. Flankiert von drei Männern, hatte er kehrtgemacht. Im Redaktionszimmer hatte er einige Zeit warten müssen, keiner sagte ihm, worauf und wie lange. Die Leute, die ihn in Schach hielten, waren keine wüsten Haudegen, sie sahen gebildet aus, mit Anzug und Schlips, der Älteste trug einen Militärmantel ohne Schulterstücke. Aber diese Männer hatten einen Krieg hinter sich, sie konnten mit Gewehren umgehen, sie hatten schon auf Menschen geschossen. Unausgeschlafen sahen sie aus und verhungert. Ihre Gesichter erzählten von den Jahren, in denen die alten Ideale verloren gegangen waren, neue aufdämmerten und ebenfalls zerschlagen wurden. Wut und Ohnmacht waren geblieben. Nachdem die Generäle an allen Fronten zurückgewichen waren und ihre Befehle immer grotesker wurden, nun, da die wahren Befehle aus Paris und Washington kamen, sahen diese Männer ihre Chance gekommen. Unblutig hatten sie den König vertrieben, heute Nacht besetzten sie die Redaktion der *Münchner Neuesten Nachrichten*.

In diesem Augenblick war der Chefredakteur aus seinem Büro gestolpert, er hatte den Lauf eines Revolvers im Rücken. »Solange es dieses Blatt gibt, haben unsere Leser jeden Morgen ihre Zeitung bekommen!« Sein Gesicht mit dem Knebelbart war kreidebleich, die Uhrkette baumelte vor seinem Bauch. Er drehte sich zu dem Mann um, der ihn bedrohte. »Was werden die Münchner denken, wenn sie zum Frühstück keine Zeitung vorfinden?«

»Sie werden merken, dass sich etwas geändert hat.«

Karl musterte den Anführer der Truppe genauer. Er hatte den Schädel eines Bauern, die Augen eines Demagogen und den Gang eines Teufels: Der Kerl hinkte erbärmlich. Er trug einen schweren Mantel, an seinen Schuhen klebte Lehm. »Alle Tage ist nicht Revolution«, sagte er und zwang den Chefredakteur weiterzugehen.

Alle Tage ist nicht Revolution. Genaugenommen hatte München seit 1848 keine Revolution mehr erlebt, dachte Karl und warf einen Blick auf die Wanduhr: Es war Mitternacht, und die Walzen der Druckerei standen immer noch still. »Wenn wir nicht bald in Druck gehen, erscheint das Blatt morgen gar nicht«, sagte er.

Der Anführer drehte sich um. »Sie sind Kupfer?«

»Und wer sind Sie?«

Der Hinkende kam auf Karl zu. Er schleifte das Bein nicht nach, sondern hob es bei jedem Schritt ungewöhnlich hoch. Eine Kriegsverletzung, oder war er vom Wehrdienst befreit gewesen? War er vielleicht einer jener Klugscheißer, die keine Ahnung hatten, was der Krieg aus Menschen machte?

»Mein Name ist Oskar Helbig«, antwortete er. »Ich komme im Auftrag des Polizeipräsidenten.«

Der Chefredakteur lachte laut heraus. »Ich kenne Polizeichef Burgkh persönlich.«

»Der wurde abgesetzt.« Helbig zog ein Papier hervor. »Die Polizeidirektion München hat sich freiwillig unter die Autorität des Arbeiter- und Soldatenrates gestellt.«

Pompös baute sich der Chefredakteur vor Helbig auf. »Behalten Sie Ihren Wisch. Meine Zeitung wird jetzt in Druck gehen, und Sie und Ihre Hampelmänner können mich nicht daran hindern.«

Der Hinkende schlug dem Chefredakteur ins Gesicht. Karl hatte nicht gesehen, wie Helbig ausholte, auch nicht, dass er die Hand zur Faust geballt hatte. Langsam ließ er sie sinken. »Halten Sie den Mund«, sagte er ausdruckslos.

Der Chefredakteur war ein selbstherrlicher Mann, der den Krieg nur in Form von Druckerschwärze und aus den Extraausgaben der *Münchner Neuesten Nachrichten* kannte. Körperliche Gewalt war für ihn etwas Neues. Der schwere, weichbäuchige Mann klappte zusammen, als ob ihm schlecht geworden wäre. »Sie haben mir die Nase gebrochen«, wimmerte er.

»Nicht einmal ansatzweise«, entgegnete Helbig. Zu Karl gewandt, sagte er: »Kupfer, ich habe Ihre Artikel gelesen. Sie machen das von jetzt an.«

»Ich verstehe nicht«, erwiderte Karl, obwohl er genau verstand.

»Wir überantworten Ihnen die Zeitungsredaktion. Ab morgen erhalten Sie unsere amtlichen Verlautbarungen rechtzeitig vor der Drucklegung.« Mit Sorgfalt zog Helbig ein anderes Blatt hervor. »Das hier erscheint morgen auf Seite eins.«

»Heute«, korrigierte Karl, da der Uhrzeiger auf 5 nach 12 rückte. »Unsere Titelseite ist bereits gesetzt.«

»*Das* ist Ihre neue Titelseite«, erwiderte Helbig. »Denken Sie sich etwas aus.«

Das Schreiben wirkte hastig abgetippt. Gleich in der ersten Zeile fand Karl zwei Tippfehler, die mit Rotstift korrigiert worden waren. »An die Bevölkerung Münchens!«, las er und dachte, dass dies die Nacht der Nächte sein könnte, die Nacht, die die Entscheidung brachte. Den alten Ludwig aus der Residenz zu verjagen war einfach gewesen. Die Wittelsbacher nach 700 Jahren Herrschaft auf ein Lustschloss in Österreich zu verbannen war nicht mehr als ein Symbol. Dieses Papier aber, das Karl in Händen hielt, markierte eine Zeitenwende. Unterzeichnet von Kurt Eisner, dem ersten Vorsitzenden des Rates der Arbeiter, Soldaten und Bauern, begann die Proklamation mit den Worten: »Das furchtbare Schicksal, das über das deutsche Volk hereingebrochen, hat zu einer elementaren Bewegung der Münchner Arbeiter und Soldaten geführt. Ein provisorischer Arbeiter-, Soldaten- und Bauernrat hat sich in der Nacht zum 8. November im Landtag konstituiert. Bayern ist fortan ein Freistaat. Eine Volksregierung, die vom Vertrauen der Massen getragen wird, soll unverzüglich eingesetzt werden. Eine neue Zeit hebt an!«

»Sie werden diesen Eingriff in die Freiheit der Presse hoffentlich nicht dulden, Kupfer.« Der Chefredakteur hielt sein Taschentuch unter die blutende Nase. »Ich verbiete es Ihnen.«

Gemäßigt konservativ, kulturpolitisch liberal, dafür standen die *Münchner Neuesten Nachrichten.* Auf diesem schmalen Grat hatte Karl Artikel geschrieben, die manchmal weiter links angesiedelt waren als die Kolumnen der roten Presse.

Er hatte seine Meinung im Schafspelz der Gesellschaftsnachrichten versteckt, getarnt als Theaterkritiken oder als Gerichtsberichterstattung. Mitunter hatte der Chefredakteur beide Augen zudrücken müssen, wenn er diese Artikel freigab. Er hatte es getan, weil die Auflage märchenhaft gestiegen war. München wollte das lesen, was viele hofften, fürchteten und diskutierten. Dass es da stand, machte die *Münchner Neuesten Nachrichten* zu einer guten Zeitung.

»Ich könnte Folgendes tun«, antwortete Karl, ohne auf die Bemerkung des Chefredakteurs einzugehen. »Ich nehme die Inseratenseite heraus und schiebe Seite eins samt Zeitungskopf auf Seite zwei. Eine Proklamation dieser Länge müsste der Setzer in einer halben Stunde fertig haben.« Er schaute in Helbigs dunkle Augen und entdeckte ein fröhliches Blitzen darin.

»Kupfer, ich beschwöre Sie!« Der Chefredakteur hob die Hände. »Sie machen sich zum Handlanger von Verbrechern.«

Mit gleichmütiger Miene wandte der Hinkende sich zu ihm um. »Ich stelle Sie unter Hausarrest, mit sofortiger Wirkung. Sollten Sie Widerstand leisten, lasse ich Sie ins Zuchthaus nach Stadelheim überstellen.«

»Unter welcher Anklage verhaften Sie mich?«

»Widerstand gegen die Anordnungen der Räteregierung.«

»Eine Regierung, die jeder Legitimation entbehrt«, bellte der Chefredakteur, während zwei Soldaten ihn zur Tür führten. »Ihr seid nichts als ein Fliegenschiss der Geschichte.« Er hielt sich am Türrahmen fest. »Und Sie, Kupfer, werden Ihren Verrat noch bereuen. Denken Sie an meine Worte!« Ein Rippenstoß brachte ihn zum Schweigen.

Karl hatte Bedenken gehabt, die Anordnungen des Chefredakteurs zu ignorieren. Aber er hatte keine andere Wahl, da er inständig hoffte, dass die neue Zeit eine bessere werden würde. Wenn alles gutging, würde er die Angelegenheit vor Sonnenaufgang erledigt haben und könnte zu Hause sein, bevor Moritz erwachte. Er würde Kaffee kochen, dann würden sie zu dritt an Ninas Bett frühstücken.

6

Wie ausgewechselt sah sie aus: Nina voller Jugend, Nina voll Zutrauen. Verschwunden war der kränklich gekrümmte Rücken, der ewig grüne Morgenmantel. Nina ohne Leidensmiene, in einem blauen Seidenkleid, das Haar mit einem Lederband umwunden, Nina, die Künstlerin, die Karl schon lange nicht mehr zu Gesicht bekommen hatte.

»Ich möchte ausgehen.« Sie stand im Türrahmen.

Karl ließ den Bleistift sinken. Wenn er daheim arbeitete, legte er ein Schreibbrett über die Armlehnen seines Sessels. »Ausgehen, wohin?«

»Stell dir vor, Jawlensky ist in München.«

»Wer?«

»Alexej Jawlensky, Gründungsmitglied des *Blauen Reiters*«, antwortete sie, als verstehe sich das von selbst. »Du erinnerst dich bestimmt.«

Erstaunt betrachtete Karl seine Frau, die vor Aufregung von einem Fuß auf den anderen trat. »Jawlensky …? Tut mir leid, das ist Jahre her.«

»Er musste Deutschland bei Kriegsbeginn verlassen und ist mit seiner Frau in die Schweiz gezogen. Die Akademie gibt ein Fest zu Ehren der beiden. Ich würde so gern hingehen.«

»Aber das … das hast du seit Monaten nicht getan.«

»Es gab ja auch seit Monaten nichts zu feiern.«

Als Karl sein Staunen über das kleine Wunder noch immer nicht ablegte, kam Nina zu ihm, hob das Schreibbrett von den Sessellehnen und ließ sich ungeniert auf Karls Schoß sinken. »Ich möchte meine Freunde von früher wiedersehen. Es sind nur noch so wenige. Macke ist in Frankreich gefallen, genau wie Marc, und Kandinsky ist in Russland geblieben.« Sie fuhr Karl durchs Haar. »Würdest du mich begleiten, ja, würdest du?«

Er nahm ihren Kopf in beide Hände. »Ob ich dich begleiten würde? Ich brenne darauf. Um etwas Schöneres hättest du mich nicht bitten können. Aber fühlst du dich auch wirklich in der Lage?«

»Ich halte mich streng an Doktor Sterns Diät. Wahrscheinlich geht es mir deshalb schon viel besser.«

Vor zwei Jahren war bei Nina Diabetes diagnostiziert worden, jene heimtückische Krankheit, für die es bis heute keine wirksame Therapie gab. Seitdem waren die Lebenslust und die Kräfte zusehends aus Nina gewichen, Tage wie heute waren eine Seltenheit geworden.

Es geht ihr besser, weil sie etwas hat, worauf sie sich freuen kann, dachte Karl. Durch den Krieg und die Krankheit war Nina oft eingesperrt wie ein Vogel im Käfig gesessen. Sie sehnte sich nach der Kunst und den Künstlern, die durch das große Sterben, das vor vier Jahren begonnen hatte, in alle Winde verweht worden waren. Karl wollte Ninas Glück teilen, er wollte so gern mit ihr zusammen glücklich sein. Ihre Ehe, ihr häusliches Leben war grau geworden, und dieses freudlose Leben hatte sie einsam gemacht. Dass Nina dieser Einsamkeit entfliehen wollte, war etwas Wunderbares.

»Du dürftest aber keinen Tropfen Alkohol trinken«, lenkte er vorsichtig ein.

Lächelnd schmiegte sie sich an ihn. »Hoffentlich passt mir das Kleid noch.«

»Welches?«

»Das Lavendelfarbene. Ich habe ziemlich abgenommen, glaube ich.«

Zärtlich küsste er sie auf die blassen Lippen. »Wann soll das Fest zu Ehren Jawlenskys denn stattfinden?«

»Heute.«

»Heute schon?«, erwiderte Karl irritiert. »Wann hast du denn die Einladung erhalten?«

»Gestern. Ein Freund von Habermann kam vorbei und hat sie mir gebracht.«

»Tja, weißt du …« Karl betrachtete sie nachdenklich. »Heute Abend habe ich schon etwas vor.«

»Sag es ab.« Voll Vorfreude rutschte sie auf seinem Schoß hin und her.

»Das ist unmöglich.«

Nina schob die Unterlippe vor; ihre Nase bekam jene besondere Krümmung, die besagte, dass sie keinen Widerspruch gelten lassen wollte. »Geht es wieder um Politik?«

»Ministerpräsident Eisner spricht im Deutschen Theater. Ich muss darüber berichten.«

»Ich dachte, ihr druckt nur die amtlichen Verlautbarungen der Regierung ab. Bist du jetzt schon zum *Hofberichterstatter* avanciert?«

Ninas Ton ärgerte Karl. »Offen gestanden imponiert mir dieser Mann, weil er offen die deutsche Kriegsschuld eingesteht. Ein solches Bekenntnis wird ihm das Regieren schwer machen. Die Bürgerlichen reden schon jetzt von Vaterlandsverrat. Sie können zwei Demütigungen auf einmal nicht ertragen, erst die Kriegsniederlage und jetzt das *mea culpa* der bayerischen Staatsregierung.«

»Ja, ja, ja«, unterbrach ihn Nina. »Das ist alles schrecklich wichtig, ich weiß. Aber ist es so wichtig, dass du deine Frau allein ausgehen lässt? Dieses eine Mal bitte ich dich um etwas, Karl, nur dieses eine Mal.«

»Die Veranstaltung im Deutschen Theater dauert bestimmt nicht lange«, antwortete er so sanft wie möglich. »Danach hole ich dich ab und begleite dich auf das Fest.«

»Ach, herrje!« Sie entzog ihm ihre Hände. »Schick doch jemand anderen hin!«

»Er ist immerhin unser Ministerpräsident.«

»Und ich bin deine Frau.« Mit einer ärgerlichen Drehung kam sie hoch und lief aus dem Zimmer. Das blaue Kleid umspielte ihre schlanken Hüften. »Dann werde ich eben Habermann bitten, mich zu begleiten.«

»Das brauchst du nicht«, rief er, doch sie war schon draußen.

Karl ließ die Hände auf seine Knie sinken. Er durfte heute Abend nicht absagen. Die Friedensbedingungen der Entente konnten nun jeden Tag in Deutschland eintreffen, und sie würden wohl schlimmer ausfallen, als selbst die Pessimisten befürchteten. Man wollte nicht weniger als die vollständige Kapitulation des Reiches. Die Neuordnung des Kontinents war eröffnet. In den kommenden Wochen würden die Landkarten neu geschrieben werden. Karl musste in die Redaktion. Seufzend nahm er die Papiere vom Schreibbrett und schob sie in seine Aktentasche.

7

»Kriege enden immer mit Niederlagen von uns allen«, rief der Mann mit fester Stimme in den Saal. »Es liegt oft mehr Hass in den Friedensverhandlungen als in den Kriegserklärungen!«

Kurt Eisner stand auf der Bühne, ein schwarzer Gehrock umhüllte seine Gestalt. Von dem abgelegten Schlapphut bis zu den Stiefeln war er ganz in Schwarz gekleidet. Sein mächtiger Bart, der das Gesicht umrahmte, wirkte im Licht rötlich. Er stand da und sprach brennende Sätze aus, gefährliche Sätze. Unbekümmert bis zum Leichtsinn wollte er die Menschen von seiner Vision überzeugen.

Julie war erleichtert, dass Oskar nicht auch im Saal war. Dabei gehörte es zu seinen Pflichten, für die Sicherheit des Ministerpräsidenten zu sorgen. Niemand schützte den einsamen Mann auf der Bühne, die Polizisten bewachten lediglich die Eingänge draußen. Minuten nach dem Öffnen der Theatertüren war der Saal bereits überfüllt gewesen. Julie war von den Hereindrängenden förmlich mitgerissen worden.

Sie wandte den Kopf. Nicht um Eisners willen fragte sie sich, ob Oskar zu der Veranstaltung kommen würde, sondern wegen ihres eigenen Begleiters. Julie saß an der Seite von Graf Arco auf Valley in einer Loge im ersten Rang, gut sichtbar für jeden, der hochschaute.

In all den Jahren hatte Oskar manchmal mitbekommen, wenn sie ein Verhältnis gehabt hatte. Auf seine feine und zugleich eiserne Art hatte er immer darüber hinweggesehen. Für ihre jetzige Affäre schämte sich Julie. Sie und der dunkle Graf mit dem blonden Haar, die Ärztin und der Liebling der Frauen mit seiner Neigung zu sexuellen Ausschweifungen, der Apoll ohne Moral und Anständigkeit, es passte einfach nicht zusammen. Warum er selbst heute hier war, erschien Julie unklar. Der Redner auf der Bühne war für Arco der politische Erzfeind, der Gegner von links. Weshalb hörte sich der Graf die Rede des Sozialdemokraten an? Arco trug einen unauffälligen Straßenanzug, als wollte er seine Missachtung Eisners auch durch die Kleidung ausdrücken. Julie war aus dem Krankenhaus direkt ins Theater geeilt, mit Rock und Bluse und derben Schuhen saß sie in einer Loge, in der sich Frauen sonst in ihrer reizvollsten Garderobe präsentierten.

»Wenn Sie sehen könnten, was ich gerade sehe«, rief Eisner. »Keine einzige Uniform in diesem Saal, kein General und kein Feldwebel. Und weil das so ist, will ich zu Ihnen heute von Versöhnung sprechen.«

Versöhnung, Güte, Wiedergutmachung – Julie faszinierten diese Worte, die man lange nicht mehr gehört hatte. Sie war froh darüber, hier zu sein. Es war etwas anderes, in der Zeitung von den *großen Visionen* zu lesen oder jemandem zuzuhören, der wirklich an die Neuordnung glaubte, die er beschwor. War der Mann auf der Bühne tatsächlich in der Lage, das zusammenzuführen, was Bayern seit Kriegsbeginn gespalten hatte? War es ihm bestimmt, eine neue Leitfigur für das Volk zu sein? Dem Aussehen nach war Eisner ein älterer Herr, der wirre Bart verdeckte sein Gesicht zur Hälfte, der Zwicker auf der Nase versprühte Sternenfunken, wenn sich das Licht der Scheinwerfer darin brach.

Julie beugte sich vor. Erstaunlich, welche bunt zusammengewürfelte Menge dem Ruf Eisners ins Deutsche Theater gefolgt war. Wo sich die Münchner sonst amüsierten, wo sie sich während der Vorstellung ein Abendessen servieren ließen oder hinter dem Zwischenvorhang Zärtlichkeiten austauschten, drängten sie sich heute dicht an dicht. Alle Stände waren vertreten, Eisners Parteigenossen, Bürgerliche, Studenten und Professoren und sehr viele Frauen. Rund um die Bühne hatte man blauweiße Fahnen gehisst, der Raum glich eher einem Bierkeller als einem Theater.

»Rache ist nichts anderes als dummer Hass«, rief der Mann in Schwarz. »Vergeltung schafft immer nur neue Bitterkeit und neuen Krieg. Wir alle sind schuldig geworden an diesem millionenfachen Morden. Und das sage ich, der im Gefängnis saß, weil ich dem Kriegstreiben nicht länger zusehen konnte.«

Heimlich betrachtete Julie das Profil des Grafen. Durch keine Regung zeigte er, was in ihm vorging. Eisners bedingungsloses Bekenntnis zum Frieden konnte in Arco nur den Hass eines Offiziers schüren, der das Eingeständnis der Kriegsschuld für eine nationale Schmach hielt.

Sie selbst hatte nicht erwartet, dass der Abend ihr so ans Gemüt gehen würde. Julie legte die Hand auf die Brust, ihr Herz schlug schneller als sonst. Sie wusste mit einem Mal gar nicht mehr, wie ihr war, die Tränen drängten in ihr hoch. Noch nie hatte sie erlebt, dass etwas so Verlogenes wie Politik, etwas so Abstraktes wie soziale Thesen tiefe Gefühle in ihr auslösen konnten. Fahrig tastete sie nach ihrem Taschentuch.

»Was hast du?«, fragte Arco von der Seite.

»Die Luft hier drin ist schlecht.«

»Alles hier ist schlecht.« Zurückgelehnt wippte er mit dem Stuhl.

Julie wollte sich gerade die Augen abtupfen, als sie im Parkett, seitlich an eine Wand gelehnt, einen Mann erblickte, der eindringlich zu ihr hochsah. Sein Gesicht hatte sie schon einmal gesehen, konnte sich aber nicht erinnern, wo das gewesen war. Plötzlich wusste sie es wieder: Es war der Mann aus der Löwengrube. Der Mann mit dem Regenschirm, der Mann, der sich Julie so förmlich vorgestellt hatte. Leicht hob er die Hand zum Gruß, sie entdeckte einen Schreibblock in seiner Hand. Julie nickte zurück.

»Die Zeit ist reif, um aufzubauen, nicht, um Rache zu nehmen«, rief Eisner von der Bühne. »Ich habe eine Vision, dass eines Tages deutsche Arbeiter nach Frankreich marschieren und die Städte, die deutsche Kanonen zerschossen haben, wieder aufbauen werden. Ich habe die Vision, dass unsere Feinde von gestern eines Tages rufen werden: Es lebe das deutsche Volk! Es lebe die große deutsche Nation!«

Ungewöhnlich für eine politische Veranstaltung, gab es nach Eisners Rede eine Pause; anschließend würde er Fragen aus dem Publikum beantworten. Julie und Arco verließen die Loge und gingen ins Foyer. Als sie fast dort angelangt waren, hörte Julie eine Stimme: »Also habe ich doch richtig gesehen«, sagte jemand laut. Im Treppenaufgang stand der Mann mit dem schwarzen Haar. Den Block in der einen, den Stift in der anderen Hand, kam er auf sie zu. »Ich weiß nicht, ob Sie sich an mich erinnern? Karl Kupfer.«

Julie schüttelte ihm die Hand. »Sie haben heute keinen Regenschirm dabei«, sagte sie lächelnd und wandte sich zu Arco. »Darf ich vorstellen?« Julie erwartete, dass der Graf zu ihnen treten würde. »Anton, erinnerst du dich an die Toten in der Löwengrube? Das ist der Herr, der mir damals geholfen hat.«

»Karl Kupfer, guten Abend.«

»Sie schreiben?« Der Graf deutete auf den Notizblock. »Für wen berichten Sie?«

»Münchner Neueste Nachrichten.«

»Ist das die ehemals bürgerliche Zeitung, die seit neuestem gemeinsame Sache mit dem Gesindel macht?«

»Mit wem habe ich die Ehre?«, fragte Karl.

Arco entnahm seinem Etui eine Zigarre und zündete sie an. »Ihre Zeitung gibt diesem Klüngel Rückendeckung, obwohl Sie wissen, dass Sie damit vaterlandslosen Gesellen eine Stimme geben, die sich ihr Parteiprogramm von russischen Juden diktieren lassen. Haben Sie wirklich so wenig Ahnung davon, wie es um die Zukunft Deutschlands steht?«

Julie war einen Moment lang überrumpelt gewesen, jetzt trat sie vor den Grafen. »Anton, was soll das?«

»Was denn, meine Liebe?« Die Zigarre zwischen zwei Fingern, tätschelte der Graf ihren Oberarm. »Sind wir nicht deshalb hier, um politische Kontroversen auszutragen?« Er musterte Kupfer. »Sehen Sie einen Mann wie Eisner tatsächlich in der Verantwortung für unser Land? Ein Schwächling soll unsere brennenden Probleme lösen? Mit Versöhnungsgewinsel und Aufrufen zur Güte soll Deutschland wieder erstarken?«

»Der Typ des strahlenden deutschen Helden ist in vier Kriegsjahren doch arg zurechtgestutzt worden«, entgegnete Karl. »Ehrliche Männer wie Eisner dürften besser dazu taugen, den deutschen Karren wieder aus dem Dreck zu ziehen.«

»Eisner ist ein verkappter Bolschewist und Jude. Er ist kein aufrechter Deutscher, sondern ein Vaterlandsverräter.«

Die Mischung aus Hass und Verachtung, die Arco ausspie, war Julie unerträglich. »Ich weiß nicht, warum du dann überhaupt hergekommen bist, Anton.«

Ein gönnerhaftes Lächeln breitete sich auf dem jungen Gesicht aus. »Du hast vollkommen Recht, meine Liebe.« Er warf die Zigarre in eine Silberschale. »Ich habe hier absolut nichts mehr verloren.« Er eilte zurück in die Loge, den Seidenmantel über seinem Arm kam er zurück.

»Was heißt das?«, fragte sie ärgerlich.

»Ich gehe.« Er hauchte einen Kuss auf ihre Wange. »Solltest du später noch im *Silberlöwen* vorbeischauen, würde es mich freuen.« Ohne Karl eines Blickes zu würdigen, machte Arco kehrt und strebte dem Ausgang zu. Bald war er in der Menge verschwunden.

Nach einem Moment des Schweigens sagte Karl: »Es tut mir leid, wenn ich Unfrieden zwischen Ihnen und Ihrem Freund gesät habe.«

Julie schüttelte den Kopf. »Ich habe ihn noch nie so erlebt.« Du hast ihn schon so erlebt, dachte sie zugleich. In diesem Mann lauerte ein Dämon, der es nicht bei zornigen Worten bewenden ließ. Sie hatte diese Seite an ihm manchmal zu ihrem Genuss missbraucht, obwohl sie gespürt hatte, dass seine Wollust kein gewöhnlicher Liebesrausch war, kein sich Verlieren in Leidenschaft. Diesem Trieb Arcos lag etwas anderes zugrunde, etwas Tieferes, Dunkleres. »Entschuldigen Sie nochmals.« Julie verstand natürlich, dass Kupfer sie für Arcos Freundin hielt; nach einem Abend wie diesem wollte sie aber nicht dafür gehalten werden.

»Wollen Sie vielleicht etwas trinken?«

Sie sah ihn an. »Ein Glas Wein wäre eine gute Idee.«

»Darf ich Ihnen Gesellschaft leisten?«

»Sehr freundlich von Ihnen, aber ich will Sie nicht von Ihren journalistischen Pflichten abhalten.«

»Meine Pflichten sind erledigt. Ich kann nach der Pause ohnehin nicht bleiben.«

»Wieso nicht?«

»Ich habe meiner Frau versprochen, sie auf ein Künstlerfest zu begleiten.« Gemeinsam setzten sie sich in Bewegung.

Er ist verheiratet, dachte Julie. Die netten Männer sind immer verheiratet. »Wenn ich es recht bedenke …« Sie blieb unvermittelt stehen.

»Ja?«

»… würde ich lieber ein Bier trinken.«

»Einverstanden.« Karl bahnte ihnen einen Weg zum nächsten Zapfhahn.

8

Es war November, aber alle hielten sich im Freien auf. Sie tranken Glühwein, es brannten Fackeln, dahinter erhob sich das große Gebäude der Akademie. Nina Kupfer saß in einem Sessel, den man eigens für sie nach draußen getragen hatte. Man sah ihr an, dass sie glücklich war. Julie sah es ihr an, auch wenn ihr die verstörenden Merkmale dieser ungewöhnlich schönen Frau nicht entgangen waren. Sie hatte noch zu wenig mit dem Ehepaar Kupfer gesprochen, um Näheres über Ninas Krankheit erfahren zu können. Anämie, mutmaßte Julie, während sie einen Schluck von ihrem dritten Bier trank. Kreislaufstörungen vielleicht, aber was war die Ursache dafür?

Im Theater hatte Julie mit Karl ein kurzes Gespräch geführt. Seine Bemerkung, dass der Abend für sie wohl verpatzt sei, hatte ihr verdeutlicht, dass sie keine Lust hatte, in die Loge des Grafen zurückzukehren. Ein paar scherzhafte Sätze, und sie hatte zugestimmt, Karl auf das Fest zu begleiten. Julie wusste nicht, wer Alexej Jawlensky war, sie hatte auch vom *Blauen Reiter* nur beiläufig gehört. Dass Kupfers Frau selbst Malerin war, fand sie interessant. Vor allem hatte Julie aber Freude daran, einen Abend unter gutgelaunten Menschen zu verbringen. Das Bier machte sie samtig, die vielen Stimmen, die Klaviermusik, eine Klarinette und ein Bass spielten dazu, Julie fühlte sich so behaglich wie schon lange nicht mehr. Es war ihr gar nicht mehr aufgefallen, dass sie in letzter Zeit meistens von Grauen umgeben war. Die zerschundenen Menschenkörper, die täglich bei ihnen eingeliefert wurden, die Verstümmelungen und Entstellungen, die Leiden der Nerven, die Julie vielleicht lindern, aber niemals würde heilen können, das und nur das füllte ihre Tage aus. Dabei gab es auch vier Jahre nach Ausbruch des Krieges in der Stadt immer noch so etwas wie Harmlosigkeit, Geselligkeit und Lachen. Julie war Karl dankbar, dass er sie mitgenommen hatte. Sie schlenderte durch die Gruppen der Künstler und überlegte, was für ein schönes, außergewöhnliches Gefühl das sein musste, sich als Künstler zu begreifen und danach zu leben.

»Es war schrecklich.« Alexej Jawlensky, ein untersetzter Mann mit gepflegtem Schnurrbart, sprach mit Nina Kupfer. »Tagein, tagaus saß ich in meinem Zimmer und starrte auf den Genfer See. Ich versuchte, der Landschaft irgendetwas Besonderes abzutrotzen, aber da war nichts, nur Bäume, Büsche und Wasser. Also habe ich Bäume, Büsche und Wasser gemalt.«

»Das stimmt nicht, Alexej.« Nina hob den Kopf. »Du hast die Details, die du der Natur entnommen hast, in Metaphern verwandelt. Das lässt sich von Bild zu Bild deutlicher erkennen. Wie wunderbar, dass du sie mitgebracht hast.«

Jawlensky nickte ernsthaft. »Wenn es mir nicht gelungen wäre, der biederen Schweizer Landschaft eine Welt des Geistigen abzuringen, wäre ich wahrscheinlich verrückt geworden.«

»Diese *Lieder ohne Worte* sind deine tiefsten Bilder, Alexej. Form und Farbe, alles gewinnt darin eine neue Wertigkeit, ganz anders als in deinen früheren Werken.«

»Ihre Frau schmeichelt mir«, sagte der Maler, als Karl zu ihnen trat.

»Nina schmeichelt niemandem«, antwortete er und gab ihr ein Glas mit Wasser. »Sie bewundert Ihr Werk.«

Missmutig betrachtete Nina das Glas. »Sieh dir das an, Alexej, mir bringt er Wasser, während er selbst Wein trinkt.«

»Wollen Sie Nina nicht zur Feier des Abends einen kleinen Schluck gönnen?«

»Sie darf nichts trinken«, antwortete Karl freundlich, doch Julie sah ihm an, dass es ihm ernst damit war. Er bemühte sich, sein Weinglas von Nina fernzuhalten.

Sie aber lächelte wie jemand, der etwas Unartiges tun möchte, und versuchte scherzhaft, sein Glas zu fassen. »Ein kleiner Schluck wird mich nicht umbringen.«

Diejenigen, die Nina umstanden, ermunterten Karl, seine Frau nicht so hartherzig zu behandeln.

Blutarmut scheint es nicht zu sein, dachte Julie, vielleicht eine Gefäßerkrankung oder ein Lungenleiden. Dass sie keinen Alkohol trinken darf, könnte allerdings auf etwas anderes hindeuten. Julie dachte an den Lehrsatz des alten Aretaios, der bereits 100 nach Christus geschrieben hatte: *Rätselhaft und furchtbar ist Diabetes, ein Schmelzen des Fleisches und der Glieder zu Harn. Das Leben derjenigen ist kurz und schmerzvoll, der Durst unstillbar und der Tod unausweichlich.* Sie beobachtete, wie Nina sich genussvoll die Lippen leckte. Jemand aus der Runde hatte sie von seinem Wein nippen lassen.

»Genug«, sagte Karl. »Du weißt, dass es dir nicht bekommt.«

»Foxtrott!«, rief Nina. Tatsächlich hatte die Musik in diesem Augenblick zu einem schwungvollen Rhythmus gewechselt. »Ich möchte tanzen, Karl.«

»Ich fürchte, das wird dir alles ein bisschen zu viel.«

Der arme Karl Kupfer, dachte Julie. Er bemühte sich

sichtlich, kein Spielverderber zu sein, obwohl ihm die Sorge um seine Frau ins Gesicht geschrieben stand.

Nina wurde ungehalten. »Alles willst du mir verbieten. Keinen Wein soll ich trinken, nicht tanzen, und keinen Spaß haben darf ich. Der Krieg ist vorbei. Wenn das kein Grund zum Feiern ist!« Sie stützte sich auf die Armlehnen und stand auf. »Foxtrott«, rief sie wie ein Kind, das eine bestimmte Sache um jeden Preis ertrotzen will.

»Einverstanden, ich tanze mit dir«, lenkte Karl ein. »Aber lass uns erst auf einen langsamen Walzer warten.«

»Foxtrott«, schleuderte sie ihm entgegen, als sei das ihr neuer Kampfruf.

»Gestatten Sie?« Jawlensky stellte sich in Positur. Zu Karl gewandt, sagte er: »Auch wenn man es mir nicht ansieht, traue ich mir zu, Ihre Frau sicher übers Parkett zu führen.«

»Du würdest mit mir tanzen, Alexej?« Nina fasste den Arm des Malers, den sie um Haupteslänge überragte.

»Bitte erlauben Sie es.« Beide sahen Karl an wie einen gestrengen Vater.

Er hob die Schultern. »Was soll man da sagen?« Er bemerkte Julie im Hintergrund. »Fräulein Landauer, Sie sind Ärztin. Was würden Sie mir raten?«

Bevor sie antworten konnte, wechselte die Band zu einem langsameren Rhythmus. »Das ist ein Slowfox«, sagte Julie. »Gegen einen Slowfox lässt sich wohl nichts einwenden.«

»Danke, Frau Doktor.« Nina fasste Jawlensky um die Taille. »Du hörst es, Karl. Mir wurde das Tanzen vom Arzt gestattet.«

Alle in der Runde lachten. Karl lachte notgedrungen mit, nur Julie sah die Befürchtung in seinen Augen, etwas Unverantwortliches zuzulassen. Jawlensky führte Nina auf die Fläche mit den Steinfliesen, wo bereits mehrere Paare tanzten. Sie schmiegte sich in seinen Arm und begann, sich zur Musik zu drehen.

Julie und Nina waren einander kurz vorgestellt worden. Karl hatte erwähnt, unter welch merkwürdigen Umständen er die Ärztin in jener Revolutionsnacht kennengelernt hatte. Die Leichen und die Menschen in Todesangst hatte er verschwiegen. Er schont sie, wo er kann, dachte Julie und trat an Karls Seite. »Woran leidet Ihre Frau, wenn ich fragen darf?«

Er zögerte einen Moment. »An der Zuckerkrankheit.«

Meine Ahnung war richtig, dachte sie nicht ohne Stolz, *Diabetes mellitus* also. »Wie lange schon?«

»Es wurde vor zwei Jahren festgestellt.« Er ließ die Tanzende nicht aus dem Blick. »Wahrscheinlich liegt die Erkrankung aber bereits länger zurück.«

»Was wurde ärztlich verordnet?« Julie bemerkte, dass sie sich zum Rhythmus der Musik in den Hüften wiegte.

»Unser Hausarzt hält eine salzarme Diät für die wirkungsvollste Therapie.« Karl bemerkte Julies Hüftschwung. Sofort ließ sie das Wiegen sein.

Leider ist es die einzige Behandlung, die wir bis heute kennen, dachte sie: salzarme Diät, regelmäßige Kontrolle des Blutzuckerspiegels und möglichst viel Bewegung. Die Medizin war bei Diabetes noch keinen Schritt weiter als vor fünfzig Jahren. »Hält sich Ihre Frau an die Diät?«

»Nina ist sonst sehr diszipliniert«, antwortete er. »Sie nimmt große Opfer auf sich, um in ihrem Zustand ein halbwegs normales Leben führen zu können.«

Julies Finger trommelten im Takt gegen ihren Schenkel. Wann hatte sie das letzte Mal getanzt? Arco forderte sie nie dazu auf, und Oskar, ihr Freund, tanzte wegen seines Beines nicht. Es musste noch vor dem Krieg gewesen sein, dass sie jemand aufs Parkett geführt hatte. Auch Karl machte keine Anstalten, sich unter die Tanzenden zu mischen. Obwohl es nach wie vor als unschicklich galt, wenn Frauen die Initiative ergriffen, sagte sie: »Wenn Sie wollen, könnten wir etwas näher an Ihre Frau heranrücken.« Mit der Hand machte Julie eine kreisende Bewegung. »Wollen wir in Ninas Nähe tanzen?«

»Ich bin in den neuen Tänzen nicht bewandert.« Da war ein Lächeln um seine Augen, das Julie rührte. Plötzlich hatte sie eine Vorstellung davon, wie Karl als Kind gewesen sein mochte. Ein ernsthafter Junge, dem es schwerfiel, unbekümmert zu sein, und der das Tanzen als eine Tätigkeit ansah, die man erst gewissenhaft erlernen musste, bevor man sich auf das Parkett wagen durfte.

»Slowfox ist einfach.« Im Bewusstsein ihrer forschen Vorgehensweise reichte sie ihm den Arm. »Erst folgen Sie mir, dann folgen Sie der Musik.« Sie ergriff seine Hand und legte ihre Linke um Karls Nacken.

Nach ein paar Schritten war es offenbar, dass er besser tanzte, als er zugab. Seine Augen waren bei Nina. Vorsichtig ließ Julie sich in seinen Arm sinken. Er war etwas älter, als sie angenommen hatte, Ende dreißig vielleicht. Sie entdeckte zwei tiefe Falten zwischen seinen Augenbrauen, sie entdeckte Verständnis und Klugheit. Julie gefiel sein scharf geschnittenes Kinn, das wirre Haar verlieh ihm etwas Melancholisches. Kräftige Schultern, lange Beine, er verstand die Sprache der Musik, es fühlte sich gut an, von ihm im Arm gehalten zu werden. Wann war sie das letzte Mal von einem *netten* Mann so gehalten worden, von einem, der nichts von ihr wollte, der vor Sorge um seine wunderschöne Frau verging? Julie fand Spaß daran, hingebungsvoll mit einem Mann zu tanzen, dem ihre Hingabe nichts bedeutete. Sie drehten sich zu der harmlosen Musik, rund um sie drehten sich die alten Gebäude, die kahlen Bäume, es wogte selbst der nächtliche Nebel im Takt. Zweimal wechselte die Musik, Julie spürte, dass Karl sie ein wenig inniger an sich zog, sie spürte den Stoff seines Anzugs und fühlte das leise Kitzeln seines unrasierten Kinns. Sie war froh, nicht in Versuchung gekommen zu sein, Arco heute noch einmal zu treffen und der unvermeidlichen Leidenschaft zu erliegen.

Während sie sich drehten und immer weiter drehten, wurde Julie bewusst, dass sie im Grunde allein war. Sie empfand es nicht als Einsamkeit, doch ihr fehlte das feine Netz aus Geborgenheit, das die Menschen auffing, wenn der Balanceakt auf dem Seil des Lebens kaum noch zu bewältigen war. Sie hatte ihr Alleinsein immer den Umständen zugeschrieben, da sie ja praktisch kein gesellschaftliches Leben führte: Ihre Tage und Nächte spielten sich im Krankenhaus ab. Weshalb scheute sie mit fast dreißig Jahren immer noch jede Verbindlichkeit? War sie Ärztin geworden, weil dieser Beruf ihr die rechte Mischung aus Anteilnahme und Distanz bot? Lieferte sie sich einem Mann wie Arco aus, weil die Unmöglichkeit eines tiefer gehenden Verhältnisses ihrem Wesen entsprach?

Seit sie tanzten, war kein Wort zwischen ihnen gefallen. Zwischen den Musiknummern hatte Karl die Hände von Julie gelöst und sie bei den nächsten Takten von neuem umarmt. Es schien ihm auch zu gefallen, dachte sie, beim dritten Tanz konnte man schließlich nicht mehr von Höflichkeit sprechen. Als sie zu ihm aufblickte, hatte Karl die Augen geschlossen. Das fand sie schön.

Der flache Schrei wäre im Gelächter der Menschen kaum zu hören gewesen, doch es war dieses Flache und Kraftlose, was Julie aufhorchen ließ. Das war der Schrei von jemandem, der das Bewusstsein verlor. Sie hob den Kopf und bemerkte, wie Nina Kupfer zwischen den tanzenden Paaren zu Boden sank. Jawlensky versuchte, sie zu halten, doch sie entglitt ihm, stürzte und blieb regungslos liegen. Ihre Frisur hatte sich beim Tanzen gelöst, rotblondes Haar fiel ihr übers Gesicht. Der Maler stand einen Moment hilflos da, dann gebot er der Musik aufzuhören. Die Stille über der Tanzfläche riss alle aus ihrem nächtlichen Traum. Köpfe hoben sich, verschlungene Paare lösten sich voneinander.

Karl ließ Julie los und drängte sich zwischen denen durch, die ihn von seiner Frau trennten. Bei ihr angelangt, beugte er sich, nein, warf er sich förmlich über sie. Er riss Ninas Oberkörper in seinen Arm.

»Was ist? Was hast du?« Er wollte sie hochheben, aber ihr Kleid und die Umstehenden hinderten ihn daran.

»Wir brauchen einen Arzt«, sagte Jawlensky.

Karl schaute auf. »Frau Landauer –«

»Heben Sie nicht ihren Kopf hoch, sondern die Beine.« Mit ein paar Schritten war sie bei ihm. »Wie oft hat Ihre Frau solche Ohnmachtsanfälle?«

Er war zu verwirrt, um gleich zu antworten. »Es muss das Bier sein, das Tanzen. Sie hätte nicht ausgehen sollen. Ich hätte es verbieten müssen …«

»Wie oft wurde sie in letzter Zeit ohnmächtig?« Julie presste die Finger auf Ninas Halsschlagader. Der Puls war beängstigend schwach.

»Manchmal morgens, oder wenn sie zu schnell aufsteht.« Er fasste sich. »Einmal habe ich sie bewusstlos vor ihrer Staffelei gefunden.«

»Geben Sie mir Ihre Jacke.«

Karl zog sie aus, Julie knüllte sie zusammen und schob sie der Bewusstlosen unter die Beine. »Wir brauchen ein Kissen«, rief sie den Umstehenden zu. »Bei wem ist Ihre Frau in Behandlung?«

»Doktor Stern.«

Jemand kam mit einem Sofakissen, Julie packte es unter Ninas Beine. »Wann wurden ihre Glukosewerte zuletzt kontrolliert?«

»Gestern. Erst gestern habe ich das getan.«

»Sie selbst nehmen ihr Blut ab?«

»Doktor Stern hat es mir beigebracht.«

»War Ihre Frau wegen der Sache schon im Krankenhaus?«

»Einmal, in einem besonders akuten Fall.«

In diesem Moment schlug Nina die Augen auf. »Nicht ins Krankenhaus«, flüsterte sie. »Ich will nicht. Wo ist Doktor Stern?«

Julie betrachtete die Liegende. Ein wenig Farbe war in Ninas Gesicht zurückgekehrt.

9

Das Zimmer ging mit drei Fenstern auf die Poschingerstraße. Die Wohnung war nicht gerade spartanisch, aber nüchtern eingerichtet. Bücher bedeckten zwei der Wände, nirgendwo stand Nippes herum, stattdessen betrachtete Julie die scharfkantigen Lampen, nicht wie üblich aus schimmerndem Messing, sondern aus Chrom. Die Sitzmöbel waren schnörkellos und hatten einfarbige Bezüge. Hier wohnt ein Mann mit modernen Ansichten, dachte Julie. Außer ein paar Fotografien auf dem Flügel gab es kaum Erinnerungsstücke. Sonderbar fand sie ein Bettgestell im Empire-Stil, das als Sofa diente.

»Beethoven hat einmal in diesem Bett geschlafen.«

Julie zuckte zusammen, als sie plötzlich Ninas Stimme hörte. Karls Frau lag ausgestreckt auf jenem Bett, Julie hatte ihr die Schuhe ausgezogen. »Beethoven, wirklich?«

Als die Kranke nickte, geriet ihr Haar auf dem Kissen in Bewegung. »Es ist ein Erbstück meiner Eltern.«

»Wie geht es Ihnen?«

»Besser. Wo ist Karl?«

»Ich habe Ihnen ein Haferpräparat verschrieben, das den Blutzuckerspiegel senken soll. Ihr Mann holt es gerade aus der Apotheke.«

Julie betrachtete das weißhäutige Gesicht Ninas, das von einem feuchten Film überzogen war. »Wie ging es Ihnen, bevor Sie heute ausgegangen sind?«

»So gut wie schon lange nicht mehr.« Sie wollte sich aufrichten, sank aber wieder zurück. »Ich hatte nur ein bisschen Bauchschmerzen.«

Was sie hörte, gefiel Julie gar nicht, doch sie versuchte, sich nichts anmerken zu lassen. »Sie sollten jetzt bald schlafen. Morgen früh fühlen Sie sich besser.«

Ein überraschtes Lächeln tauchte auf dem Gesicht der Liegenden auf. »Morgen?«, fragte sie beinahe verächtlich. »Doktor Stern lügt besser als Sie, Frau Doktor. Auch er will mich glauben machen, dass es irgendwann *besser* wird.«

»Sie selbst sollten daran glauben«, erwiderte Julie vorsichtig.

Nina streckte ihren schmalen Arm zum Beistelltisch. Bevor Julie ihr helfen konnte, hatte sie ein Buch ergriffen und es aufgeschlagen. »Sieht die Zukunft für mich nicht eher so aus?«

Es war ein Standardwerk über Erkrankungen des Blutes. Nina zeigte ihr Bilder von Diabeteskranken im Endstadium. Elendsgestalten, deren Köpfe über den ausgezehrten Körpern viel zu groß aussahen und deren Haut wächsern war wie die von Toten. Julies Miene blieb angesichts der Abbildungen unbeweglich.

»Ich fühle es im Voraus, wenn die Anfälle kommen«, sagte Nina. »Dann werde ich fahrig, unruhig, ich höre jedes Geräusch quälend laut. Meine Umgebung wird fremd und bedrohlich, manchmal weiß ich nicht mehr, ob ich noch ich selbst bin oder verrückt werde.« Sie wandte den Kopf. »Manchmal hilft mir das Malen. Aber wenn ich mir die Bilder später ansehe, spiegeln sie nur eines wider: den Tod.«

»Der Tod ist noch weit von Ihnen entfernt, Frau Kupfer.« Julie schlug das Buch zu.

»Ich weiß, dass meine Krankheit den Tod bedeutet«, entgegnete Nina. »Heilung gibt es nicht.«

Sie hat Recht, dachte Julie. »Sie sollten nicht so viel sprechen. Karl ist bestimmt gleich zurück.«

»Karl …«, murmelte die Liegende. »Karl verschließt die Augen vor der Wirklichkeit. Er will, dass auch ich sie verschließe.« Sie stieß ein kurzes Lachen aus. »Er will sogar ein zweites Kind. Ein Kind, in meinem Zustand!«

»Sie haben ein Kind?« Unwillkürlich hob Julie den Blick zur Tür. »Wo ist es jetzt?«

»Moritz ist bei den Großeltern.«

»Wie alt ist Moritz?«

»Nächsten Herbst kommt er in die Schule.« Ein kraftloser Seufzer. »Wer weiß, was nächsten Herbst sein wird.«

»Es gibt neue Forschungen in Frankreich und Rumänien.«

»Die Pankreasforschung?«, warf Nina ein. »Jene Zellen in der Bauchspeicheldrüse, die angeblich den Blutzucker regulieren?«

»Sie sind erstaunlich gut informiert.«

»Bis jetzt wurden lediglich Versuche an Hunden gemacht. Es kann noch Jahre dauern, bis die Ärzte in Deutschland so weit sind. So viel Zeit habe ich nicht.« In verändertem Ton sagte sie: »Ja, wenn ich nach Frankreich könnte, wäre manches anders. Ich habe dort einen Freund in der Nähe von Marseille. Er könnte mir helfen. Durch ihn könnte ich Zugang zu den klinischen Spezialisten bekommen.«

Julie war überrascht von der Energie, die plötzlich aus der Kranken sprach. »Frankreich wäre eine gute Idee.«

»Frankreich ist unser Feind«, entgegnete Nina. »Wie soll ich als Kranke mit einem Kind nach Marseille gelangen?«

»Wir haben bald Frieden, Frau Kupfer. Im Frieden ist vieles möglich.«

»Frieden«, flüsterte sie.

Beide hörten die Tür gehen, Karl betrat das Zimmer.

»Ich kann Doktor Stern nirgends finden.«

»Karl –« Nina streckte die Hand nach ihm aus, und er setzte sich zu ihr. »Warum hast du mich so lange allein gelassen?«

Julie spürte, dass die Kranke ungern in ihrer Gesellschaft war. Nina wollte Karl und ihren Hausarzt um sich haben, was sie aber vor allem wollte, war ungeteilte Aufmerksamkeit. Diese Frau liebte es, im Mittelpunkt zu stehen, sie brauchte andere Menschen wie einen Spiegel, in dem sie sich betrachten konnte. Auf dem Fest hatte sie wie eine Königin in ihrem Sessel gethront und es genossen, umschwärmt zu werden. Bis zu ihrer Erkrankung war das wohl der natürliche Zustand für eine Frau von ihrer Schönheit gewesen. Sie litt unter Diabetes, aber sie litt auch unter dem Verlust jenes Spiegels. Julie nahm das Medikament von Karl entgegen, während er sich zu Nina setzte.

»Es war nur der Wein und das schnelle Tanzen«, sagte er, als ob er sich selbst beruhigen wollte. »Sonst wäre der Anfall nicht so heftig ausgefallen.«

»Haben Sie Milch im Haus?«, fragte Julie.

»Ja, es müsste noch … Warten Sie.« Er wollte aufstehen und in die Küche laufen. Julie bemerkte, dass Nina ihn festhielt.

»Bleiben Sie bei Ihrer Frau, ich finde sie schon.«

In der Küche wollte Julie gerade die Kühlkammer öffnen, als sie eine bleierne Müdigkeit überfiel. Ein endlos langer Tag lag hinter ihr, seit sechs Uhr morgens hatte sie Dienst im Krankenhaus getan, eine Waggonladung mit Verwundeten war eingeliefert worden, drei von ihnen waren inzwischen gestorben. Nachmittags war Arcos Einladung ins Deutsche Theater gekommen, im Novembernebel war sie dorthin gehastet. Eisners Rede, der Streit des Grafen mit Karl, das Künstlerfest – Julie hätte sich vor Müdigkeit, so wie sie war, auf die Küchenbank legen und einschlafen können. Einen Moment lang wollte sie sich wenigstens setzen. Hier war alles ordentlich aufgeräumt. Wer machte das? Karl selbst? Auf dem Bord standen Marmeladengläser. Julie lehnte sich zurück, eine Melodie ging ihr durch den Sinn, war das ihr letzter Tanz gewesen? Julie atmete kurz durch, dann straffte sie die Schultern. Sie musste sich um das Haferpräparat kümmern. Sie stand auf und öffnete die Kammer. Als sie den Milchkrug schon in der Hand hatte, kam Karl gelaufen.

»Sie atmet nicht mehr!«

»Was?«

»Seit ein paar Sekunden. Ich dachte erst, Nina würde einschlafen, aber dann setzte der Atem aus.«

Julie ließ die Milch stehen, Karl eilte ihr ins Wohnzimmer voraus. Der Kopf der Liegenden war zur Seite gesunken.

Julie ging auf die Knie, hielt ihre Nase vor Ninas halb geöffneten Mund und nahm den charakteristischen Acetongeruch wahr. »Sie atmet.«

»Wirklich?« Neben ihr kniete er nieder.

Julie zog der Bewusstlosen die Strümpfe aus und untersuchte ihre Füße. Sie entdeckte Geschwüre an den Zehen, der Rist des linken Fußes war blutig.

»Wie lange hat sie diese Wunden schon?«

»Sie verletzt sich so leicht in letzter Zeit.« Fahrig strich Karl seiner Frau übers Haar. »Manchmal genügt schon das Anstoßen der Zehenspitzen im Schuh.«

»Nimmt sie den Schmerz wahr?«

»Sie sagt, sie spürt immer weniger in den Füßen.«

»Und die Hände?«

»Ein Taubheitsgefühl, ein Kribbeln oder Brennen.« Plötzlich brach es aus ihm hervor: »Was ist mit ihr?«

»Sie muss ins Krankenhaus.« Julie sprang auf.

Wie unter Schock schaute er zu ihr hoch. »Können Sie denn hier nichts für sie tun?«

»Ihr Blutzuckerspiegel ist extrem überhöht. Sie braucht einen Blutaustausch. Das kann ich hier nicht machen.« Julie wandte sich zur Tür.

»Wo wollen Sie hin?«

»Ich rufe eine Droschke.«

»Nicht nötig, an der Ecke stehen welche.« Karl beugte sich über seine leblose Frau. Speichel rann aus ihrem Mundwinkel. »Soll ich ihr etwas überziehen?«

»Uns läuft die Zeit davon, Herr Kupfer.« Julie sah noch, wie er Nina vorsichtig hochhob, eilte voraus und öffnete die Türen bis ins Treppenhaus. »Haben Sie Ihren Schlüssel dabei?«, fragte sie den überforderten Mann und warf auf sein Nicken die Wohnungstür zu.

Im zweiten Stock zeigte sich ein heller Spalt. »Was ist denn los?«, fragte eine brüchige Stimme.

»Gehen Sie wieder schlafen, Frau Silberschneider.« Karl eilte die Treppe hinunter, Ninas Beine wippten im Rhythmus seiner Schritte.

10

Die Stille nach dem Schreien, die Stille fühlte sich merkwürdig an, die Stille machte Karl Angst. Bei vollem Bewusstsein hatte Nina die qualvolle Behandlung über sich ergehen lassen müssen. Wie ein Spieß hatte die lange Nadel aus ihrem Oberschenkel geragt, zwei Schwestern hatten sie festgehalten, Karl war über ihr gestanden, seine Hände um ihren Kopf, er hatte beruhigend auf sie eingeredet. Er hatte gesehen, wie seiner schreienden Frau frisches Blut zugeführt wurde, während man sie gleichzeitig zur Ader ließ. Der Operationstisch, der Boden, der Kittel der Ärztin, alles war mit Blut bespritzt gewesen.

Karl trat ans Fenster. Julie Landauer, diese ungewöhnliche Frau. Mit sicheren Bewegungen hatte sie das Notwendige getan. Es war diese besondere Ruhe, die einem in ihrer Nähe das Gefühl gab, dass sie nichts falsch machen konnte. Einmal während der Notoperation war sie im Blut ausgeglitten und hingefallen, lächelnd hatte sie zu Karl aufgeschaut. In diesem Moment war er vom Grün ihrer Augen überfallen worden. Wie schön diese Augen waren, wie viel Mut sie ausstrahlten, zugleich diese sonderbare Keckheit. Er hatte Julie auf die Beine geholfen, sie hatte sich wieder an ihre blutige Arbeit gemacht. Bald darauf hatte Nina das Bewusstsein verloren. Karl war auf das Schlimmste gefasst gewesen, doch Julie hatte den Puls gefühlt und gesagt: »Jetzt ist es leichter für sie.«

Erst nachdem die Prozedur vorbei war, hatte Julies Vorgesetzter einen Blick in den OP geworfen. Professor Kilian, der Chef des Krankenhauses, war ein Mann mit beeindruckend grauen Schläfen und verwegener Miene. Er hatte der jungen Ärztin die Hand auf den Nacken gelegt. »Alles gut gegangen, Julchen?« Kilian wollte wissen, ob Karl seiner Frau Blut gespendet habe, Julie antwortete an seiner Stelle, er hätte nicht die richtige Blutgruppe. Der Professor ließ sich kurz darüber aus, was für ein Segen es sei, dass man Blut endlich konservieren könne, und verschwand so plötzlich, wie er gekommen war. Bevor Nina auf ein Zimmer gebracht wurde, hatte Julie sie noch einmal untersucht. Karl war die Sorge in der Miene der Ärztin nicht entgangen.

Der Raum, in den man Nina brachte, war ungewöhnlich für ein Krankenzimmer. Er lag unter einem Gewölbebogen, was ihm die Atmosphäre einer Höhle verlieh. An der Tür, auch am Kleiderschrank waren die Ornamente farblich hervorgehoben worden, die Quadern des Fußbodens imitierten ein Schachbrett. Die Betten standen rechtwinkelig zueinander, von dreien waren zwei belegt. Außer Nina lag noch eine alte Krankenschwester hier, die in dem Lazarett, wo sie zuletzt Dienst getan hatte, vor Überarbeitung zusammengebrochen war. Im Schwabinger Krankenhaus sollte sie wieder auf die Beine kommen.

Erschöpft lehnte sich Karl ans Fensterbrett. Nach dieser Nacht fühlte er sich wie gerädert. Die tiefstehende Morgensonne drängte zum Fenster herein, im funkelnden Licht verwandelten sich die Gegenstände des Zimmers in Kostbarkeiten. Die Waschschüssel wurde zu einem Gefäß voller Licht, der Vorhang war ein bewegter Schleier, selbst die Glocke auf Ninas Nachttisch bekam etwas Verzaubertes. Am liebsten hätte Karl die Vorhänge aufgezogen, doch für die entkräftete Patientin war es besser, in ihrer dämmerigen Ecke zu liegen.

Karl hätte längst zur Redaktionssitzung fahren müssen, die politische Lage wurde von Tag zu Tag unübersichtlicher. Er stieß sich vom Fensterbrett ab.

»Noch einmal halte ich das nicht aus«, kam es flüsternd aus der Ecke. »Da sterbe ich lieber.«

»Du bist wach?« Mit zwei Schritten war er bei Nina. »Gestorben wird noch lange nicht. Du bleibst ein paar Tage hier, sie finden bestimmt einen Weg, wie man dir helfen kann. Eine neue Diät, die richtigen Medikamente ...«

»Zögern alles nur hinaus. Am Ende steht ja doch der Tod.«

Karl strich über ihr schweißverklebtes Haar. »Hier sorgen sie besser für dich, als wir es zu Hause konnten. Ich bin fast froh, dass der Anfall gestern passierte. Ab jetzt kümmern sich die richtigen Leute um dich. Mach dir nicht zu viele Gedanken.«

Er selbst machte sich solche Gedanken, er redete gegen seine eigenen Befürchtungen an. Was wäre, wenn Nina nicht mehr sein würde? Unausdenklich, wie der Gedanke war, konnte Karl ihn nicht aus seinem Kopf verbannen. Moritz ohne seine Mutter, Moritz bei den Großeltern? Der Junge war alt genug, die Leiden Ninas zu begreifen, er spürte ihre Verzweiflung, er bekam auch die zeitweise Umnachtung seiner Mutter mit, die Stunden, wenn sie ohne Gegenwehr in ihren schwarzen Abgrund stürzte.

Moritz sollte die Realität dieses Zimmers nicht kennenlernen, beschloss Karl, der Kleine durfte seine Mutter so nicht erleben, ausgelaugt, wie sie war. Ein Kautschukschlauch mündete über eine Nadel in ihren Arm, aus einer Flasche tropfte Flüssigkeit. Es war das Beste gewesen, Moritz zu den Großeltern zu bringen; am Fuße des Felszinkens, wo das Elternhaus stand, hatte er ein kleines Paradies. Es gab dort den riesigen Obstgarten, den nahen Wald, es gab den kraftstrotzenden Großvater, der seinen Enkel auf den Schultern über Stock und Stein trug. Karl nahm sich vor, bald hinauszufahren und mit den Eltern zu besprechen, wie es weitergehen sollte. Er durfte ihnen die Wahrheit über Ninas Zustand nicht länger verschweigen.

Sie war wieder eingeschlafen. Karl betrachtete das herbe Gesicht, in dem sich so erschreckend wenig von der Nina aus früheren Tagen wiederfand. Er liebte ihr selbstbewusst vorgeschobenes Kinn, die hohen Wangenknochen; ihre Augen, das Verführerischste an Nina, lagen tief in den Höhlen. Wohin verschwand sie? Was würde geschehen, wenn Julie Landauer ihr nicht helfen konnte? Karl hauchte einen Kuss auf Ninas Wange und ging. Leise schloss er die Tür und lief den Korridor hinunter. Er rannte Julie fast über den Haufen.

»Na, aber …!« Da sie kleiner war als er, prallte ihr Kopf gegen seine Brust. Mehrere Pillenschachteln fielen zu Boden.

»Das tut mir …« Vergebens hatte er die Schachteln auffangen wollen.

»Ach, Sie sind es«, sagte Julie, während sie sich bückte.

»Sie sind es«, wiederholte er wie ein Echo.

»Sie wollen schon gehen?«

»Ich kann so wenig für Nina tun.« Er half ihr beim Aufsammeln. Ohne die Operationshaube fiel Julies Haar in einer Welle über die Stirn. Der Knoten saß heute weniger streng.

»Wir passen gut auf Ihre Frau auf.« Sie kam hoch, ihr weißer Mantel reichte fast bis zum Boden, Karl entdeckte darunter einen dunkelblauen Rock, sie trug geknöpfte Stiefeletten. »Ich muss weiter.«

»Wenn Sie vielleicht einen Augenblick Zeit hätten. Was ist mit Nina, was wird mit ihr? Bitte sagen Sie mir die Wahrheit.«

»Wir werden die Geschwüre an den Füßen behandeln und die Nervenenden in den Händen stimulieren.«

»Aber das ist nicht das zentrale Problem, nicht wahr?«

Julie nahm die restlichen Pillenschachteln von ihm entgegen. »Ihre Frau leidet an der Übersäuerung ihres Blutes. Alles, was wir dagegen tun können, ist, sie auf eine Diät zu setzen.«

»Sonst nichts?«

Ein Krankenbett wurde vorbeigeschoben, ein Mann mit Verbänden an Kopf und Armen grüßte die Ärztin.

»Sie haben sich selbst mit der Krankheit beschäftigt«, antwortete Julie nach kurzem Zögern. »Sie wissen, dass es bei Diabetes mellitus immer noch keine Heilung gibt.«

»Was ist mit den Franzosen? Ich habe gelesen, dass in Marseille ein gewisser Professor Lemieuvre seit einiger Zeit eine neue Methode entwickelt.«

»Lemieuvre hat mit Extrakten der Bauchspeicheldrüse experimentiert.« Sie nickte. »Zumindest war das der Stand vor dem Krieg. Mehr wissen wir nicht.«

Nicht nur ihr Mund, auch ihre Augen sprachen. Diese Augen waren sanft und liebevoll, während der Mund nüchterne Tatsachen wiedergab. Ihr Gesicht wirkte heute Morgen melancholisch. Hatte sie überhaupt geschlafen? Zum zweiten Mal bemerkte Karl jenes heimliche Unglück, das Julie von Zeit zu Zeit ausstrahlte. »Wenn Sie einmal etwas Zeit hätten, würde ich gern mehr darüber erfahren.«

»Worüber?«

»Die Diabetesforschung. Vielleicht könnten wir beide, wenn ich Nina das nächste Mal besuche, zusammen …«

Woher kam ihr unerwartetes Lächeln? Was hatte er anderes gesagt, als dass er über Diabetes diskutieren wollte? »Aber wahrscheinlich haben Sie zu viel zu tun«, lenkte Karl rasch ein.

»Wir können gern miteinander reden, irgendwann in den nächsten Tagen.«

»Ich werde Nina wahrscheinlich abends besuchen. Wann endet Ihr Dienst?«

»Das spielt keine Rolle.«

»Wieso nicht?«

»Ich wohne hier.«

»Im Krankenhaus?«, fragte er überrascht.

»Im Belegschaftstrakt. Es ist bequemer, als täglich zur Arbeit zu fahren. Wir können uns in der Kantine treffen.«

Ein Pfleger schob einen Patienten im Rollstuhl näher. Karl trat beiseite.

»Dann dürfen Sie mich wieder zum Bier einladen.« Julie wandte sich dem Patienten zu.

Mit leichten Schritten lief Karl ins Freie. Während seine Schuhe auf dem Kiesweg knirschten, formte er seine Lippen zu einem Pfiff. Er konnte sich nicht erklären, warum er so fröhlich war.

11

Oskar streckte die Beine aus. Es gab keinen anderen Platz, an dem man es sich gemütlich machen konnte, als das Bett. Julie schämte sich dafür, wie jämmerlich sie wohnte, doch jedes Mal, wenn sie sich aufgerafft hatte, eine bessere Bleibe zu suchen, waren mysteriöse Trägheitskräfte erwacht, die das Projekt zum Scheitern gebracht hatten. Die Erkenntnis hatte gesiegt, dass sie sich praktisch ohnehin nur im Krankenhaus aufhielt. Wozu also umziehen?

Oskar ließ den Blick durch das Zimmer schweifen. »Dass du es hier aushältst.«

»Ich weiß.«

»Du hast mal gesagt, bis zu deinem dreißigsten Geburtstag hättest du dein Leben im Griff.«

»Das habe ich nie gesagt.« Julie richtete Brot und Käse auf einem Teller an.

»An deinem zwanzigsten Geburtstag hast du das gesagt, weißt du's nicht mehr?« Er achtete darauf, dass seine Schuhe die Krankenhausbettwäsche nicht schmutzig machten.

Julies Zimmer war ein Spiegelbild ihres Gesamtzustands, es ärgerte sie, dass Oskar das durchschaute. »Na und? Bis zum Dreißigsten habe ich noch eine Menge Zeit.«

»Bis April willst du verheiratet sein, ein eigenes Haus haben und am besten gleich noch schwanger werden?«

Julie war nicht gut im Arrangieren von Speisen. Es kam ihr als Zeitverschwendung vor, da Minuten später ja doch alles vertilgt sein würde. Fahrig schnitt sie den Käse auf. »Als ich diese Prognose gestellt habe, wusste ich nicht, dass mir ein Weltkrieg in die Quere kommen würde.«

Sie hasste die Beklemmung, die sie bei diesem Thema befiel. Ihre Schulfreundinnen waren alle verheiratet, eine erwartete bereits ihr drittes Kind. Keine von denen war Ärztin geworden, rechtfertigte sich Julie vor sich selbst. In diesen Berufsstand aufgenommen zu werden, war etwas Besonderes für eine Frau, und diese Ehre erforderte Opfer. Im Grunde war sie glücklich, so, wie es war. Suchte sich nicht jeder insgeheim das Leben aus, das seinem Wesen entsprach?

»Soll ich uns einen Apfel aufschneiden?«, fragte Julie.

»Gerne.« Oskar lehnte sich gegen die Wand. »Wir wissen inzwischen, aus welchem Kreis die Leute stammen, die für die Morde in der Löwengrube verantwortlich sind.«

Das Messer in der Hand, hob Julie den Blick.

»Sie gehören einer Vereinigung an, die sich die Thule-Gesellschaft nennt. Die Polizei weiß seit einiger Zeit von ihrer Existenz.«

»Thule?« Julie hielt den Apfel, als ob sie vergessen hätte, was sie damit tun wollte.

»Die Mitglieder sind teilweise angesehene Persönlichkeiten.« Oskar bemerkte ihr Innehalten. »Soll ich lieber den Apfel aufschneiden?«

Sie gab ihm das Messer so langsam, als ob es eine rituelle Handlung wäre.

»Was hast du?«

»Nichts. Erzähl mir mehr.«

Er rückte an die Bettkante. »Der Thule-Gesellschaft konnten bis jetzt keine kriminellen Vergehen nachgewiesen werden, und bloß für ihre abstrusen Ansichten sind sie nicht zu bestrafen.«

»Abstrus?«

Er schnitt den Apfel nach Bauernart, ohne das Gehäuse zu entfernen. »Sie schwärmen von einem mystischen goldenen Zeitalter, in dem die germanische Rasse angeblich von reinem Blut gewesen sein soll. Sie behaupten sogar, die Kriegsniederlage und die allgemeine Not hätten mit der krankhaften Vermischung der Rassen zu tun.« Oskar legte die Apfelschnitze auf den Teller. »Dabei sind diese Leute keine Verrückten, sondern Akademiker, Bürgerliche, Wirtschaftstreibende. Ihr derzeitiger Kopf ist ein Industrieller namens Kanter.« Er griff zum Käsebrot.

Es war noch nicht lange her, da hatte Julie etwas Ähnliches aus einem anderen Mund gehört. Sie und Arco hatten miteinander geschlafen, er war betrunken gewesen. Nach dem Sex hatte ihn ein merkwürdiger Größenwahn erfasst. In diesem Zustand hatte er vom Wiedererstehen wahrer germanischer Tugenden gesprochen. Julie hatte ihn nicht sonderlich ernst genommen und seine politische Tirade für das gegenstandslose Prahlen eines Adeligen gehalten, der spürte, dass seiner Gesellschaftsklasse die Felle davonschwammen. Damals hatte Arco den Thule-Bund erwähnt.

»Woher wisst ihr, dass die Thule-Gesellschaft die Morde begangen hat?«

»Weil die Polizei ein paar von ihnen seit einiger Zeit überwacht. So wurde bekannt, dass die harmlosen Eheleute Gebhardt ebenfalls Mitglieder des Thule-Bundes gewesen sind. Bei ihrer Erschießung dürfte es sich um einen Fememord gehandelt haben.«

Julie griff zum letzten übrig gebliebenen Apfelstück. »Wen genau lasst ihr überwachen?«

»Wieso willst du das wissen?«

»Nur so.«

»Die Namen sagen dir nichts.« Oskar wischte sich die Brotkrumen vom Mund. »Ist dein Dienst für heute beendet?«

»Warum?«

»Ich dachte, wir könnten zusammen noch was unternehmen.«

Nach kurzem Zögern antwortete sie: »Das würde ich gern, aber ich kann leider nicht.«

»Bist du zur Nachtschicht eingeteilt?«

»Ich habe noch eine Verabredung.«

»Ist das … etwas Wichtiges?« Da war wieder dieser Ausdruck in Oskars Gesicht, seine Hilflosigkeit, weil er zu einem bestimmten Bereich von Julies Leben keinen Zugang hatte.

»Nicht, was du denkst. Es ist der Ehemann einer Patientin. Wir sind uns vorhin in ihrem Zimmer begegnet, er möchte mich sprechen.«

Julie brachte das Geschirr zur Spüle. Sie traf sich sonst nie mit Angehörigen außerhalb ihrer Dienstzeit. Warum gab sie einem Mann wie Kupfer den Vorzug vor Oskar, ihrem Freund? Er hatte den weiten Weg zu ihr nach Schwabing gemacht; weshalb stieß sie ihn vor den Kopf?

Julie richtete sich vor der Spüle auf. »Das dauert bestimmt nicht lange. Wir könnten danach noch etwas zusammen machen.«

»Lieber nicht. Es ist spät, und du brauchst deinen Schlaf.« Oskar schwang die Beine zu Boden. »Ich überlasse dich deinem Rendezvous.«

»*Rendezvous* – mach dich nur lustig.«

»Danke für Speis und Trank.« Er zog seine Jacke an.

Sie spürte, dass er gern noch etwas von seinen neuen Aufgaben erzählt hätte, aber da sie nicht danach fragte, war er zu bescheiden, es von selbst anzuschneiden. Sie umarmten einander, Julie streichelte seinen Rücken. Diese Sekunden mit ihm machten sie jedes Mal traurig. Ein letzter Blick, er verbarg seine Enttäuschung hinter einem Lächeln und ging.

Julie überlegte, ob sie sich etwas Besseres überziehen sollte, doch wozu? Sie traf ja nur den Mann einer Patientin. Der weiße Mantel tat es auch. Sie schaute auf die Uhr, schon nach zehn. Vielleicht hatte er ohnehin nicht so lange warten wollen und war gegangen.

Die Deckenlampen des riesigen Raumes verströmten ihr illusionsloses Licht. Seit Julie hier begonnen hatte, hasste sie den grünen Ölanstrich an den Wänden. Kein Mensch war an der Essensausgabe, niemand an der Getränketheke. Am vorletzten Tisch saß ein Mann, sein Rücken war gekrümmt, er trug einen dunklen Mantel, ein halbleeres Glas stand vor ihm. Julie näherte sich Schritt für Schritt.

»Herr Kupfer?«

Im Umwenden lächelte er. »Guten Abend. Ich habe schon geglaubt, Sie kommen nicht mehr.«

So war das also, wenn man sich ungeachtet aller Müdigkeit freute, jemanden zu sehen, wenn man sich jedes Mal wieder freute. Sein Haar hing unordentlich in die Stirn, die Krawatte saß schief. Während Julie sich setzte, roch sie die Feuchtigkeit in seinem Mantel, es hatte zu regnen begonnen. Sie nestelte an ihrem Blusenkragen. Es ist egal, wie du aussiehst, dachte sie, ihm ist es egal.

»Danke, dass Sie sich die Zeit nehmen«, sagte er. »Sie müssen müde sein.«

»Sehe ich müde aus? Ich hole mir etwas zu trinken.« Julie wollte aufstehen.

»Lassen Sie mich das machen.« Karl lief zur Theke, hinter der niemand zu sehen war. »Hallo –«

Wie eine Erscheinung kam der Kantinenwirt hinter dem Tresen hoch und stellte auf Karls Bestellung ein Glas unter den Zapfhahn. Gleich darauf saßen sie beim Bier, wie sie es verabredet hatten. Beide lümmelten mit den Ellbogen auf dem Tisch, beide versuchten nicht, ihre Schwere zu verbergen.

»Müssen Sie morgen früh heraus?«

Julie genehmigte sich einen kräftigen Schluck. »Und Sie?«

»Mehr als drei Stunden Schlaf kann ich mir zurzeit nicht leisten. Die Ereignisse überschlagen sich in einer Weise, dass die Zeitung mit der Berichterstattung kaum nachkommt. Der Druck gegen die Regierung wächst. Es ist ein Wunder, dass Eisner überhaupt noch im Amt ist. Glücklicherweise haben wir bald Weihnachten.«

»Was hat das damit zu tun?«

»Niemand hat Lust, eine Regierung während der Feiertage zu stürzen. Im neuen Jahr ist es dann mit der Schonzeit vorbei.«

Julie beobachtete, wie das Thema Karl belebte. Er beugte sich zu ihr, seine Augen bekamen einen bernsteinfarbenen Glanz. »Eisner macht Werbung für Neuwahlen. Von einem Flugzeug aus hat er Zettel über München abwerfen lassen, aber wegen des nassen Wetters landeten sie in den Pfützen. Niemand, nicht einmal die Kinder, haben diese Flugblätter aufgehoben.« Er unterbrach sich. »Verzeihung, ich rede nur von meinen Angelegenheiten, dabei wollten wir über die Pankreasforschung sprechen.«

»Wollen Sie wirklich über Schlachtabfälle reden, aus denen Medizin gewonnen wird?«

Schmunzelnd deutete er auf ihren Mund. »Eigentlich nicht.«

Julie wischte sich den Bierbart ab. »Wie haben Sie den Krieg verbracht?«

»Ich war ein Jahr lang Kriegsberichterstatter in Galizien. Im Winter fünfzehn kam ich unter Beschuss. Fünf starben, ich wurde vorübergehend blind.« Er machte eine Geste, als ob er sagen wollte: ein Schicksal unter Tausenden. »Acht Monate lag ich in der Dunkelheit, danach kam mein Augenlicht wieder. Ich bin dann in München geblieben.« Aus ernsten Augen sah er sie an. »Und Sie?«

»Ich war die ganze Zeit hier. Die Armee hat den Krieg zu uns ins Krankenhaus gebracht.«

»Wie war es… Ich meine, wie schlimm war es?«

»Ich hätte nicht gedacht, dass man sich jemals an abgetrennte Gliedmaßen gewöhnen könnte, an fragmentierte Menschen.« Stumm schüttelte sie den Kopf. »Ich habe mich nicht daran gewöhnt.«

Er ließ ein paar Sekunden verstreichen. »Ich habe Sie sehr bewundert, damals, als wir die Leichen entdeckt haben.«

Sie musterte ihn unter halb geschlossenen Lidern. Er wurde unscharf, das kalte Licht rundum wurde weicher.

»Es gibt immer noch keine Neuigkeiten über den Mord in der Löwengrube«, fuhr er fort, »zumindest keine, die bis in unsere Redaktion dringen.«

Julie dachte an Oskar, der auf ihrem Bett gesessen und den Apfel geschnitten hatte. Sie dachte an Arco. »Vielleicht findet man diese Mörder nie.«

»Danke auch, dass Sie Ninas Leben gerettet haben«, setzte er leise hinzu. »Ich werde Ihnen das nie vergessen.« Eine plötzliche Röte überzog sein Gesicht. Er schaute woandershin.

Er wird ja rot, dachte Julie. Er ist rot geworden, das ist das Bezauberndste, was ich je bei einem Mann erlebt habe. Dabei ist das Leben seiner Frau keineswegs gerettet, dachte sie. Nina nahm kaum noch Nahrung zu sich, sie trank Wasser in unmäßigen Mengen. Sie wurde von ihrem eigenen Blut vergiftet, und es gab keine Medizin, die dagegen helfen würde.

»Wenn dieser Krieg nicht wäre, könnte man die Ärzte in Frankreich um Rat fragen«, sagte sie. »Vielleicht wären sie bereit, uns Medikamente zu schicken.«

Ihr Ton schien seine Aufmerksamkeit, aber auch seine Sorge zu wecken. »Tun Sie hier denn nicht alles für Nina? Zeigt die Diät nicht die entsprechende Wirkung?« Der Ausdruck in Julies Gesicht war Karl Antwort genug. »Es geht ihr also nicht besser.« Eine Spur leiser fragte er: »Und wenn man Nina ... nach Frankreich bringen könnte?«

Über den Rand ihres Glases sah Julie ihn an. »Wie kommen Sie auf eine solche Idee?«

»Weil ich jemanden kenne, der Doktor Lemieuvre kennt.«

»Professor Lemieuvre?« Hart stellte Julie das Glas ab. »Den Spezialisten in Marseille?«

»Ja.«

»Und das sagen Sie erst jetzt?« Sie packte Karl am Ärmel. »Sie könnten einen Kontakt zu Lemieuvre herstellen, auch wenn wir noch immer keinen Frieden mit Frankreich geschlossen haben?«

Als ob er sie beruhigen wollte, legte Karl seine Hand auf die ihre. »Ich weiß nicht einmal, ob Dumarchellier mir helfen würde.«

»Wer ist das?«

»Ein Maler, Ninas früherer Lehrer. Er ist in Südfrankreich ziemlich bekannt. Ich glaube, er hat Einfluss.«

»Sie könnten eine Kapazität wie Lemieuvre um Hilfe bitten und nützen die Möglichkeit nicht?«, fragte Julie beinahe ärgerlich. »Weshalb haben Sie ihm nicht sofort telegrafiert, nachdem Ihre Frau den Zusammenbruch hatte?«

»Ich hatte doch Sie«, antwortete Karl. »Sie haben sich so wunderbar um Nina gekümmert.«

Ich tappe im Dunkeln, dachte Julie. Wir alle hier tappen im Dunkeln, wir stehen dieser Krankheit hilflos gegenüber.

»Was wollten Sie sagen?«, fragte er auf ihr Zögern.

»Nichts weiter.«

»Frankreich.« Karl zog seine Hand zurück, ließ aber den Blick nicht von ihr.

»Unmöglich«, antwortete Julie.

»Der Krieg, ich weiß.«

»Nicht nur der Krieg.« Sie senkte den Blick auf ihr Glas. »Ihre Frau würde eine solche Reise nicht überstehen.«

»Die Reise«, sagte er. Daran hatte er nicht gedacht.

Als ob die Kraft jenes Augenblicks, der Impuls ihrer Idee wieder von ihnen abfallen würde, saßen sie einander stumm gegenüber. Sie waren beide todmüde. Sie sprachen nicht mehr über Diabetes oder den Krieg, sie saßen einfach nur da. Hinter dem Tresen hörte man den Kantinenwirt schnarchen.

12

Es war kalt, es war grau, der Winter, der so lange auf sich hatte warten lassen, überfiel München mit seiner Düsternis. Das war kein Winter, der einen freundlichen Ausblick auf Weihnachten bot, es schneite nicht, ein kalter Wind blies durch die Straßen. Mit hochgestelltem Kragen lief Julie über den Platz. Sie hielt den Schal vor den Mund, ihr Atem bildete Eiskristalle. Mit zurückgeschobener Pelzmütze schaute sie die überladene Fassade hoch.

Auch der livrierte Türsteher fror. Er verschaffte sich etwas Bewegung, indem er für Julie die Drehtür in Gang setzte. Sie wurde in das marmorgetäfelte Foyer des *Vier Jahreszeiten* förmlich hineingeweht. In der riesigen Halle schufen echte Palmen intime Inseln, es gab Ledersofas und Rauchtische, chinesische Teppiche, eilende Pagen und beleibte Damen mit Hündchen auf dem Arm. Auch tagsüber brannten sämtliche Lüster. Es war ein Ort, an dem man jedes Gefühl für die Wirklichkeit verlor. Weshalb hatte Arco Julie in diese Enklave des Selbstbetrugs bestellt? In seinem Brief hatte er Anspielungen über die Art und Weise gemacht, wie er sie diesmal lieben wollte, doch Julie würde sich ihm verweigern. Nur eine Sache wollte sie noch für ihn tun, es sollte ein letzter Gefallen sein.

Sie zog die Handschuhe aus und lief auf einen Lesetisch zu, auf dem die Münchner Zeitungen auslagen. Während sie ihren Mantel öffnete, bemerkte sie Arco. Er kam nicht von draußen, sondern hatte scheinbar in einer Nische, von schweren Vorhängen verborgen, auf sie gewartet. Der Leutnant war in Uniform, nicht wie üblich in Feldgrau, er trug den königlich blauen Rock mit den roten Aufschlägen.

Sie war im Begriff, sich bemerkbar zu machen, als Arco mit einer schneidigen Bewegung die Uniformmütze aufsetzte und zum Eingang der Hotelhalle eilte. Er hatte Julie gar nicht bemerkt! Verwundert beobachtete sie, wie sich die Drehtür abermals in Bewegung setzte und nacheinander vier Männer das Foyer betraten. Drei von ihnen kamen in dunklen Mänteln, der in ihrer Mitte trug einen Pelz, der fast bis zum Boden reichte. Wie ein arktischer Großwildjäger sah er aus, lächerlich ehrfurchtgebietend, wie ein Wikingerfürst. Der Graf lief auf die Gruppe zu und salutierte. Die Herren reagierten höflich, doch, wenn sich Julie nicht täuschte, irritiert. Sie umringten den Mann im Pelz, der sie mit ein paar Worten beruhigte und bat, ohne ihn vorauszugehen. Die drei betraten die Treppe, er selbst blieb bei Arco zurück. Auf dem Mittelornament des riesigen Teppichs muteten die beiden wie zwei Männer auf einer Insel an. Der Herr streckte Arco die linke Hand entgegen, der rechte Mantelärmel war leer. Julie ging ein paar Schritte näher, nun konnte sie das Gesicht des Unbekannten erkennen. An der Stirn war sein Haar weit zurückgewichen, er hatte eine Habichtsnase und dichte Brauen. Eine Narbe zog sich vom rechten Augenwinkel über die Wange und teilte die Oberlippe. Diese Wunde hatte nicht der Krieg geschlagen, sie stammte von einer Mensur. Die Narbe war alt; der Mann mochte in seinen Vierzigern sein. Seine Augen fielen Julie auf, sie musste bei ihrem Anblick an Edelsteine denken, kostbar und doch Unheil bringend. Unter seinem Mantel schimmerte eine Frackweste, eine Schärpe kam zum Vorschein, geschmückt mit einem Orden, dessen Emblem Julie nichts sagte. Während der Mann zu Arco sprach, gestikulierte er mit dem Armstumpf der Rechten.

Arco schwieg, hörte nur zu, während die Worte des anderen deutlicher wurden, heftiger, seltsamerweise nicht lauter. Wie ein gefährliches Insekt spie er sein Gift über den Leutnant aus; die Wirkung war erstaunlich. Der sonst so selbstsichere Graf schien um Fassung zu ringen, und wenn Julie sich nicht täuschte, zitterte er am ganzen Körper. Er wollte etwas einwerfen, aber der Mann mit der Schärpe ließ ihn nicht zu Wort kommen. Julie bemühte sich, Satzfetzen zu verstehen. Es war offenbar, dass Arco Vorhaltungen zu hören bekam, sich aber nicht im Geringsten zu verteidigen vermochte. Er stand da, als ob er mit Worten geohrfeigt würde, und ließ die Suada wie ein Gottesgericht über sich ergehen.

Nachdem der Mann im Pelz geendet hatte, ging eine Veränderung mit ihm vor sich. Er zeigte sich von unerwarteter Freundlichkeit und legte Arco sogar die Hand auf die Schulter. Darauf ließ er ihn stehen, strebte mit seinem bodenlangen Pelz die Treppe hoch und verschwand im Obergeschoss.

Mit hängendem Kopf blieb Arco zurück. Noch nie hatte der schneidige Leutnant Julie leidgetan, nie hatte sie ihn anders als leidenschaftlich umarmt. In diesem Moment hätte sie ihn am liebsten tröstend in den Arm genommen. Er schien auf eine Weise gekränkt worden zu sein, die Julie nach dem kurzen Wortwechsel kaum für möglich hielt. Sie lief auf ihn zu. Er bemerkte sie erst auf den letzten Metern.

»Julie«, flüsterte er. »Gott sei Dank, dass du da bist.«

»Was hast du?«

Als ob er die Realität erst allmählich wieder wahrnehmen würde, hob Arco den Kopf: Der Mann auf der Treppe war verschwunden. Heftig griff der Leutnant nach Julies Hand. »Lass uns aufs Zimmer gehen.«

»Nein, Anton. Ich will mit dir reden.«

»Rede mit mir, ja, ja«, antwortete er impulsiv. »Aber nicht hier. Auf dem Zimmer.«

»Weshalb können wir nicht unten bleiben?«

»Ich muss, muss, muss mit dir allein sein. Ich bitte dich. Ich will in deinen Arm. Ich brauche dich. Noch nie habe ich dich so sehr gebraucht.« Seine Lippen zitterten.

Julie kannte Anton als heißblütig, dabei berechnend, mitleidlos für das Leid anderer, engstirnig für gesellschaftliche Veränderungen. Auch wenn sie hinter seinen Worten bloß Wehleidigkeit vermutete, gefiel es Julie, dass er sich ihr im Schmerz mehr öffnete, als er es in der Leidenschaft je getan hatte. Sie spürte seine Verletzlichkeit, sie spürte etwas Kindliches in ihm. »Einverstanden.« Sanft schüttelte sie seine Hand. »Ich sage dir aber gleich, dass ich nicht in Stimmung bin.«

»Wie du willst.« Als ob ihn der übliche Grund ihrer Treffen nicht interessieren würde, hakte er Julie unter und führte sie zum Fahrstuhl.

In der Kabine schwiegen sie. Der Liftpage hatte die Arme hinter dem Rücken verschränkt und starrte auf die Leuchtanzeige. Arco drückte Julies Hand, sie erwiderte die Zärtlichkeit. Seine Mütze saß schief, ein Rinnsal aus Schweiß lief seine Schläfe entlang. Im vierten Stock stürzte Arco aus dem Aufzug, kaum dass sich das Scherengitter geöffnet hatte. Er schloss ein Zimmer auf, ließ Julie den Vortritt und sank in dem kleinen Raum auf den Bettrand.

»Was ist los, Anton?« Als er nicht gleich antwortete, fuhr sie fort: »Wer war der Mann, mit dem du in der Halle gesprochen hast?«

»Du hast Kanter gesehen?« Überrascht hob er den Kopf.

»Kanter?« Julie horchte auf. Den Namen hatte sie erst kürzlich gehört. »Wer ist das?«

»Gustav ist großartig. Er ist der prachtvollste Mensch.« Arco machte eine entschiedene Geste, wie um zu zeigen, dass die Szene vorhin nichts an seiner Bewunderung hatte ändern können. Er ist ein Industrieller. Er verarbeitet Leder im großen Stil.«

Stiefel und Tornister, dachte Julie, so etwas wurde an allen Fronten gebraucht. Jemand, der Stiefel herstellte, war durch den Krieg zu Wohlstand gekommen. »Er wurde verwundet?«

Im Sitzen lehnte Arco den Kopf gegen Julies Schulter. »Er hat als Major in Frankreich und Flandern gedient. Nach einem Artilleriebeschuss mussten sie ihn am ganzen Körper zusammenflicken. Gustav ist ein Förderer der Künste, er hat der Pinakothek eine Sammlung kostbarer Renaissancegemälde geschenkt.«

»Was hast du mit ihm zu schaffen?«

Ein überraschter Blick. »Gustav ist der Meister. Er führt unsere Bruderschaft an.«

Jetzt endlich erinnerte sich Julie, wann sie schon einmal von dem Mann im Pelz gehört hatte. Oskar hatte ihn erwähnt, Oskar hatte auch von der Thule-Gesellschaft gesprochen und von den Mördern in der Löwengrube, vom Ehepaar Gebhardt, das ebenfalls zu diesem Bund gehört hatte. »Was hast du mit diesen Leuten zu schaffen, Anton?« Sie setzte sich neben ihn.

»Nichts mehr«, antwortete er düster. »Sie haben mich ausgeschlossen.«

»Dich ausgeschlossen?«, erwiderte sie nicht ohne leisen Spott. »Einen Grafen Arco *ausgeschlossen?* Weshalb?«

Er antwortete so heftig, dass Julie zusammenfuhr. »Wegen meiner Familie natürlich! Wegen meiner Mutter.«

»Was ist mit ihr?«

»Meine Mutter ist eine Freiin von Oppenheim.« Er hob die Schultern, als ob sich das Folgende von selbst verstünde. »Sie stammt aus der Bankiersfamilie.«

»Ich habe von den Oppenheims gehört.«

»Wird es dir jetzt klar?«

»Nein.«

»Meine Mutter ist Jüdin.« Es klang wie ein Geständnis. »Daran ändert auch ihre Konvertierung zum Katholizismus nichts.«

»Ja, und?«

»Verstehst du denn nicht, ich bin Halbjude. Und das verstößt gegen die Regeln unserer Gesellschaft. Es verstößt gegen die Zielsetzung der Bruderschaft, die Vermischung mit unreinen Rassen ein für alle Mal zu unterbinden. Ich kann nicht länger einer von ihnen sein, weil ich Jude bin.«

Julie dachte an ihr Gespräch mit Oskar zurück. Da war es also, das Gespenst, das er skizziert hatte: das *reine germanische Blut*. Wie kamen Männer nur auf solche Ideen? Wie kamen sie zu dem Entschluss, Leutnant von Arco aus ihren Reihen auszuschließen, weil seine Mutter Jüdin war?

»Ich muss unbedingt wieder zu ihnen gehören.« Der Graf riss Julie aus ihren Gedanken. »Und ich werde wieder zu ihnen gehören. Ich werde ein Opfer bringen, das eines Mitglieds unseres Bundes würdig ist.«

»Ein Opfer?«

»Das größte Opfer überhaupt.«

»Sprich nicht in Rätseln. Was meinst du?«

Er schüttelte den Kopf. »Niemand außerhalb des Bundes darf eine Ahnung davon haben, was passieren wird.« Gedankenverloren starrte Arco vor sich hin. Plötzlich straffte er den Rücken und musterte Julie mit einem schmalen Lächeln. Unvermutet küsste er sie auf den Mund.

»Nicht.«

»Ich will dich.«

»Nicht jetzt.«

»Weshalb bist du sonst mit heraufgekommen?«

»Wir wollten reden.«

»Das haben wir.« Er packte sie an den Schultern, zwang sie nach hinten und schob ihren Rock hoch.

»Hör auf.«

»Sonst magst du es, überwältigt zu werden.«

Julie wehrte sich mit den Beinen, versuchte, sich auf den Bauch zu drehen, und wollte aufspringen. »Lass mich in Ruhe!«

Schnell und wendig war Arco über ihr, sein Becken zwischen ihren Beinen. Er war stark, viel stärker als Julie, wenn sie sich wehrte, würde ihm das nur gefallen. Manchmal hatte sie ihm erlaubt, sie zu schlagen, es war Teil ihres Spieles gewesen. Heute wollte Julie nicht geschlagen werden, sie wollte ihn weder aus Leidenschaft umarmen, noch den Hass gegen ihn in etwas umdeuten, was sich wie Leidenschaft anfühlte. Sie konnte es nicht. Sie würde es nie wieder können. Darum ließ sie ihn gewähren.

»Du liegst da wie ein geschlachtetes Pferd«, sagte Arco kalt, als er schließlich von Julie abließ.

Hart stieß sie ihn von sich und wandte sich zur Seite, er sollte ihre Tränen nicht sehen. Fahrig zog sie ihr Kleid gerade und versuchte, die zerrissene Stelle an der Bluse zu verbergen.

»Wann sehen wir uns wieder?«, fragte er, während Julie

vor dem Spiegel ihr Haar richtete. Gern hätte sie ihm entgegengeschleudert, was sich in ihr gegen ihn aufgestaut hatte, sie hätte ihn schlagen mögen, aber es hätte ihn nur von neuem erregt. Stattdessen nahm Julie ihren Mantel. »Weswegen ich gekommen bin«, sagte sie so nüchtern sie konnte. »Ich wollte dir sagen, dass die Polizei die Thule-Gesellschaft überwachen lässt.«

»Woher weißt du das?«

»Das spielt keine Rolle. Die Morde in der Löwengrube gehen auf das Konto deiner Bruderschaft.«

»Hat die Polizei das inzwischen also herausgekriegt?« Schmunzelnd rollte er sich auf den Bauch.

»Du wusstest davon? Du wusstest etwas über das Ehepaar Gebhardt?«

»Die Gebhardts waren Verräter«, antwortete Arco verächtlich. »So gehen wir mit Verrätern um.«

Julie betrachtete den Mann in der blauen Uniform. Wieso sie sich auch nur ein einziges Mal mit ihm eingelassen hatte, war ihr in diesem Moment unerklärlich. Sie fühlte sich nicht so sehr wegen dem beschämt, was gerade geschehen war, sie schämte sich ihrer selbst, ihrer Schwäche und ihrer gestörten Beziehung zu etwas, das die meisten Menschen Liebe nannten.

13

»Ein fröhliches Weihnachtsfest«, rief Karl vom Felsen aus.

»Dir auch, mein Sohn«, antwortete Theophil Kupfer, über die Balkonbrüstung gelehnt. Karls Vater rauchte seine Zigarre im Freien, die wenigen Schritte, die er währenddessen machte, nannte er seinen Verdauungsspaziergang. »Was für ein herrlicher Tag.«

Seit dem Mittagessen spielte Karl mit Moritz an den Felsen. Unterhalb des Elternhauses bildeten sie eine natürliche Grenze zum Tal. Es war ein einfaches Haus, aber durch die besondere Lage mutete es herrschaftlich an. Das Weihnachtsessen lag Karl schwer im Magen, die Knödel hatten vor Fett getrieft, das Sauerkraut stammte vom Fass aus dem Keller. Er hatte der Mutter beim Knödeldrehen geholfen, im Herd hatte das Feuer geprasselt. Der Hund war zwischen ihren Füßen umhergelaufen, weil er auf Fleischabfälle hoffte. Der Braten war in diesem Jahr dürftig ausgefallen, es gab kaum noch Wild, die Wilderei hatte in den Kriegsjahren arg zugenommen. Theophil hatte einen Hasen geschossen. Ein magerer Hase für vier Leute. Sie hatten auf Weihnachten angestoßen und auf Ninas Gesundheit.

»Was spielen wir jetzt?« Moritz trug seine *Prinzenjacke*, die die Großmutter ihm gestrickt hatte. Sie war aus dicker blauer Wolle, auf dem Rücken hatte die Oma das Bild einer Ziege eingearbeitet. Es sollte Moritz' Lieblingsziege darstellen, die voriges Jahr hatte geschlachtet werden müssen. Der

Bub war untröstlich gewesen, die Großeltern hatten ihm verschwiegen, aus welchem Fleisch die Würste gemacht waren, die er so gern aß.

»Was willst du denn spielen?« Karl saß am Felsrand und schaute in die sonnenüberflutete Winterlandschaft. Anders als in München war der Winter auf dem Land weiß.

»Wir wollen kämpfen wie die Ritter.«

»Und was nehmen wir als Schwerter?«

»Die machen wir uns.« Stolz zückte Moritz das Jagdmesser, das er geschenkt bekommen hatte. Die Großmutter war damit nicht glücklich gewesen, doch der Großvater hatte gesagt, in seinem Alter brauche Moritz sein eigenes Messer.

»Bei den Haselnussstauden müsste es gute Stöcke geben.« Während sie sich auf den Weg machten, spürte Karl die kleine Hand des Jungen in seine schlüpfen, Hand in Hand liefen sie zum Waldrand. Moritz hatte gestern nur ein einziges Mal nach Nina gefragt. Karl ahnte den Grund; der Junge war traurig, weil seine Mutter Weihnachten nicht mitfeierte. »Sie ruht sich aus«, hatte Karl gelogen. »Wenn es ihr besser geht, holen wir dich hier ab und fahren zusammen nach München.« Bei diesen Worten hatten sich die Großeltern betreten angesehen; Karl hatte ihnen Ninas wahren Zustand nicht verschwiegen.

Mit Blumen, einer Flasche Selters und zwei Sektgläsern war er am Heiligen Abend ins Krankenhaus gefahren. Nina und er hatten mit Sprudelwasser angestoßen. Sie war bleich, wortkarg, unruhiger als in den Tagen zuvor. Im Trakt nebenan hatten die Schwestern Weihnachtslieder gesungen. Die meisten Patienten waren in den Saal hinübergebracht worden. Nina hatte es ausgeschlagen.

»Ich hasse die Kälte.« Bis ans Kinn zugedeckt war sie dagelegen.

»Frierst du?«

»Überall ist Kälte. Du bestehst auch nur noch aus Kälte.«

Karl konnte ihre Worte nicht gleich einordnen. »Was meinst du damit? Besuche ich dich zu selten? Die Zeitung frisst mich förmlich auf, ich weiß. Ich bin zu selten hier, ich weiß es ja.«

»Du und deine Politik. Das ganze Affentheater da draußen.« Ninas Atem hatte sich wie ein Knurren angehört. »Du wärest doch froh, wenn ich endlich fort wäre.«

»So etwas darfst du nicht einmal denken, Nina.«

»Wem nützt dieses Leben denn noch, dieses dumme, dumme, schreckliche Leben? Ich mag nicht mehr.«

»Das ist nur der Winter, das sind die dunklen Tage«, versuchte er, sie zu beruhigen. »Wenn es erst wieder heller wird und schöner –«

»Die Sonne versteckt sich vor mir.« Nina warf den Kopf zur Seite. »Überall nur Kälte und Erstarrung. Alles ist erfroren«, flüsterte sie.

Erschrocken über ihren Zustand, sank Karl neben dem Bett auf die Knie. Julies Worte fielen ihm ein, dass die Vergiftung des Blutes Ninas Gehirn beeinträchtigen könne. »Die Sonne ist bald wieder da. Wenn es wieder schön wird, fahre ich dich im Park spazieren. Dann kannst du die Sonne genießen.«

»Im Park«, wiederholte sie verächtlich. »Ich will nicht in den Park. Ich will nach Antibes.«

»Antibes?«

»Zu Dumarchellier.«

Vor Staunen antwortete Karl nicht sofort. »Dort ist es zurzeit aber auch ziemlich kalt.«

»Nicht bei ihm. Nicht in seinem Haus.«

»Vielleicht ist das eines Tages ja möglich«, ging Karl darauf ein. »Doktor Landauer und ich haben auch schon darüber nachgedacht, ob man dich zu französischen Ärzten bringen könnte.«

Nina schien die Neuigkeit gar nicht gehört zu haben. »Dumarchelliers Haus«, murmelte sie.

»Ich weiß, dass du dort glücklich warst.« Er ließ sich nach hinten sinken. Durfte man in Zeiten wie diesen überhaupt an das Glück denken? War er mit Nina glücklich, war sie es je mit ihm gewesen? Karl erschrak über den Gedanken, doch er hatte ihn gedacht. Er schämte sich für den Abgrund, der dahinter lauerte. Es war selbstsüchtig, Wünsche ans eigene Glück zu hegen, während Nina mit einer Krankheit rang, gegen die noch jeder den Kampf verloren hatte. Es war nicht Ninas Schuld, dass es diese Wünsche gab, sie hatten mit der Unerfülltheit von Karls Herz zu tun. Vielleicht stürzte er sich ja nur so sehr in die Arbeit und versuchte verbissen, den Todestanz, den die Politik aufführte, den Menschen in Form von Artikeln und Kommentaren näherzubringen, weil er selbst unglücklich war.

Nina war an jenem Abend nicht mehr so recht zu sich gekommen, gegen sieben waren ihr die Augen zugefallen. Sie hatte es kaum gemerkt, als Karl ging. Vor ihrer Tür hatte er den abenteuerlichen Entschluss gefasst: Wenn er das Automobil der Zeitung benutzen würde, könnte er es noch rechtzeitig bis zu seinem Elternhaus schaffen, bevor Moritz schlafen gehen würde. Unterwegs hatte die Müdigkeit Karl mit Macht überfallen, all die durchgearbeiteten Nächte in der Redaktion waren wie Gespenster über ihn hergefallen. Trotz der Kälte hatte er das Fenster heruntergekurbelt und war unter einem sternklaren Himmel ins Oberland gefahren. Die Eltern waren überrascht gewesen, Moritz aber vollkommen entzückt. Der Kleine war um seinen Vater herumgesprungen. »Papa ist da, der Papa ist da«, hatte er wieder und wieder gerufen und seinen Körper in Karls Arme gedrängt, bis der Großvater gesagt hatte, er sei schließlich auch noch da und wolle begrüßt werden. Die Aufregung der Tage, die Müdigkeit, die Sorge um Nina, all das hatte Karl das Wasser in die Augen getrieben. Er hatte es den Buben nicht sehen lassen, nur Theophil hatte es bemerkt und angekündigt, er selbst werde Karl das Essen aufwärmen. Sie waren in der Küche gesessen, das Feuer hatte auf ihren Gesichtern gespielt, die Mutter hatte Karl drei Stück Christstollen aufgedrängt, der Vater hatte Glühwein gekocht. Auch wenn Moritz immer wieder die Augen zufielen, war er noch so lange aufgeblieben, bis alle schlafen gingen. Es war eines der schönsten Weihnachtsfeste, an das Karl sich erinnern konnte. Es war ihm deutlich geworden, wie froh er war, dass er diese Eltern hatte, wie dankbar, dass es sie gab. Karl hatte den Buben zu Bett gebracht und war noch lange bei dem schlafenden Kind sitzen geblieben.

»Die sind nicht übel, was meinst du?« Er stand mit Moritz vor dem kahlen Haselnussstrauch.

»Dann schneid ich den jetzt ab.« Der Junge ging in die Knie und säbelte mit dem Messer an einer Rute. Da es zu schwer für ihn war, half Karl mit, danach ließ er Moritz die Enden des Stockes zuschnitzen. Karl starrte auf den zugefrorenen Weiher, der aus dem Wald hervorschimmerte. Wie mochte Julie Landauer das Fest verbringen? Falls sie keinen Dienst hatte, war sie wahrscheinlich auch zu ihren Eltern gefahren. Verheiratet schien sie nicht zu sein. Vielleicht war ihr Freund noch im Krieg, vielleicht war er gefallen. Es war ein Geschenk, sie kennengelernt zu haben und mit ihr beisammen zu sein. Wenn es nur öfter möglich wäre. »Julie«, murmelte Karl. Man sollte es nicht französisch aussprechen, sondern wie den Sommermonat. »Juli«, flüsterte er. Unwillig stampfte Karl mit den Füßen; ihm wurde kalt. Du willst um eine junge Ärztin herumscharwenzeln? Hör auf, dachte er. Hör sofort damit auf.

»Was ist im Juli?«, fragte der Bub vom Boden aus.

Karl erschrak, weil er sich fast verraten hatte. »Im Juli werden wir natürlich hier sein, du wirst kurze Hosen tragen, wir werden den Bach aufstauen und Holzschiffe darauf fahren lassen.«

»Und die Mama?« Konzentriert schnitzte Moritz weiter.

»Die Mama.« Er beobachtete den Jungen. »Die wird wahrscheinlich auf der Veranda sitzen und uns mit einer Limonade begrüßen, wenn wir heimkommen.« Es fiel Karl schwer, ein unbeschwertes Bild von Nina zu malen. Sie war nie gern bei den Schwiegereltern gewesen. Die altherrenhaften Aufmerksamkeiten Theophils gingen ihr auf die Nerven, die Küche der Mutter schmeckte ihr nicht, die Natur interessierte sie nicht. Nina war die Einzige in der Familie, die hier Allergien bekam, immer müde war und ihr Zimmer kaum verließ, selbst wenn draußen der herrlichste Sommer regierte. *Ich hasse es, spazieren zu gehen,* war der Satz, an den Karl sich erinnerte, wenn er an ihre gemeinsamen Sommer dachte. Wanderungen mit Nina waren unmöglich, sie wurde schon rot im Gesicht, wenn sie nur die geringste Anstrengung unternahm. Nina hasste den Wind, und auf den Hügeln um das Vaterhaus wehte praktisch immer ein Wind. Bei der kleinsten Brise setzte sie eine Wintermütze auf und hielt den Schal vors Gesicht. Nina mit Schal im Juli, das war das Bild, das Karl zu ihren Sommerurlauben einfiel. Sie war damals schon krank gewesen, rechtfertigte er sie. Wenn man nicht gesund war, konnte einem die Natur bedrängend vorkommen und chaotisch; die Stadt dagegen hatte etwas Beruhigendes, weil scheinbar Ordnung in ihr herrschte.

»Warte, ich helfe dir.« Karl zeigte Moritz, wie man das Messer zum Schnitzen richtig ansetzte. »Ist dir denn nicht kalt?«

»Heiß sogar.« Der Bub schien das Interesse an den Stöcken schon verloren zu haben, sprang auf und machte einen Schneeball.

»Was ist mit unserem Ritterkampf?« Den Stock in der Hand, kam sich Karl ziemlich blöd vor.

»Die Ritter kämpfen mit Kanonenkugeln.« Der Kleine schleuderte Karl den Schneeball direkt an die Stirn.

Es tat weh, einen Augenblick zuckte die Wut in ihm hoch. »Na warte!« Er formte einen riesigen Schneeball.

Der Bub rannte davon, Karl setzte ihm nach, eine Unebenheit, vom Schnee verdeckt, ließ ihn straucheln, Karl fiel der Länge nach hin. Moritz lachte und umkreiste den weiß bestäubten Vater. »Ich hab dich besiegt!«

Am liebsten wäre er gar nicht mehr aufgestanden. Wie gut das tat, im Weißen zu liegen, absichtslos und erschöpft, kein Ehrgeiz, kein Morgen, um das man sich kümmern musste, denn das Morgen war beängstigend. Alles trieb einer ungewissen Zukunft entgegen. Ganz Deutschland trieb dahin.

Als Karl sich aufraffte, öffnete sich im Haus oben ein Fenster. Die Mutter machte eine Geste, dass er heraufkommen solle. Moritz drehte den nächsten Schneeball und warf. Karl wich aus. Dann nahm er seinen Sohn an der Hand.

»Die Oma möchte mir etwas sagen.«

»Ich will aber Stöcke schnitzen«, quengelte Moritz, der spürte, dass es mit ihrem gemeinsamen Nachmittag vorbei war. Mit schleppenden Schritten folgte er Karl ins Haus, sie betraten Theophils Arbeitszimmer. Die Eltern standen am

Schreibtisch, der Vater legte gerade den Telefonhörer auf. Eine quälende Vorahnung beschlich Karl.

»Du sollst sofort nach München kommen«, sagte der Vater. »Das war das Krankenhaus.«

Karl spürte, dass Moritz aufmerksam zuhörte, und zwang sich zu einem harmlosen Gesicht. »Haben sie sonst noch etwas gesagt?«

»Nur, dass du so schnell wie möglich aufbrechen sollst.«

Karl ging vor Moritz in die Hocke. »Wir müssen unseren Kampf verschieben, mein Großer.« Er nahm die rotgefrorenen Hände. »Verstehst du das?«

»Kann ich mitkommen zur Mama?«, fragte Moritz nach einer Pause.

Karl betrachtete die ernsten Gesichter seiner Eltern. Karl schaute in die fragenden Augen seines Sohnes.

14

Das Warten und die Ungeduld. Sie saßen im Vorraum der Telegrafenstelle dicht nebeneinander auf einer unbequemen Holzbank, Julie strich mit den Fingerspitzen über ihren Handrücken, hin und her. Obwohl sie den Inhalt des Telegramms kannte, betrachtete sie den bedeutungsvollen Zettel in Karls Hand.

Nina war am Weihnachtsmorgen nicht mehr erwacht. Sie schwebte in einem kaum noch zu behandelnden Zustand zwischen Bewusstsein und Koma. Sie delirierte, ihre Blutwerte waren alarmierend. Als Karl dennoch gezögert hatte, Dumarchellier um Hilfe zu bitten, hatte Julie ihm schonungslos erklärt, dass seine Frau im Sterben liege. Jede Hilfe, von wem auch immer, wie unkonventionell auch immer, sei der Gewissheit vorzuziehen, dass man in diesem Krankenhaus nichts mehr für sie tun könne.

Nur eine halbe Stunde, nachdem Karl dem Franzosen telegrafiert hatte, war dessen Antwort eingetroffen. Julie hatte die gestochen scharfe Schrift gelesen, in der das Telegrafenfräulein Dumarchelliers Nachricht festgehalten hatte. *Nina wird wieder gesund,* lautete die erste Zeile. Der Maler hatte angekündigt, sofort nach Marseille aufzubrechen und mit Professor Lemieuvre zu sprechen. Von dort werde er sich so bald wie möglich wieder melden. Karl solle inzwischen alles Nötige für Ninas Abtransport vorbereiten.

»Er scheint mein zweites Telegramm nicht erhalten zu

haben.« Er betrachtete das Formular. »Ich habe ihm doch geschrieben, dass Nina nicht transportfähig ist.«

Julie spürte Karls fiebrige Ungeduld und versuchte, ihre eigene vor ihm zu verbergen. »Doktor Lemieuvre weiß bestimmt von selbst, dass es unmöglich ist, eine Patientin in Ninas Zustand durch die Schweiz und über die französischen Alpen bis nach Marseille zu schaffen. Meine Hoffnung ist, dass er uns etwas von dem neuartigen Medikament schickt.«

Die Holzbank knarrte, als Karl sich zu ihr wandte. »Ich weiß gar nicht, wie ich Ihnen danken soll, Frau Landauer, dass Sie sich so für meine Frau einsetzen.«

Frau Landauer, dachte sie. Ich bin die Ärztin, er ist der verzweifelt besorgte Ehemann. »Sie ist meine Patientin«, antwortete Julie nüchtern. Währenddessen fühlte sie seinen Schenkel, der den ihren zufällig berührte.

»Eine von vielen Patienten, die oben bestimmt schon auf Ihre Hilfe warten«, sagte er, ohne die unabsichtliche Berührung aufzulösen.

»Ein bisschen kann ich noch bleiben, zumindest so lange, bis wir wissen …« Wen versuchst du zu belügen, dachte Julie, ich werde oben dringend gebraucht. Und doch will ich hier sitzen bleiben, nur ein paar Minuten noch, es bedeutet mir so viel.

»Von wo stammen Sie, Frau Landauer?« Er rückte wieder von ihr ab.

»Ich bin in der Nähe von Murnau geboren.«

»Vom Land also?« Er lachte.

Ihr gefiel, wie sich nach seinem Lachen die Lippen erst langsam wieder über den Zähnen schlossen. »Ich bin ein Bauernmädel, na und? Wie kommen Sie darauf?«

»Weil ich's mir gedacht habe. Wirklich, ich hätte darauf geschworen, dass Sie nicht in der Stadt aufgewachsen sind.«

»Und Sie?«

»Meine Eltern leben am Samerberg.«

»Wirklich? Bei Ihnen war ich sicher, dass Sie ein waschechter Münchner sind.«

Jeder erzählte ein bisschen von sich, Julie sprach kaum über ihre Eltern, Karl schilderte seine in liebevollen Farben. Als sie die Beine überschlug und der weiße Mantel zur Seite rutschte, bemerkte sie seinen aufmerksamen Blick. Sie redeten von unaufdringlichen Dingen, wie sich der Sommer daheim anfühlte, wie früh in der Höhe der Winter kam. Karl sprach von den Felsen und den eilenden Wolken und den Kranichen, die sich jedes Jahr auf dem großen Acker neben ihrem Haus versammelten, um den Flug nach Süden anzutreten.

Julie fiel ihm ins Wort. »Was?«

Er sah sie an.

»Was haben Sie gerade gesagt?«

»Jedes Jahr im Herbst steigen die Kraniche in großen Schwärmen auf und machen sich auf ihren langen Weg in die Wärme.« An seinen langsam hochgezogenen Brauen erkannte Julie, dass Karl begriffen hatte, was sie meinte. Mehrere Sekunden lang war es still.

»Unmöglich«, sagte er schließlich.

»Völlig unmöglich«, nickte Julie.

Er stand auf, machte drei Schritte zur anderen Wand. »Ein Flugzeug bietet normalerweise nur Platz für den Piloten und die Bordwaffen.« Fragend drehte er sich um. »Außerdem gibt es Luftreisen für Privatpersonen nur mit dem Zeppelin, oder?«

»Ich könnte …« Sie sprach ihre Idee nicht sofort aus, prüfte erst, ob sie ihren eigenen Bedenken standhielt. »Ich bin ziemlich gut mit Oskar Helbig bekannt. Er ist die rechte Hand des Polizeipräsidenten.«

»Helbig? Helbig?« Karl fasste sich ans unrasierte Kinn. »Ist das so ein Kräftiger mit kurzem Haar und einem sonderbaren Gang?«

Julie lächelte voll Wärme. »Er hinkt. Oskars Knie wurde im Krieg zertrümmert. Er ist mein ältester Freund. Wir sind zusammen aufgewachsen.«

Nach einer verblüfften Pause fragte Karl: »Aber wie sollte er uns helfen können?«

Als ob sie ihren verrückten Einfall nur in seiner Nähe aussprechen könnte, stand Julie auf und ging zu ihm. »Wir müssten jemanden finden, der Nina nach Marseille fliegen kann. Oskar müsste die französische Heeresleitung informieren und natürlich auch die deutsche. Das Problem wäre allerdings, wie ich Nina für den Flug vorbereiten soll.«

Noch während sie sprach, öffnete Julie die Tür zur Telegrafenstelle. Sie ließ sich eine Leitung geben, rief Oskar im Polizeipräsidium an und setzte ihm ihren Plan auseinander. Auf seine prompte Ablehnung führte sie ihm vor Augen, wie großartig es wäre, in dieser zerrissenen Zeit eine Brücke zu schlagen, über alle Gräben hinweg, die der Krieg aufgerissen hatte. »Das sind alles Menschen, Oskar, hüben wie drüben«, rief sie ins Telefon. »Wenn wir nach vier Jahren Hass und Vernichtung das menschliche Gefühl wiedererwecken würden, ich bin sicher, alle wären dazu bereit.«

Als es ihm nicht gelang, ihren Enthusiasmus zu bremsen, kam er auf die technischen Schwierigkeiten zu sprechen und sagte, dass die Münchner Polizei über kein Flugzeug entsprechender Größe verfüge.

»Und die Armee? Hätte sie eine geeignete Maschine? Könntest du ein Militärflugzeug anfordern?« Auf Oskars Einwand sagte sie: »Du kennst den Heeresminister persönlich. Ein Telefonat, was kann dich das schon kosten, Oskar?«

In den Minuten, während sie telefonierte, ging ein Telegramm aus Frankreich ein. Die Telegrafistin, die mittlerweile an allem neugierig Anteil nahm, legte es Karl vor. Die Depesche war von Lemieuvres Klinik in Marseille abgeschickt worden.

Julie las und rief: »Ich hatte Recht, Oskar: Das ist ein erster Akt der Menschlichkeit. Professor Lemieuvre ist bereit, Nina Kupfer zu behandeln. Ein Franzose will einer Deutschen das Leben retten. Ist das nicht großartig?«

Während sie für ihren aberwitzigen Plan weiterkämpfte, spürte Julie Karls Blick. Darin lagen Bewunderung und Dankbarkeit, darin lag ein besonderes Lächeln, das Julie glücklich machte und sie noch mehr beflügelte. Es war ein Lächeln, wie sie es sich von einem Mann wünschte, der ihr etwas bedeutete.

Julie stockte. »Was meinst du damit?«

»Wo soll die Maschine landen?«, wiederholte Oskar am anderen Ende.

Den Hörer am Ohr, wandte sie sich zu Karl. »Nina kann höchstens über eine kurze Strecke transportiert werden. Es nützt daher wenig, wenn das Flugzeug außerhalb Münchens niedergeht.«

»Wie wäre es im Luitpoldpark?«, sagte die Telegrafistin.

Überrascht wandten Julie und Karl sich um. Das Fräulein senkte den Blick, als ob sie etwas ziemlich Albernes vorgeschlagen hätte.

»Das wäre eine Möglichkeit«, nickte er. »Der Park ist erst ein paar Jahre alt, die Bäume sind noch niedrig genug, dass ein Flugzeug auf der Mittelachse landen könnte.«

Julie behielt Karl im Blick, während sie den Vorschlag an Oskar weitergab. Wenig später legte sie auf. »Wenigstens habe ich seine Versicherung, dass er sein Möglichstes tun wird.« Ein Strahlen überzog Julies Gesicht. »Vielleicht bringt uns das tatsächlich die Rettung.«

»Nein«, antwortete Karl ernst und bewegt. »Die Rettung kommt von Ihnen, Julie Landauer. Ohne Sie wäre schon diese Idee nie geboren worden.« Er wandte sich zur Telegrafistin. »Auch Ihnen danke ich.«

Das Fräulein nickte schüchtern. »Soll ich jetzt das nächste Telegramm aufnehmen?« Ihre Feder schwebte über dem Formular.

Oskar diktierte seine Dankesworte an Dumarchellier und Doktor Lemieuvre. Während das Fräulein den Telegrafen bediente, kehrten er und Julie ins Vorzimmer zurück.

Sie schloss die Tür. Karl stand da und schaute sie an, schaute sie nur an, als ob er diesen Augenblick zwischen ihnen festhalten wollte, diesen sonderbaren Augenblick. »Julie«, sagte er schließlich leise.

Sie spürte eine ungekannte Welle in sich aufsteigen, noch weit entfernt, aber sie rollte auf Julie zu. Sie berührte seinen Arm, er berührte ihre Hand. Ihre Finger suchten einander. Julies Augen glitten über sein schönes, verwirrtes Gesicht wie über eine Landschaft. »Karl.« Verzweifelt sah sie ihn an. »Mein Lieber. Ach, mein Lieber.«

15

Sie liefen nebeneinander. Karl trug Reisekleidung, die an die Adjustierung eines Gipfelstürmers erinnerte. Einen Drillich aus Wachsstoff, Schaftstiefel und Gamaschen, dazu eine Lederjacke und Stulpenhandschuhe. Er hielt eine Fliegermütze in der Hand.

»Wer hat bloß all die Zeitungen verständigt?«, fragte er im Gehen.

»Professor Kilian.« Julie hatte ihren Wintermantel über dem Arm. »Diese Gelegenheit wollte sich mein Chef nicht entgehen lassen: Er nannte es eine Demonstration der Friedfertigkeit.«

»Genau so steht es Wort für Wort in der *Münchner Post*. Dabei wollte ich die Sache so klein wie möglich halten. Ich möchte nicht, dass der Eindruck entsteht, dass ich die Rettungsaktion für meine Frau als Pressesensation ausschlachten würde.«

»Ich fürchte, wenn ein Doppeldecker mitten in München landet, werden Sie das schwerlich geheim halten können.«

Im Gleichschritt bogen sie um die Ecke und blieben wie auf ein geheimes Zeichen stehen. Ninas Zimmertür war nur noch ein paar Schritte entfernt.

»Tun wir das Richtige?«, fragte Karl. »Der Flug könnte Nina umbringen.«

»Weder der Flug noch die Kälte sind die wahren Gefahren für sie«, antwortete Julie. »Sie hat für die Reise Bluttransfusionen bekommen, ich habe ihr ein kreislaufstärkendes Mittel gegeben, das sie für die nächsten Stunden stabil halten dürfte.« Beide zögerten noch einen Moment, bevor sie eintraten. Ein Blick des Einverständnisses. »Wir tun das Richtige, Karl. Wir tun das einzig Mögliche für deine Frau.«

Er drückte die Klinke. Nina lag nicht mehr im Bett, man hatte sie auf eine Bahre umgebettet. Mit zuversichtlichem Lächeln trat Karl auf sie zu. »Haben sie dich also auch verkleidet?«

»Guten Morgen, Kapitän«, antwortete sie leise, aber mit unüberhörbarer Zuversicht.

Karl küsste ihr zartes Gesicht, das unter der Fliegermütze fast verschwand. »Ich bin nur dein Flugbegleiter. Der Kapitän ist in diesem Augenblick noch in der Luft.«

Ninas schmale Hand kam unter der Decke hervor und berührte den Stoff von Karls Drillich. »Wie haben sie dich denn herausgeputzt?«

Über sie gebeugt, lächelte er. »Diese Montur habe ich von Rittmeister Willy von Daum vom zweiten bayerischen Armeekorps geliehen bekommen. Als Zugabe überreichte er mir wollene Unterwäsche, drei Paar Wollsocken und einen Heerespullover.«

Julie musterte ihre Patientin. Nina wirkte verändert. Nicht so sehr, weil die Krankheit sie zeichnete, Julie meinte ein merkwürdiges Leuchten an dieser Frau festzustellen, als sei sie durch das Erlebnis der Todesnähe zur Grenzgängerin geworden, halb noch in dieser Welt, halb vielleicht schon im Bewusstsein einer kommenden.

Sie trat neben Karl. »Wir werden Sie erst im allerletzten Moment verlegen, Frau Kupfer, damit Sie im Freien nicht zu lange warten müssen.«

Mit verwundertem Blick schaute die Kranke zwischen

den beiden hin und her. »Ich wäre nicht mehr hier«, begann sie. »Ja, ich wäre bestimmt nicht mehr am Leben, wenn es euch nicht gegeben hätte. Ich weiß nicht, wie ich Ihnen danken soll, Doktor Landauer.«

Julie machte einen zarten Versuch, ihre Hand zurückzuziehen. »Das gehört zu meinem Beruf.«

Ermattet schüttelte Nina den Kopf. »Himmel und Hölle in Bewegung zu setzen, um eine Reise wie diese zu ermöglichen, gehört das etwa auch zum Ärzteberuf?«

»Es kam eben eins zum anderen«, erwiderte Julie ausweichend.

Karl aber ließ sich von Ninas zarter Euphorie anstecken. »Es grenzt an ein Wunder. Die bayerische Heeresleitung fragte beim französischen Oberkommando an, ob ein Krankentransport per Flugzeug über französisches Territorium durchgeführt werden darf. Prompt kam die Antwort: *Kein deutscher Aeroplan darf französisches Hoheitsgebiet überfliegen.* Aber schon in der nächsten Depesche hieß es: *Eine Maschine der glorreichen französischen Luftwaffe wird nach München aufbrechen.«* Karl nickte in Ninas überraschtes Gesicht. »Ja, meine Liebe, ein französisches Flugzeug wird uns nach Marseille bringen.«

Nina ließ den Kopf zurücksinken, ihre Züge wurden sanft. »Wenn irgendjemand so etwas zustande bringen konnte, dann nur Dumarchellier.«

»Dumarchellier?«, fragte Karl verblüfft.

»Hat er nicht den Arzt in Marseille dazu gebracht, mich zu behandeln?«

»Sicher, ja.«

»Dann verdanken wir ihm bestimmt auch die Wendung zum Guten beim französischen Oberkommando.«

»Das ist … möglich«, antwortete Karl ohne rechten Schwung.

Julie trat noch einmal an die Trage. »Was Sie wissen sollten: Die Franzosen haben aus dem Flugzeug den hinteren Sitz ausgebaut und eine Platte angebracht, auf der Sie im Rumpf die Beine ausstrecken können. Dazu wird man Sie am ganzen Körper festschnallen, als Vorsichtsmaßnahme, falls Sie durch *Luftlöcher* fliegen.« Julie zog die Schultern hoch. »Ich wusste das auch nicht. Man hat mir erklärt, dass die Luft nicht überall gleichmäßig dicht ist. Bei fallendem Luftdruck kommt es zu einem Vakuum, durch das der Aeroplan abschmieren kann.«

»Und wo wird Karl sitzen?«

»Neben Ihnen. Es könnte eng für Sie beide werden.«

»Ach, Karl.« Nina legte die Arme um seinen Hals und zog sich zu ihm hoch, bis ihre Lippen seinem Mund nahe waren. »Ich hatte schon jede Hoffnung aufgegeben.« Sie küsste ihn.

»Ich niemals«, antwortete er. Nach einem kurzen Blick zu Julie erwiderte er den Kuss.

Karl richtete sich auf, Julie prüfte Ninas Puls und den Sitz ihrer Kleidung. Sie betrachtete die Augen. Der Schleier, der sie während der letzten Tage überzogen hatte, war verschwunden. Tatsächlich schien Nina keine Reise auf Leben und Tod vor sich zu sehen, sondern einem Abenteuer entgegenzufiebern, auf das sie sich tatsächlich freute.

»Das Flugzeug wurde bereits über dem Ammersee gesichtet«, sagte sie abschließend. »Wir bringen Sie zum Luitpoldpark, sobald draußen alles vorbereitet ist.« Sie trat von der Bahre zurück. »Jetzt lasse ich Sie beide allein.« Sie ging hinaus, ohne Karl noch einmal anzusehen.

Obwohl ihr nur wenige Minuten blieben, machte sie sich noch nicht auf den Weg ins Freie, sondern eilte auf ihr Zimmer. Angezogen warf sie sich aufs Bett. Ein paar Minuten Ruhe brauchte sie, bevor der Rummel um die Ankunft des

Fliegers losgehen würde, ein paar Minuten, bevor Karl sie auf lange Zeit verlassen sollte. Auf dem schmalen Bett legte Julie die Arme unter den Nacken. Er wird sich in die Lüfte erheben und Richtung Süden fliegen, ans Meer, in ein Land, wo es warm und sonnig ist. Julie drehte sich auf die Seite und zog die Beine an, langsam fühlte sie die Traurigkeit in sich hochkriechen. Erst nach einer Weile merkte sie, dass ihr Kissen feucht war.

16

Entlang der Mittelachse des Luitpoldparks hatten sich tausende Schaulustige eingefunden. Einige von ihnen drängten auf den gekiesten Weg hinaus.

»Die Landebahn freihalten!«, rief ein Polizeioffizier.

Julie ging mit raschen Schritten hinter der Menge vorbei. Woher kam plötzlich diese Ahnung von Frühling an einem Dezembertag? Die Hände in den Manteltaschen ließ sie den Blick umherschweifen und erkannte Liguster und Berberitzenstauden. Daran lag es also, die immergrünen Hecken gaukelten eine entfernte Jahreszeit vor. Dagegen waren die Bäume um den Obelisken noch völlig kahl.

Julie war froh, dem sonderbaren Dreieck entflohen zu sein – die Ärztin, die Patientin und ihr Mann. Dieser Situation wollte sie sich in den kommenden Minuten so kurz wie möglich aussetzen, daher hatte sie ihren Platz im Krankenwagen an Karl abgetreten.

Vom Bamberger Haus näherte sich ein Polizeiauto, darin saß Oskar. Julie wusste, dass er kommen würde, wollte er doch bei der Verwirklichung des unerhörten Planes, der durch sein Eingreifen gelungen war, dabei sein. Sie hatte sich vor dem Moment gefürchtet, wenn sie in Oskars Beisein Abschied von Karl nehmen müsste, doch nun war sie froh, dass Oskar da war. Er bedeutete den Schutzschild vor einem Gefühl, das außer dummen Hoffnungen und verhängnisvollen Gedanken nichts bringen konnte. Sie winkte dem Auto zu, bis sie merkte, dass sie im Trubel gar nicht zu sehen war. Julie durchbrach die Mauer aus Menschenrücken und hochgereckten Köpfen, die alle dorthin gewandt waren, wo das Flugzeug erwartet wurde.

»Den Mittelstreifen freihalten, junge Frau.« Der Polizeioffizier eilte ihr nach. Im nächsten Moment erkannte er, wer dort aus dem Dienstwagen stieg, machte Halt und stand stramm.

Jedes Mal, wenn Oskar länger gesessen hatte, zeigte sich das Hinken noch deutlicher. Während er mit ungelenken Schritten auf sie zukam, rannte Julie ihm entgegen.

»Du sollst die Landebahn freimachen, hörst du nicht?«, begrüßte er sie scherzhaft.

»Ach, Oskar!« Selten zeigte Julie ihre Gefühle in der Öffentlichkeit. Ausgerechnet jetzt, im Brennpunkt der Aufmerksamkeit, erfasst von den Linsen der Fotoapparate, fiel sie ihrem Jugendfreund um den Hals.

»Was ist los?« Behutsam löste er sich aus der Umarmung und erwiderte den Gruß des Polizeioffiziers. »Vorkommnisse?«

»Menschenauflauf, Herr Helbig. Allgemeine Neugier, mangelnde Disziplin, aber bis jetzt haben wir alles im Griff.«

»Danke. Sie können weitermachen.«

Mit knirschenden Sohlen wandte sich der Polizist im Kies um und kehrte auf seinen Posten zurück.

»Wo bleibt denn deine ominöse Frau Kupfer?« Oskar schaute in Richtung des Krankenhauses. »Schon merkwürdig, dass du dich für eine einzelne Patientin so ins Zeug legst.«

Mehr als merkwürdig ist es, dachte Julie. Wie kindisch, wie leicht durchschaubar sind meine Gründe. Doch bevor sie sich eine Antwort zurechtgelegt hatte, zeigte Oskar auf die Menge.

»So sind die Leute, schau. Da haben sie in den letzten Jahren tausendfaches Sterben erlebt, aber trotzdem geraten sie heute ganz aus dem Häuschen, wenn um das Überleben einer einzelnen Frau gekämpft wird.«

Julie hakte sich bei ihm unter. »Die Leute sind hergekommen, weil sie endlich Frieden wollen und Versöhnung.« Freundschaftlich streichelte sie seinen Unterarm. »Höchste Zeit, dass wir alle zur Vernunft kommen.«

Langsam gingen sie an der Menschenmenge vorbei. »Da könntest du Recht haben«, nickte er. »Noch so einen Krieg überleben wir nicht.«

Wäre nicht Winter gewesen, hätte man glauben können, das Geräusch sei leises Donnergrollen. Ein anhaltend zitterndes Brummen war aus dem Grau zu hören. Wie von einer Schnur gezogen, hoben die Leute die Köpfe. Die Fotografen schwenkten ihre Apparate hoch. Das Brummen war nun schon so nahe, dass man das Flugzeug dicht unter den Wolken glaubte. Aber noch war nichts zu sehen.

»Da!«, schrie der Polizeioffizier zum Himmel empor.

Hunderte Arme fuhren hoch, hunderte Finger zeigten auf den Punkt, den Umriss, der sich dort näherte.

»Er kommt zu weit östlich rein«, rief einer.

»Die Sicht ist schlecht.«

»Mein Gott, der Mut!« Eine Frauenstimme.

Der Luitpoldpark war 1911 anlässlich des Geburtstags des Prinzregenten eingeweiht worden. Die Linden standen noch nicht hoch, doch die alten Eichen hätten den Weg des Aeroplans kreuzen können. Auf seinem Sinkflug kam er den Baumwipfeln gefährlich nahe. Geschickt zog der Pilot das Flugzeug zur Seite und flog eine Schleife.

Wie die meisten zog Julie den Kopf ein, als er dicht über

der Menschenmasse hinwegbrauste. Das Schwarz und Grau hunderter Mäntel und Jacken bildete die Abgrenzung zu dem hellen Kiesstreifen, der als Landebahn dienen sollte. Der Luftwirbel ließ so manchen Schaulustigen seinen Hut festhalten. Der Pilot senkte die Maschine noch tiefer herab, bis das Fahrwerk den Boden berührte. Das Flugzeug wurde noch einmal emporgeschleudert, dann fassten die Räder Grund, der Aeroplan raste über die Nord-Süd-Achse des Parks. In voller Fahrt drehte der Pilot eine Schleife, wendete und kam mit rasendem Propeller zurückgefahren.

Jetzt gab es kein Halten mehr. Hurrageschrei begrüßte ihn, ohne Rücksicht auf die Anweisung der Polizei rannten die Leute auf das schimmernde Flugzeug zu. Julie wurde von der Menge mitgerissen und ließ Oskars Arm los. Gras und Blätter wirbelten hoch, der Lärm war ohrenbetäubend. Die Münchner umringten den Stahlvogel, der bis vor kurzem noch auf deutsche Fokkers geschossen hatte. Der Kopf des Piloten kam zum Vorschein.

Julie beobachtete Oskar, der darauf wartete, dass die Polizisten einen Kreis rund um die Maschine freikämpften. Dann trat er vor und waltete in Vertretung des Polizeipräsidenten seines Amtes. Er stellte sich an den Rumpf des Flugzeugs und streckte die Hand nach oben, der Pilot ergriff sie. Jubel brandete auf. Dem jungen Franzosen war die Überraschung über den Empfang anzumerken. Er mochte mit einigem gerechnet haben, aber kaum damit, dass ihm die Bürger der bayerischen Hauptstadt zujubeln würden. Oskar sprach ein paar Begrüßungsworte.

Als Julie sich umdrehte, sah sie den Krankenwagen heranrollen. Das Automobil hielt neben dem Flugzeug, die Türen gingen auf. Julie verschaffte sich energisch Platz, um dorthin zu gelangen.

Unvermittelt stand sie Karl gegenüber. Sie hatte mit diesem Moment gerechnet und war ihm doch nur schwer gewachsen. Sie gaben einander die Hand, seine steckten in den Stulpenhandschuhen, ein Druck durch Wolle und Leder. Karl riss den Handschuh ab und fasste Julies durchgefrorene Hände, sie umklammerte seine Finger. Sie sahen einander an, unter Schmerzen, in all der Ausweglosigkeit, zugleich im bitteren Glück. Gerade weil hunderte Menschen sie umschwärmten, weil sie mitten im Gewühl steckten, waren Karl und Julie in Wirklichkeit allein, und alles um sie herum verschwand. Für einen verdammenswert kurzen Moment waren sie die Liebenden, die sie nicht sein durften. Selbst wenn ihr Glück hundert Jahre währen sollte, hätte es niemals größer sein können als in diesen Sekunden, da Julie Hand in Hand mit Karl verharrte, während Nina, nur durch die Seitenwand des Krankenwagens von ihnen getrennt, darauf wartete, in das Flugzeug gehoben zu werden.

»Es ist kein Abschied für immer«, sagte Karl.

Sie streichelte seine Hand. »Das wäre schön, ja, ich hoffe es.«

»Julie –« Er verstummte.

»Ich wünsche euch beiden Glück«, sagte sie hastig, da sie Oskar näherkommen sah.

»Ich werde dir schreiben und lasse dich wissen, wo du mich erreichen kannst«, antwortete Karl.

Dann stand Oskar vor ihnen. »Sind Sie bereit, Herr Kupfer?«

»Ja, wir sind so weit.« Karl machte eine respektvolle Verbeugung. »Ich möchte Ihnen nochmals herzlich danken, Herr Helbig, auch im Namen meiner Frau.«

Oskar schaute von einem zum andern, nachdenklich, doch ohne Misstrauen. Eine kleine, unangenehme Pause entstand. Schließlich nickte er. »Ein richtiges Volksfest, das du da angezettelt hast«, sagte er zu Julie.

»Wir sollten Frau Kupfer nicht länger warten lassen.« Sie wandte sich zum Wagen.

Wie vom Himmel gefallen stand der französische Pilot plötzlich neben ihnen. Er war von der Tragfläche des Flugzeugs gesprungen. »Bonjour. Sind Sie Herr Kupfer?«, fragte er auf Französisch.

»Ja, ich bin Karl Kupfer«, antwortete er in der Muttersprache des anderen.

»Von Osten zieht eine Regenfront heran. Wir müssen aufbrechen, solange das Wetter ruhig ist. Ist Ihre Frau vorbereitet?«

Ein Blick zu Julie. »Wir sind bereit.«

Der Pilot stieg wieder auf die Tragfläche, Karl hob Nina aus dem Krankenwagen. Leicht, wie sie war, hatte er keine Mühe, ihren Körper dem Piloten emporzureichen, Karl kletterte selbst auf die Tragfläche und warf einen Blick ins Innere des zigarrenförmigen Rumpfes. Mehrere Matratzen polsterten das Metallgehäuse nach allen Seiten. Decken und ein Wollschal lagen bereit, den der Pilot vor Ninas Gesicht band.

»Ist das bequem so?«, fragte er.

Ihre Augen lächelten tapfer. »So lässt es sich aushalten.«

Bevor Karl zu ihr in die Röhre kriechen konnte, hatte er die Hände von Menschen zu schütteln, die ihm alles Gute wünschen wollten. Schließlich verabschiedete er sich von Oskar, der mit einem Tippen an den Mützenschirm zurücktrat. Als Letzte kletterte Julie auf das Flugzeug. Sie prüfte, ob die Gurte an Ninas Armen und Beinen das Blut ungehindert zirkulieren ließen.

»Gute Reise«, sagte sie zu Karl, der neben Nina kauerte. »Und Ihnen wünsche ich baldige Genesung.«

Nina nickte zum Dank. Ein Aufbrausen des Motors war das Zeichen, das Julie zum Absteigen zwang. Sie richtete sich auf.

»Danke, danke, für alles«, rief Karl über den Lärm. Ein letzter Händedruck, mehr war nicht möglich.

Julie winkte noch einmal und sprang ab. Der Pilot hob den Daumen und wandte sich den Armaturen zu. Die Menge schrie auf, als sich die Maschine in Bewegung setzte. Bald darauf hob sie ab.

Julie betrachtete den Himmel, den sich das Flugzeug rasch eroberte. Hoch und höher stieg es, bald durchstieß es die Wolken und verschwand. Jetzt war über Julie nur noch der Himmel, der graue Münchner Himmel, in dem sich das Geräusch der Maschine mit jeder Sekunde mehr verlor. Alles, was sie ersehnte, war dort oben. Julie aber blieb auf der Erde zurück.

Zweiter Teil

17

Marseille war an Seuchen gewöhnt. Drei Cholera-Epidemien hatte es im letzten Jahrhundert gegeben, in keiner Stadt war das Ansteckungsrisiko größer als hier. Marseille war der Zufluchtsort von Flüchtlingen und Vertriebenen aus den Kriegsgebieten – Russen, Griechen, Serben. Marseille, der Hafen zur Welt, war Anlaufpunkt für die Verzweifelten vieler Herren Länder. Als Militärhafen und Garnisonsstadt hatte Marseille Truppen aus unzähligen Ländern durchmarschieren sehen, die Frankreich in seinem Kampf gegen das Deutsche Reich unterstützten – Russen, Senegalesen, Algerier, Marokkaner. Dazu kamen die Arbeiter aus den Kolonien Afrikas und Südostasiens, bulgarische Deserteure und deutsche Kriegsgefangene. Die Zeltlager an den Stadtgrenzen waren kaum imstande, die Massen an Fremden zu fassen. Wo sich viele Menschen aufhielten, suchten viele das Vergnügen. Das Angebot auf der Vergnügungsmeile, der *Canebière,* war groß und mannigfaltig. Darum ging es in dieser Stadt den Händlern, den Wirten, den Zuhältern und Bordellbesitzern gut. Marseille litt weniger unter der Lebensmittelrationierung als andere Städte Frankreichs. Auf dem Seeweg kam der Nachschub, der die Stadt in einer trügerischen *douce vie* schwelgen ließ. Sie taumelte in animalischer Fröhlichkeit dahin, die in Ausschweifung und Seuche mündete. In Marseille wütete die Spanische Grippe.

Ich habe Nina an einen Ort gebracht, wo der Tod umgeht, dachte Karl, wo die Menschen dem Tod mit einem Glas Absinth zuprosten und einander ungeachtet der Gefahr in die Arme fallen. Er hob sein Glas. Echter Absinth sah anders aus. Der Kräuterschnaps war in Frankreich wegen seiner süchtig machenden Ingredienzien verboten worden. Doch die Bürger des Midi ließen sich ihr Lieblingsgetränk nicht einfach wegnehmen und hatten eine Nachahmung erschaffen, oder wie es hier hieß: *un pastiche*. Karl trank davon und wusste, es würde nicht das letzte Glas sein.

Er saß im Corniche, unweit der Église des Réformés, in dem Viertel, wo er untergekommen war. Wegen der ständigen Schikanen hatte er es im Hotel nicht länger ausgehalten. Auf Schritt und Tritt ließ man ihn spüren, dass er Deutscher war. Ständig wurden seine Papiere überprüft, das Licht in seinem Zimmer funktionierte nicht, im Restaurant bediente man ihn respektlos.

Hilfe war erneut von Dumarchellier gekommen; das machte die Sache für Karl nicht leichter. Seit Ninas Ankunft hielt sich der Maler in Marseille auf und logierte im Haus einer befreundeten Familie, die im Krieg zwei Söhne verloren hatte. Obwohl das Haus groß war, wäre es undenkbar gewesen, einen Deutschen dort einzuquartieren. Dumarchellier hatte seine Verbindungen spielen lassen und für Karl ein Mansardenzimmer unweit der Reformationskirche gefunden.

Karl ließ die Faust auf den Tresen fallen. Er hatte zu viel getrunken, aber in dieser trunkenen Stadt fiel das nicht weiter auf. Er saß da und trank, weil er nur zu bestimmten Zeiten zu Nina durfte und ihm die Tage lang wurden. Er trank, weil es ihm unmöglich war, zu schreiben. Er hatte es versucht, die Worte stellten sich nicht ein, die Sätze blieben stumpf und glanzlos. Die Ablenkungen der Hafenstadt reichten nicht aus, Karl vergessen zu lassen, dass er entwurzelt war. Er hatte sein Kind zurücklassen müssen, seine Stadt und seine Zeitung. Das Meer, die Schiffe aus aller Welt, die vielen Eindrücke waren kein Ersatz für das Leben, aus dem er gerissen worden war. Überall sah Karl Gestalten, denen es ähnlich zu ergehen schien, Leute, die auf irgendetwas warteten, ein Visum, eine Überfahrt oder auf Arbeit.

Das Kinn auf seine Faust gesenkt, folgten Karls Augen der Maserung der Theke. Wie ging das zu, dass sie ihm so sehr fehlte? Er hatte doch kaum mehr als ein paar magische Momente mit Julie geteilt. Er hob den Kopf; trotz seiner Benommenheit wollte er nüchtern denken. Sehnst du dich vielleicht deshalb nach ihr, weil du deiner Lebensgrundlage beraubt worden bist? Glaubst du etwa, Julie könnte dir in deinem Elend helfen? Das ist ein sentimentaler Irrtum. Was du wirklich brauchst, ist eine Aufgabe, ist Arbeit, ist ein Sinn. Und der einzige Sinn, weshalb du dich in Marseille aufhältst, ist, dich um Nina zu kümmern. Stell dich also deiner verdammten Pflicht und Schuldigkeit und widme dich der Genesung deiner Frau.

Jeden Nachmittag verbrachte er bei Nina, allerdings nur die Nachmittage. Außerhalb der regulären Besuchszeit erlaubte man dem Deutschen nicht, bei seiner Frau zu sein. Jedes Mal, wenn Karl sie in der Dämmerung verließ, lag ein langer, sinnloser Abend vor ihm. Nach wie vor konnte er kaum glauben, wie unbeschadet Nina die Reise überstanden hatte. Bayern und den Bodenseeraum hatten sie in der Luft überwunden, waren entlang der Alpen über die Schweiz geflogen und hatten hinter der französischen Grenze eine Zwischenlandung gemacht. Rosig wie eine Frühlingsblume hatte Nina zwischen den Stoffschichten hervorgeguckt und lächelnd erklärt, dass ihr die Höhenluft bekäme. Nachdem der Pilot die Maschine aufgetankt hatte, waren sie weitergeflogen.

Dieser Pilot. Ruckartig setzte sich Karl auf, der Barhocker schwankte. Jean Marc hieß er, ein ungewöhnlicher junger Mann. Angeblich hatte er bereits 1916 Einsätze gegen die Deutschen geflogen, da musste er noch ein halbes Kind gewesen sein. Die Jungen haben keine Angst vor dem Neuen, dachte Karl. Kaum war die Luft erobert, schickte man die Jungen hinauf, um gegeneinander zu kämpfen. Richthofen war Mitte zwanzig gewesen, als er starb. Jean Marc sprach mit Hochachtung von ihm und nannte ihn *Le Diable Rouge*. »Der Krieg ist vorbei, und wir haben gesiegt«, hatte der junge Mann gesagt. »Aber Frankreich und Deutschland sind große Nationen. Weshalb sollen wir nicht wieder wie zivilisierte Menschen miteinander verkehren?« Mit diesen Worten hatte Jean Marc Karl zu sich nach Hause eingeladen.

Große Nationen, dachte er. Unsere Völker sind ausgeblutet. Die Menschen wurden in die Knie gezwungen und von Revolutionen durchgerüttelt. Es war, als ob sich die Weltgeschichte von Grund auf umwälzen würde. Tiefere Schichten traten nun zutage und verdrängten das Gespinst aus Kultur und Lebensart, mit dem sich Deutschland lang umflort hatte. Nichts davon würde übrig bleiben, das Derbe, das Dumpfe, das Eherne drängte mit Macht hervor und schob sich über alles hinweg, was in Jahrhunderten geschaffen worden war.

Karl hob den Blick zur Decke, wo der Rauch und die Jahrzehnte die Balken geschwärzt hatten. Auch Dumarchellier besuchte Nina täglich. Er kümmerte sich um sie, als wäre sie seine Tochter. »Sein krankes Töchterchen ist zu ihm zurückgekehrt«, murmelte Karl. Meistens kam der Maler vormittags ins Krankenhaus, gegen Mittag wechselten sie einander ab. Ich sollte ihm wirklich dankbar sein, dachte Karl, weshalb fällt es mir nur so schwer? Dumarchelliers Eingreifen hatte Ninas Leben gerettet. Nur durch seine Mitwirkung war Nina in die Obhut des französischen Spezialisten gekommen. Karl selbst war dem Wunderdoktor erst einmal begegnet. Professor Lemieuvre hatte ihm seine Therapie erläutert, leider mit einem derart starken provençalischen Akzent, dass Karl nur die Hälfte verstanden hatte. So viel wusste er jedoch, dass die Behandlung mit Hilfe eines Extrakts erfolgte, der aus einem inselförmigen Gewebe innerhalb der Bauchspeicheldrüse gewonnen wurde und den Lemieuvre deshalb *Insulin* nannte.

Karl lehnte das Angebot des Wirtes ab, sich nachgießen zu lassen, zahlte und ging ins Freie. Eine Brise umfing ihn, weich wie eine Frauenhand. Das kam aus Afrika, das erzählte nicht mehr vom Winter und der erstarrten Natur, sondern von der Freundlichkeit des Südens. Wie schön wäre es, diese Wärme genießen zu können und sich vom Leben durchströmen zu lassen. Karl hatte sich noch nie so tot gefühlt.

Er folgte dem Gefälle der Gassen, die alle auf die *Canebière* und über die Vergnügungsmeile zum Hafen führten. Mehrere Mädchen kamen auf ihn zu, *filles du Nord* genannt, weil viele von ihnen aus den von den Deutschen besetzten Gebieten in den Süden geflohen waren. Karl lehnte ihre Aufforderungen höflich ab. Wie unendlich gern hätte er jetzt Moritz ins Bett gebracht. Der kleine Kerl fehlte ihm geradezu körperlich. Wenn er ihm doch nur einen Kuss geben, ihn in den Arm nehmen könnte!

Nach ein paar Minuten machte Karl kehrt. Er wollte ins Bett, solange der Pastis noch seine benebelnde Wirkung tat. Die Nachtluft dagegen machte ihn frisch. Was nützten klare Gedanken, wenn man sie nicht für die Arbeit fruchtbar machen konnte? Wenn das Dasein dagegen verschwommen vorbeizog, ließen sich die Tage und Nächte im verseuchten Marseille einigermaßen ertragen. Mit langen Schritten lief Karl die Straße hoch.

»Guten Tag, Monsieur.« Dumarchellier lehnte am Fensterkreuz, in seinem Rücken leuchtete die Mittelmeersonne. Er trug einen Mantel aus hellem Tuch, ein Hemd mit weichem Kragen, den Wollschal lässig umgeschlungen. Eine Zigarette glomm in seiner Hand.

»Guten Tag, Monsieur Dumarchellier«, antwortete Karl.

Ihre beiderseitige Förmlichkeit hatte nichts damit zu tun, dass Karl Deutscher war, nein, so verhielt sich das nun einmal mit den Franzosen: Wenn man nicht zum engen Freundeskreis gehörte, siezte man einander geflissentlich. Man redete einander mit arabeskenhaften Verschlingungen an: *Darf ich Sie fragen, Monsieur – Wenn ich Ihnen eröffnen dürfte, Monsieur – Wenn Sie mir eine freie Meinungsäußerung gestatten, Monsieur.* Es war nicht bloß Formspielerei, sondern Lebensart. Irgendwo in ihren Herzen waren die Franzosen in den höfischen Sitten der Feudalzeit steckengeblieben.

»Sie sind heute früh dran, mein Lieber.« Dumarchellier nahm einen Zug und behielt den Rauch in den Lungen.

»Ich finde es rührend von Ihnen, wie liebevoll Sie sich um Nina kümmern.«

»Die kleine Schneerose erblüht von Tag zu Tag mehr.« Der Maler klemmte die Zigarette in den Mundwinkel und zog den Mantel fester um die Schultern.

»Ich kann kaum glauben, dass Professor Lemieuvre in nur zwei Wochen mehr erreicht hat, als es den Münchner Ärzten in Monaten gelungen ist.«

Als Karl sich Ninas Tür näherte, hatte er plötzlich den Eindruck, als ob Dumarchellier sich wie ein Wächter davorstellen würde. Statt wie jeden Tag, sobald Karl kam, unverzüglich in die Stadt aufzubrechen, nahm er eine weitere Zigarette aus dem Etui und steckte sie an der Kippe an, die er achtlos zu Boden warf.

»Wie lange werden Sie in Marseille bleiben?«, fragte Karl so arglos wie möglich.

»Mir gefällt der Winter in der Stadt. Bei mir zu Hause in den Bergen ist es um diese Jahreszeit noch nasskalt und ungemütlich.«

»Haben Sie keine Angst vor der Seuche in Marseille?«

Ein Blick aus den dunklen, etwas rot unterlaufenen Augen des Malers. »Schon eine merkwürdige Sache, diese Epidemie.« Er rauchte mit offenem Mund, seine Zunge glitt die Zahnreihe entlang. »Es heißt, die amerikanische Armee hätte durch die Grippe bereits ebenso viele Soldaten verloren wie auf den Schlachtfeldern.« Eine Rauchwolke umschwebte ihn. »Und wie steht es mit Ihnen und der Angst vor Ansteckung?«

»Vorhin bin ich an einer der Quarantänestationen vorbeigegangen«, antwortete Karl. »Das Gebäude ist so überfüllt, dass sich die Kranken an den Fenstern drängen.« Er nickte knapp. »Ja, ich habe Angst.«

»Ich habe gelesen, in New York hätte man das Ausspucken auf der Straße unter Strafe gestellt. Hunderte sollen deswegen schon verhaftet worden sein.« Dumarchellier lachte, Karl bemerkte, dass dem Maler ein Backenzahn fehlte.

Das Geplauder versiegte, eine unerwartete Pause entstand.

»Ich will dann also …« Karl zeigte auf Ninas Tür.

»Sie schläft gerade.« Dumarchellier trat die zweite Kippe auf dem Boden aus.

Er will mich von ihr fernhalten, dachte Karl. Was verspricht er sich von dieser seltsamen Rivalität? Nina ist krank; kaum denkbar, dass Dumarchellier an ihr zurzeit als Frau interessiert sein könnte.

»Fehlt Ihnen Ihre Zeitung?«, fragte der Maler, als Karl die Hand schon auf die Klinke legte.

Er betrat das Zimmer. »Oh ja. Die Arbeit fehlt mir sehr. Au revoir, Monsieur.« Karl schloss die Tür zwischen sich und dem Franzosen.

18

»Sie führen sich auf, als ob sie alle irre geworden wären.« Oskar starrte auf die Straße. »Die Stadt ist ein Tollhaus.«

Julie saß an seiner Seite, auf dem Rücksitz des schweren Automobils, das Oskar als Dienstwagen benutzte. Sie trug ein elegantes grünes Kleid, vielleicht etwas zu freizügig, aber sie hatte Lust gehabt, es aus dem Schrank zu holen und für den besonderen Anlass anzuziehen.

Quälend langsam schob sich der Protos durch die Maximilianstraße, der Fahrer hatte Mühe, den Menschenmassen auszuweichen. Alles war in Aufruhr und in Vermischung. Julie betrachtete die langen Filzmäntel aus dem Krieg, viele Soldaten waren unter den Aufständischen, Arbeiter, Spartakisten, Internationalisten, wer wollte sie noch unterscheiden? Hüte und Uniformkappen wurden geschwenkt, mancher hatte sein Gewehr geschultert, einige hielten es sogar im Anschlag. Flugblätter sprenkelten das Pflaster, vom Regen aufgeweicht, man sah Karl-Liebknecht-Bilder an den Häusern, die Lettern *ROSA LUXEMBURG* hatte einer in Rot an die Wand geschmiert wie eine Schrift aus Blut.

Das Automobil zog an den Eilenden vorbei, grelle Gesichter, erhitzte Gesichter, Julie musste an die Worte ihres Vaters denken, als sie den Bauernhof zuletzt besucht hatte: *Jeder Bauer, der aus dem Krieg kommt, hat jetzt sein Militärgewehr daheim. Passt nur auf, eines Tages kommen sie zu euch in die Stadt und werden ihre Forderungen stellen.* – Sie waren gekommen, von überallher. Sie nannten sich Arbeiterräte und hatten eine Partei der Kommunisten gegründet, so radikal in ihren Forderungen, so gewaltsam in deren Verwirklichung, dass die SPD gezwungen gewesen war, politisch nach rechts abzurücken. Man konnte sie inzwischen von den Bürgerlichen kaum noch unterscheiden.

Nervös strich Oskar über den Schnurrbart, den er sich seit kurzem stehen ließ. »Schau dir diesen Wahnsinn an. Staimer und ich haben Eisner beschworen, die Wahlen nicht vorzuverlegen, wir haben ihm vorausgesagt, dass es genau so kommen würde. Aber unser Ministerpräsident ist von der Macht der Demokratie so glühend überzeugt, dass er nicht mit sich reden ließ.«

Julie schaute zu den Fassaden hoch. Fast jedes Fenster war besetzt, doch Licht zu machen trauten sich nur wenige. »Die Leute haben Angst. Nur deshalb hat die Mehrheit die Bürgerlichen gewählt. Die Mehrheit will solide Regierungsverhältnisse. Die Vision einer Weltrevolution, wie sie Russland seit zwei Jahren peinigt, wird auf bayerischem Boden nicht gedeihen.«

»Fünfunddreißig Prozent für die Volkspartei, fünfunddreißig Prozent nur aus Angst?«, konterte Oskar. »Beschämende dreiunddreißig Prozent für die SPD, und Eisners USPD kommt gerade mal auf zweikommafünf. Das ist ein Erdrutsch.« Der Wagen legte sich in die Kurve. »Es war natürlich zu erwarten, dass die radikale Linke die Wahl nicht anerkennen würde. Das Land droht zu zerbrechen.«

Der Tumult verdichtete sich. War das Chaos, das die Stadt überschwemmte, schon der Bürgerkrieg? Das alte, behäbige München geriet in einen Taumel der Hysterie, alles schrie nach Umsturz, dabei wollten die Zwiebeltürme und wuchtigen Gesimse, die barocken Formen so gar nicht zu den stählernen Parolen und kantigen Aufrufen zur Revolte passen. Wenn die bayerischen Kommunisten heute zur Großveranstaltung in den Mathäser-Bräu drängten, zog es sie dann nicht eigentlich zum Bier? Julie wusste es nicht. Karl hätte es gewusst, dachte sie, er würde die hohlen Parolen zerpflücken und Position beziehen. Stattdessen hielt er sich immer noch im Süden auf, im Feindesland, dort, wo es am schönsten war.

Oskar ließ sich zurücksinken. »Ich fürchte ernsthaft um Eisners Leben. Der Mann zieht mittlerweile den Hass sämtlicher politischen Lager auf sich.«

Für einen Moment hatte Julie Oskar nicht zugehört. »Was hast du gesagt?«

»Ich fürchte um das Leben des Ministerpräsidenten. Es wäre nicht das erste Mal, dass man versucht hätte, Eisner zu töten. Die politische Kultur verroht. Verleumdungen und Hetze treten an die Stelle von Argumenten. Und niemand scheut mehr vor dem Aufruf zur Gewalt, ja, vor der Gewalt selbst zurück. Die radikale Linke ebenso wenig wie die Rechte. Die Deutschnationalen sind dabei gefährlicher als alle anderen Radikalen, weil ihr Einfluss bis in die höchsten Kreise reicht.«

Während der Wagen den Boulevard hinter sich ließ und in eine schmale Seitengasse einbog, musste Julie an den Nachmittag im Hotel *Vier Jahreszeiten* denken, an Arcos selbstmitleidiges Bekenntnis, dass er unbedingt wieder zum Thule-Bund gehören müsse. Wieso erschien ihr das mit einem Mal so wichtig?

»Kommst du?« Oskar streckte ihr die Hand entgegen. Der Protos hatte gehalten, er stand vor der offenen Tür.

Julie raffte beim Aussteigen ihr Kleid, damit es nicht mit dem Schneematsch in Berührung kam. »Einen ungemütlicheren Abend hätte ich mir für meinen Geburtstag nicht aussuchen können.«

»Trotzdem stoßen wir jetzt darauf an.«

Oskar betrat die Weinstube als Erster. Während sie ohne rechte Stimmung vor ihren Gläsern saßen, spürte Julie Oskars Anspannung wegen der explosiven Lage der Stadt, zugleich seine Bemühung, ihr die Feier so unbeschwert wie möglich zu machen. Bemerkte er denn nicht, dass auch sie rastloser war als sonst, manchmal abwesend, häufig traurig? Julie beobachtete an sich selbst eine Fahrigkeit, die oft mit Mutlosigkeit einherging. Die Hoffnung, dass Karl eines Tages wiederkommen würde, half ihr nicht mehr, diese Stimmungen zu besiegen, die Sehnsucht nach ihm machte alles nur noch schlimmer. Julie hatte keine Lust, ihren Geburtstag zu feiern, sie hatte keine Lust, Wein zu trinken, sie mochte nicht in Oskars treue Augen schauen und gleichzeitig an den anderen denken – das war ihr alles so zuwider. Sie wollte am liebsten in ihrem Zimmer liegen und an die Decke starren, und so würde der Winter vergehen und endlich der Frühling kommen.

»Was hast du?« Oskar hielt sein Glas hoch.

»Nichts. Müde bin ich.«

»Wem sagst du das? Ich könnte eine Woche lang nur schlafen.«

Die Gläser stießen gegeneinander, ihr Klang war matt. Julie betrachtete das liebe, vertraute Gesicht; Oskar arbeitete praktisch rund um die Uhr, doch angesichts der unlösbaren Aufgabe erschien alles wie die reinste Sisyphusarbeit.

»Geht es dir auch wirklich gut?« Er lächelte auf diese Art, die ihr sein tiefes und unverbrüchliches Gefühl bezeugten. Sie ertrug auch das nicht länger.

»Wie soll es einem schon gehen, wenn man dreißig wird?«,

erwiderte Julie schroff. »Eine dreißigjährige alleinstehende Ärztin, die nichts anderes in ihrem Leben kennt als den Geruch des Krankenhauses und die Laute des Schmerzes. Wie soll es so einer schon gehen?«

»Das sagst du mir zum ersten Mal«, erwiderte er besorgt.

»Entschuldige, Oskar. Es ist sehr lieb, dass du mich heute ausführst.«

»Du bist eine wunderbare Frau.« Er senkte den Blick auf sein Glas. »Du müsstest nicht allein sein. Viele Männer wären froh, wenn sie mit dir zusammen sein könnten.«

Julie legte ihre Hand auf seine. »Es gibt niemanden, mit dem ich meinen dreißigsten Geburtstag lieber feiern würde als mit dir.«

Es war eine Lüge, doch Julie bediente sich ihrer gern, weil sie spürte, dass Oskar das Kompliment glücklich machte. Draußen sangen die Kommunisten, laut und siegessicher. Julie hörte dieses Lied zum ersten Mal.

19

Lieber Karl,

wie darf ich Dich nennen? Meinen Freund, meinen Vertrauten? Ich nenne Dich einfach nur mein Lieber. Ich sitze in meinem Zimmer, das ich sonst gern mein Zuhause nenne und das mir in diesen Tagen so eng wird. Draußen brennt die Welt. Du würdest unser München kaum wiedererkennen. Es ist schwer zu beschreiben, wie schnell, wie unumkehrbar sich alles verändert. Das Ergebnis der Wahlen steht im offenkundigen Widerspruch zur politischen Wirklichkeit. Wenn Du es nur sehen könntest – die Kräfte des Volkes sind losgelassen. Seit den Novembertagen, als die Revolution losbrach, wurde das politische Leben Münchens konstant von einer Minderheit gestaltet, einer sehr effektiven Minderheit. Durch Demonstrationen, Versammlungen und Beschlüsse hat sie ihren Willen artikuliert. Diese sozialistische Minderheit – das ist das Wunder dieser Tage –, bestimmt auch jetzt noch den Staat, nicht die Mehrheit derer, die ins alte Fahrwasser zurückwollen. Ich bin sicher, viele Münchner fragen sich mittlerweile, weshalb in Gottes Namen man den König vertreiben musste. In ein paar Tagen soll der neue Landtag zusammentreten, doch es wächst die Gefahr, dass die wahren Auseinandersetzungen außerhalb des Parlaments stattfinden werden. Das Gespenst des Bürgerkriegs ist da, und mit ihm breitet sich die Angst vor dem Bolschewismus aus. Ich selbst, ach, Karl, was soll ich dazu denken? Ich entdecke in mir Sympathie für diese Leute, die sich Räte nennen und den Landesvertretern im Parlament den Rang ablaufen. Mir gefällt die Idee, dass Deutschland dazu berufen sein könnte, jene Vision in die Tat umzusetzen, die Russland mit dem Bolschewismus anstrebt. Ich glaube tatsächlich, dass eine starke Räterepublik besser ist als ein verlottertes Kaiserreich.

Von mir selbst gibt es nur wenig zu berichten. Die Bedürfnisse meiner Patienten verändern sich zurzeit, es sind weniger die Verwundungen des Fleisches, die ich behandle, sondern die Folgekrankheiten des Krieges, Hautinfektionen, Nervenleiden und der verloren gegangene Wille, zu leben. Verzeih mir, Karl, eigentlich hätte ich mich als Erstes nach meiner ehemaligen Patientin erkundigen müssen, Deiner Frau. Du bist nun schon eine ganze Weile in Südfrankreich, und ich nehme das als Zeichen, dass die Fürsorge um Nina all Deine Zeit in Anspruch nimmt. Hat Professor Lemieuvre tatsächlich das Wundermittel entdeckt, das Nina helfen konnte?

Karl hob den Blick. Als er spätnachts von seinem Pastis zurückgekehrt war, hatte er Julies Brief gefunden. Er las den letzten Satz noch einmal: *die Fürsorge um Nina*. Sollte er sich nicht eingestehen, dass sein eigentlicher Grund, in Marseille zu bleiben, von Tag zu Tag an Bedeutung verlor? Daheim in München war es selbstverständlich gewesen, dass er ganze Nächte voll Sorge an Ninas Bett gesessen hatte, hier jedoch betrat er das Zimmer einer Genesenden. Das Medikament schlug an, der Professor korrigierte die Dosierung so präzise, dass Nina kaum noch über Beschwerden klagte. Gleichzeitig trieb sich Karl, wo die Seuche es zuließ, in der Stadt herum und genoss das Mittelmeerklima. Hier herrschte bereits der prächtigste Frühling, während München sich noch auf mehrere Wochen Winter einstellen musste.

Hinzu kam, dass die zu neuem Leben erweckte Nina Karl mit irritierenden Plänen für die Zukunft konfrontierte. Sie sprach kaum je von einer Rückkehr in die Heimat und zu ihrem Kind, sie hatte vielmehr geradezu eine Abscheu vor dem düsteren München, in dem die Revolution wütete. Mit Erstaunen hatte Karl stattdessen begriffen, dass Nina am liebsten in Frankreich bleiben würde, zur Erholung, wie sie sagte, doch er spürte dahinter die Sehnsucht, den trostlosen Zeiten, denen Deutschland entgegenging, zu entfliehen.

Karl hielt Julies Brief mit beiden Händen fest, als ob er Angst hätte, ihre Zeilen könnten sich in Luft auflösen. Was tat er noch hier, musste er sich allmählich fragen, da er zu Ninas Glück kaum etwas beitragen konnte? Worauf wartete er eigentlich? Sobald sich ihr Zustand so weit gebessert haben würde, dass sie das Krankenhaus verlassen konnte, schienen seine und ihre Pläne auseinanderzulaufen wie die Schneiden einer geöffneten Schere. Die Frau jedoch, die diesen Brief geschrieben hatte, war dort, wo Karl sein wollte, wo er vielleicht etwas bewegen und mitgestalten konnte, sie war in Bayern, wo Moritz auf die Wiederkehr seiner Eltern wartete. Karl hatte seinem Jungen fast jeden Tag geschrieben. Da es jedoch unabsehbar war, wie lange die Post nach Deutschland brauchte, konnte er nicht in Erfahrung bringen, welchen Brief Moritz bereits vorgelesen bekommen hatte oder welche Postkarte aus Marseille schon über seinem Bett hing. Manchmal wusste Karl nicht mehr ein noch aus vor Kummer, weil er sich um den kleinen Kerl nicht kümmern konnte. Dann wieder vermischte sich seine Sehnsucht nach Julie und nach Moritz auf sonderbare Weise; in solchen Tagträumen sah er sich zu dritt mit den beiden, während Nina in diesen Träumen keinen Platz mehr hatte. Karl schämte sich für solche Fantasien, weniger, weil er sich eingestand, dass er Julie begehrte, sondern weil er sich in ihr nach der Freundin sehnte, der Gesinnungsgenossin, dem Menschen, mit dem er alles teilen wollte. Das war ein erschreckender Gedanke für ihn.

Er hob den Brief wieder und las weiter. Karl verstand sehr gut, weshalb Julie so viel über München und die politischen Umstände schrieb und so wenig über ihre Gefühle: Sie war die Ärztin, die Nina behandelt hatte, sie konnte nicht einfach als Liebende schreiben. Was über die Nachricht einer liebevollen Vertrauten hinausging, zwang sie sich zu verschweigen.

Mein Dienst hat schon vor ein paar Minuten begonnen, Karl, doch ich sitze immer noch hier und schreibe und schreibe. Lebe wohl, lieber Karl, mein Guter, mein Lieber. Wie sehr wünschte ich, dass wir uns bald, ach, so bald schon wiedersehen. Für heute bin ich in herzlichen Gedanken, Deine Julie.

Karl presste die Augen zusammen, weil sein Blick unscharf geworden war. Wie die größte Kostbarkeit legte er den Brief auf den Tisch, trat ans offene Fenster und schaute auf die nächtliche Stadt. Vom Meer zog ein Geruch herauf, der den Gestank des Desinfektionsmittels übertünchte. Die Möwen schrien. Karl verfolgte die Positionslichter eines Dampfers, der in die Dunkelheit ablegte, hinaus auf ein ungewisses Wasser. Langsam wandte er sich zum Tisch, nahm mehrere Bogen Papier aus der Schublade, schraubte die Feder auf und begann zu schreiben.

20

»Es ist eine Maurane Saulnier«, sagte Jean Marc, bevor sie starteten.

»Sie sieht wie ein Kampfflugzeug aus.« Karl hatte seine Lederjacke mitgebracht und die Fliegerkappe. Er schob die Brille über die Augen.

»Das war sie auch«, antwortete der junge Pilot. »Es wurden allerdings nur achtzig Stück davon gebaut, bis man herausfand, dass sie ihre Tücken hat.«

»Was für Tücken?« Hinter Jean Marc kletterte Karl auf die Tragfläche.

»Sie besitzt kein Querruder. Bei neun Metern Spannweite ist das riskant.«

»Aha?« Karl zögerte einen Augenblick, bevor er ins Gehäuse stieg.

»Sie schmiert leicht ab. Beim Landen kann das heikel werden, weil sie mit zu hoher Geschwindigkeit runterkommt.«

»Und das bedeutet?« Zögernd ließ sich Karl auf den reichlich unbequemen Rücksitz sinken.

»Wenn ich den Winkel falsch einschätze, überschlägt sie sich. Trotzdem ist sie meine heimliche Geliebte.«

Jean Marc öffnete die Treibstoffzufuhr. Vor dem Flugzeug sprang sein zwölfjähriger Bruder zum Propeller hoch und brachte ihn mit seinem Körpergewicht zur Drehung. Das hölzerne Ding rotierte zweimal, dreimal, ohne Ergebnis. Jean Marc verstellte ein Ventil und rief: »Zündung!« Der

Junge wiederholte den Vorgang, der Propeller erwachte zum Leben, kreiste und sauste, bis das Auge ihn nur noch als helle Scheibe wahrnahm, begleitet vom Dröhnen der hundert Pferdestärken. Jean Marc winkte seinem Bruder zum Abschied zu und setzte die Maurane Saulnier in Bewegung.

Jean Marcs Familie lebte in der Nähe von Cassis, wo seine Mutter ein Weingut besaß. Der Vater war am Tag der Geburt seines Sohnes gestorben. Unweit der Weinhügel betrieb die französische Armee ein Übungsgelände für Kampfpiloten. Von Anfang an hatte sich Jean Marc bei den Fliegern herumgetrieben.

Die Fahrt über die Wiese fühlte sich holprig an, für Karl war es unvorstellbar, dass man sich aus so einem Geruckel und Geschaukel in die Luft erheben könnte. Mit beiden Händen hielt er sich an der Bordwand fest. Jean Marc zog den Steuerknüppel nach hinten.

Beim ersten Mal, als Karl an Ninas Seite geflogen war, hatte er vor Sorge nur wenig mitbekommen. Das Vibrieren des Motors, die gelegentlichen Stöße, wenn die Maschine abgesackt war, er selbst in einer Blechzigarre liegend, hatte er von der Umgebung kaum etwas gesehen. Diesmal war alles anders. Plötzlich waren da das Nichts, die Schwerelosigkeit, der gewölbte Horizont, darüber das milchige Blau der Luftschichten, da waren Land und Wasser, da war alle Herrlichkeit der Welt. In diesem Augenblick erfuhr Karl die Verwandlung von einem plumpen Erdenwesen in ein Geschöpf, das seine Schwere abstreifte und die Elemente beherrschte. Vor Glück riss er die Arme in die Luft.

Jean Marc drehte sich um. »Sitzt du bequem?«

Bequem saß Karl keineswegs, und doch thronte er, thronte in den Himmeln, flog über die Heeresflugschule hinweg, über das Cap und das Meer. Das Motordröhnen war die Begleitmusik, der Flugwind kühlte seine Wangen. Vor ihm zog Jean Marc die Maurane Saulnier höher, bis man nicht nur Cassis, sondern sogar die große Stadt Marseille in der Ferne schimmern sah.

Karl legte den Kopf zurück, über sich nichts als die luftige Leere. Seit er Julies Brief erhalten hatte, war seine Sehnsucht fast unerträglich geworden. Wenn ich doch mit ihr hier sein könnte, dachte er, wie schön, wie unglaublich wäre das! Die meiste Zeit sind wir eingesperrt in unseren Häusern und Städten, wir sehen den Himmel nicht mehr, der sich über uns wölbt. Karl betrachtete den Piloten, dessen Schal im Luftstrom flatterte. Was machte diesen jungen Mann so offen, so unbeeindruckt von den Vorurteilen, die hüben und drüben die Menschen beherrschten? Er schien erkannt zu haben, dass es nichts als Beschwernis war, das Trennende im Anderen zu sehen, er erhob sich über alle irdischen Grenzen, jedes Mal wenn er aufstieg.

Ich möchte auch fliegen lernen, dachte Karl, ich will dieses Erlebnis mehr als nur einmal genießen. Er stützte sich an der Bordwand ab und beobachtete die Handgriffe des Piloten. Es schien kinderleicht zu sein, fast, als ob die Maschine alles von selbst machen würde.

Dass es nicht so war, erlebte Karl, als Jean Marc zur Landung ansetzte. Nach einer weiten Schleife über dem Mittelmeer, wo man die Schiffe betrachten konnte, die ihre Routen nach Korsika und Nordafrika zogen, kehrte die Maurane Saulnier zum Festland zurück. Aus der Luft erschien die erschreckend kurze Wiese noch ungeeigneter als Landebahn. Beim ersten Anflug brachte eine Bö das Flugzeug aus dem Gleichgewicht, die Tragflächen torkelten auf und ab, Jean Marc war gezwungen, die Wiese beim zweiten Mal von der Meeresseite anzufliegen. Die Gefahr, von den

Klippen zu stürzen, war damit zwar gebannt, doch am Ende des Grünstreifens erhoben sich unüberwindliche Felsblöcke. Hatte Jean Marc nicht davon gesprochen, bei zu steilem Anflugwinkel würde sich das Flugzeug überschlagen? Wenn sie jedoch zu flach eintauchten, reichte die Piste für die Landung nicht aus. Karl klammerte sich am Eisenrahmen fest.

»Jetzt kommt's darauf an!« Jean Marc drehte sich um, weiß blitzten seine Zähne in dem lachenden Gesicht.

Schau um Gottes willen nach vorn, dachte Karl, nickte aber mit gespielter Zuversicht. Der Pilot ließ das Flugzeug steil absacken, bevor er es in die Waagrechte zog und die Klappen drosselte. Der Ruck des Aufsetzens war härter als erwartet. Die Maurane Saulnier wollte sich mit dem festen Grund noch nicht anfreunden, mit unverminderter Geschwindigkeit raste sie über die Wiese, sprang empor, schwebte wieder ein kurzes Stück und setzte endlich auf. Durch eine Bodenwelle wurde sie nach rechts gezogen, Jean Marc musste alle Kraft einsetzen, um das Ruder in die richtige Position zu bringen. Unmittelbar vor ihnen konnte Karl bereits die Einzelheiten der Felsen erkennen, an manchen Stellen waren sie bemoost, stachelige Sträucher wuchsen aus den Ritzen hervor.

»Das reicht nicht«, murmelte er. »Das reicht auf keinen Fall. Wir werden zerschellen.«

Als das Ende der Piste da war, zog Jean Marc die Maurane Saulnier unvermittelt nach links. Ihr Schwung war noch so groß, dass das rechte Rad vom Boden abhob und die linke Tragfläche die Mittelmeergräser streifte; bedrohlich nah zogen die Felsen an ihnen vorbei. Ein letzter Ruck, Karl schlug mit dem Kopf gegen den Rahmen, und der Aeroplan stand still. Über die Wiese kam der zwölfjährige Junge gelaufen.

Jean Marcs Mutter war eine schwere Frau. Ihre Füße steckten in Holzpantoffeln, flink lief sie durch die Küche.

»Ein Abend auf dem Land wird durch ein Glas Wein noch schöner«, sagte sie.

Das Haus in den Weinbergen, die Familie, die sich zum Essen an den zerschrammten Holztisch setzte, Karl hatte vergessen, dass es solche Tage gab, einfache, ruhige Tage. Er war heute nicht bei Nina gewesen, doch sein bisschen schlechtes Gewissen konnte das Gefühl der Zufriedenheit nicht trüben. In der Küche roch es nach Wein, nach Knoblauch und Kräutern, im Topf auf dem Herd warf die Sauce Blasen. Überall stand Wein, in diesem Haus war er allgegenwärtig, in Fässern und bauchigen Flaschen, in den Gläsern.

»Lassen Sie ihn atmen«, sagte die Mutter und stellte Karl ein Glas Hauswein hin.

Er betrachtete das helle Rot, trank und schmeckte die Weichheit, auch ein wenig südliche Müdigkeit, ein verglühendes Feuer. Deutscher Wein war akkurat, dachte er, er wollte zu besonderen Anlässen genossen werden, dieser Wein mochte den ganzen Tag getrunken werden, er wollte den Tag begleiten.

Rund um Karl wurde der Tisch gedeckt, Besteck fiel klirrend zu Boden, die Kinder spielten mit dem Hund. Die Selbstverständlichkeit und Freundlichkeit, mit der er in diesem Haus aufgenommen wurde, verwirrte Karl, er wusste damit nicht umzugehen.

Lass dich vom Glück dieses Abends nicht täuschen, dachte er. In Marseille wurde er nach wie vor angefeindet. Bedrohlicher aber noch war die Seuche, die die Stadt zeichnete. Täglich wurden die Quarantänequartiere ausgeweitet, auf Schritt und Tritt sah man die Kalkbrühe auf den Straßen und in den Rinnsalen, womit der Erreger abgetötet werden sollte. Dennoch griff die Spanische Grippe unaufhaltsam um sich. Auf Ninas Krankenstation hatte Karl zur Vorbeugung Tabletten bekommen. Dabei war ihm das Gespräch zweier Schwestern zu Ohren gekommen, die die Grippe als die schlimmste Krankheit bezeichneten, mit der sie je zu tun gehabt hätten. Kräftige Männer, an einem Tag gesund und bei der Arbeit, seien am nächsten Tag schon tot. Die Ärzte würde dabei am meisten verwirren, dass die Grippe die Eigenschaften jener Krankheiten hervorbrachte, gegen die man die Männer zu Kriegsbeginn geimpft hatte, Typhus und Pocken. Es gab sogar Gerüchte, dass die Verabreichung verpanschter Impfstoffe schuld am Umsichgreifen der Seuche sei.

Die Madame brachte das Hühnchen in der roten Sauce auf den Tisch, dazu gab es Weißbrot. Karl aß mit Heißhunger und tunkte das Brot in den Saft. Die Kinder lachten, weil sein Mund ganz rot war. Sie redeten über den Stand der Reben, und dass der *Achtzehner* ein guter Jahrgang werden dürfte. Die Madame sagte, dass sie einen Weinberg dazukaufen wolle, um ihren Konkurrenten in der Region zu überflügeln. Jean Marcs kleine Schwester kletterte auf seinen Rücken, die Mutter rief zur Ordnung. Karl konnte sich nicht erinnern, wann ein Abendessen mit seiner Familie je so ausgelassen gewesen war. Das fehlt uns, dachte er, diese Leichtigkeit. Es war nicht leicht, ein Deutscher zu sein.

»Es gibt vieles, was wir von euch lernen können«, sagte er leise.

»Darauf trinken wir.« Die Madame füllte die Gläser.

21

Höher und höher stieg die Sonne und tauchte die Menschenmenge in ihr makelloses Licht. Die Münchner waren heute für ein besonderes Ereignis auf die Straße gegangen, die Münchner mit den Schirmmützen und den roten Binden am Arm, sie riefen etwas, schrien es einander zu, sie wirkten aufgebracht, doch sie waren es auf ihre breite, alpenländische Art.

Julie hatte für den heutigen Anlass das dunkelgrüne Samtkleid angezogen. Sie war mit der Elektrischen ins Zentrum gefahren und wie die übrigen Fahrgäste erstaunt gewesen, als die Tram bereits vor dem Maximiliansplatz angehalten wurde. »Abgesperrt«, hatte die lakonische Begründung der Polizisten gelautet.

Julie schloss sich nicht dem Tross der übrigen Schaulustigen an, sondern wählte eine Passage, von der aus sie rascher zu ihrem Treffpunkt mit Oskar gelangen würde. Unterwegs freute sie sich über den ungewöhnlich schönen Vorfrühlingstag. Die Sonne hatte den Morgennebel aufgelöst, der Himmel strahlte so unverschämt blau, die Kirchtürme waren so funkelnd, dass Julie im Laufen den Kopf zurücklegte und lachte. Die Münchner taumelten durch ihre schlimmste Krise, sie erlebten eine Revolution, deren Ziel es war, keinen Stein auf dem anderen zu lassen, aber sie taten es bei strahlendem Sonnenschein.

Julie durcheilte die Häuserzeile und trat an deren Ende

auf den Boulevard. Tausende standen da in Erwartung. Arbeiter und ihre Frauen, die Revolution hatte sie in die Innenstadt geschwemmt, wo sie sich früher nur selten hatten blicken lassen. Wegen der Absperrung konnten sie nicht vorwärts und wollten doch um keinen Preis zurück. Auch die Prannerstraße war abgeriegelt worden. Erstaunlich, wie still es war; nicht, weil die vielen Menschen schwiegen, sondern weil keine Automobile und Fuhrwerke, weil auch die Trams nicht verkehrten. Alles wurde von der Anspannung beherrscht, mit der jedermann auf das Ereignis wartete. Einzig die dreisten Vögel wussten nichts von dem Sturm, der jederzeit losbrechen konnte, und zwitscherten fröhlich in den vorgezogenen Frühlingstag.

Julie entdeckte Oskar. Sie sah zuerst nur seinen Dienstwagen, der unauffällig innerhalb der Sperrzone stand, und drängte sich an das Gitter heran.

»Na hören Sie, wir warten auch«, sagte eine Frau. Ein Mann stieß eine Verwünschung aus.

Julie wollte nicht auffallen. In ihrem eleganten Kleid konnte man sie leicht für eine Dame der feinen Gesellschaft halten. Sie schloss den Mantel. Ihr schönes Haar konnte sie jedoch nicht verbergen, verräterisch spielte die Sonne darin.

Oskar stieg aus dem Auto. Heute trug er nicht die Montur, in der er sich am wohlsten fühlte, Jacke, derbe Schuhe und Mütze, er war im Anzug erschienen, mit steifem Kragen und schwarzer Krawatte. Auf sein Zeichen wurde die Absperrung geöffnet, Julie schlüpfte durch, andere drängte man unsanft zurück. Die Leute beobachteten, wie die Frau im dunklen Mantel auf den Stellvertreter des Polizeipräsidenten zulief.

Julie bemerkte sein bleiches Gesicht, die dunkel geränderten Augen. »Was ist los?«

»Die Schutztruppe ist nicht eingetroffen.« Unruhig ging Oskars Blick in die Runde. »Nachdem sie von Dachau losmarschiert ist, wurde sie von einer Horde von Arbeiterräten aufgehalten.«

»Was heißt das?« Julie stellte sich an seine Seite.

»Wir sind in der absoluten Minderzahl.« Obwohl ihn auf der breiten Straße niemand hören konnte, senkte Oskar die Stimme. »Auf hundert Leute kommt ein einziger Polizist. Ich kann nur hoffen, dass die Menge ihre Überlegenheit möglichst lange nicht bemerkt.« Er zog seine Taschenuhr und warf einen Blick über die Schulter. »Mir wäre lieber, wenn du nicht in den Landtag gehst.«

»Ich war noch nie bei einer Sitzung des Parlaments dabei.«

»Du solltest es heute auch besser bleiben lassen.« Seinen Worten zum Trotz, zog er eine Eintrittskarte aus der Tasche. »Du kannst hier nicht länger stehenbleiben, Eisner muss jeden Moment da sein.«

»Er kommt hier durch?«, fragte Julie ungläubig. »Ausgerechnet hier?«

»Seine Leute haben ihm geraten, lieber durch den *Bayerischen Hof* zu gehen; der Hinterausgang liegt direkt gegenüber vom Landtag. Weißt du, was Eisner darauf geantwortet hat? Man kann einem Mordanschlag auf die Dauer nicht ausweichen, und totschießen können sie mich schließlich nur einmal.«

Das Billett in der Hand schaute Julie die leere Straße hinunter. Sie wäre jetzt gern im Sonnenschein entlangflaniert, kehrte aber hinter die Absperrung zurück und arbeitete sich durch das Gedränge bis zu den Häusern durch. Hier waren nur wenige Menschen, hier gab es nichts zu sehen. Ungehindert setzte Julie ihren Weg zum Landtagsgebäude fort.

München lebte von einem Tag zum anderen. Das Reich löste sich allmählich auf. Österreich-Ungarn zerfiel in seine Einzelteile, Russland versank im Bürgerkrieg, München wurde von einem abgewählten Ministerpräsidenten regiert, der seine Abdankung mehrmals verschoben hatte. Heute wollte Eisner seine Ämter endgültig in die Hände der neugewählten Volksvertretung legen. Oskar hatte behauptet, Eisner wäre längst zurückgetreten, hätten ihn die radikalen Kräfte seiner Partei nicht daran gehindert. Als Galeonsfigur des Umsturzes trieben sie ihn vor sich her. Nacht für Nacht drängten die Radikalen in die Innenstadt, ihre grellen Fahnen, ihre dröhnenden Lieder ließen München erzittern. Von Oskar wusste Julie auch, wie misstrauisch alle Parteien Eisners bevorstehenden Rücktritt beäugten: Die Bürgerlichen und die Ultrarechten, sogar die von der SPD fürchteten, er könnte im letzten Moment die Solidarität der Massen ausnützen und die Macht in seinen Händen behalten.

Im Rücken der Wartenden lief Julie an den Fassaden entlang. Der Landtag war nun nicht mehr weit. Was würde Karl dafür geben, hier und heute dabei zu sein? Eine neue Regierung trat an, viele hatten sie gewählt, aber der Mann von der Straße verachtete sie.

Nachdem sie seinen Brief in ihrem Fach gefunden und ihn aufgeregt bis zum Ende ihrer Schicht im Mantel verwahrt hatte, war sie nach Dienstschluss sofort auf ihr Zimmer geeilt, hatte sich auf das Bett gelegt und genüsslich die Decke übergeschlagen. Vorsichtig hatte sie den Brief geöffnet und die Blätter so langsam entfaltet, als ob ein Schmetterling aus ihnen emporflattern könnte. Es war zu der Stunde gewesen, in der man hoffte, dass die Dämmerung endlich den Tag ankündigte, doch nicht um diese Jahreszeit: Vor dem Fenster war es grau und finster geblieben. Während

Julie las, war in den Windungen seiner Schrift etwas erblüht, das sie ein Leben lang vermisst hatte, das sich nun aber ganz einfach, manchmal fröhlich, manchmal bitter anfühlte. Ohne Absicht war sie in das Leben dieses Mannes geschlüpft und hoffte nun freudig, dass sie bei ihm das Glück finden könne. Die misstrauische Seite in Julie fürchtete dieses Glück, die praktisch veranlagte Julie ahnte, dass es ein Glück ohne Folgen bleiben würde. Zugleich stellte sie eine seltsame Verwandlung an sich selbst fest: Die Härte, mit der Julie sich in Fragen der Liebe immer gepanzert hatte, wurde zu Zärtlichkeit, ihre ununterbrochene Flucht endete durch die innere Nähe zu Karl. Vielleicht würde sie endlich auftauchen können aus der Dunkelheit, vielleicht würde sie Erlösung von ihren Dämonen finden. Danach war sie mit weit offenen Augen in ihrem Zimmer gelegen und hatte doch nichts gesehen, nichts außer Karl. In diesem glücklichen Zustand war sie schließlich langsam hinübergedämmert, sein Brief war auf ihre Brust gesunken und wurde von Julies Atemzügen sachte bewegt.

Ein Ruck ging durch die Menge, eine Woge erfasste die Leute. Auch wenn der Einzelne nicht genau wusste, was geschah, die Masse begriff es. Die Masse reagierte wie ein großer, mächtiger Körper, und alle riss die Bewegung mit. Julie drehte sich um. Dort, wo Oskar seine Polizeikräfte konzentriert hatte, kamen drei Männer die Straße herunter, drei Männer im Sonnenschein: Ein einsameres Bild ließ sich kaum vorstellen. Warum fuhren sie nicht im Automobil? Julie wusste es: Der Mann in der Mitte wollte es so, der Mann mit dem ungepflegten Bart und dem Schlapphut und der Aktentasche, in der sich wahrscheinlich das Manuskript seiner Abdankungsrede befand. Oskar hatte erzählt, Eisner wolle heute alles genauso machen wie an jedem Sitzungstag, und so lief der Ministerpräsident zu Fuß durch die Prannerstraße zum Landtag. Links von ihm ging sein Sekretär, den zur Rechten kannte Julie nicht.

Jetzt wurde die Menge wach, Freude erfasste sie. Dort kam der Mann, um dessentwillen sie den Weg aus der Vorstadt gemacht hatten, kein großer Held und gewiss keiner, den man sich als Lichtfigur vorstellte, aber eines wussten die Leute von Eisner, spürten sie bei ihm: Er war unbeirrbar in seiner Gesinnung. Er war keiner, der heute so und morgen so redete, der eigene Fehler auf andere abwälzte. Als wollte Eisner die Jubelbekundungen an sich abprallen lassen, als wollte er zeigen, dass dies nicht der Tag für Ovationen sei, hielt er den Kopf gesenkt. Doch konnte er sich vor der Freude wappnen, dass das Volk ihm solche Zustimmung spendete? Dort ging einer, um abzutreten, dachte Julie, dort lief ein Geschlagener, der die von ihm durchgesetzten Wahlen haushoch verloren hatte, aber die Menge jubelte ihm zu. Das hatte es noch nie gegeben: Sie jubelten dem Verlierer zu. Er hatte Bayern aus der Revolution geführt und dem Land eine Regierung gegeben, er hatte die Stafette von der alten in die neue Zeit getragen. Nun würden andere sein Werk fortsetzen.

Eisner wechselte die Aktentasche von der rechten in die linke Hand, hob den Arm und winkte. Die Menge antwortete, Hände flogen hoch, Rufe erschallten, Eisner sagte etwas zu seinem Begleiter. War das ein Lächeln, das sich hinter dem Bartgestrüpp versteckte?

Während Julie in der leeren Gasse zwischen den Menschen und der Hausmauer stand, bemerkte sie in einiger Entfernung eine Bewegung. Jemand tauchte aus einem Torbogen auf und betrat die helle Straße. Sie dachte an das Naheliegende; der Mann hatte in einer uneinsehbaren Nische seine Notdurft verrichtet. Doch nicht dieser Mann: Weil er einen unauffälligen Mantel und einen Hut trug, hatte Julie ihn nicht gleich erkannt. Bis heute hatte sie diesen Mann entweder im Frack oder in der Leutnantsuniform gesehen. Dieser Mann hatte das Gesicht eines Jungen, eine kleine Nase und einen Lebkuchenmund.

»Arco«, murmelte sie. »Arco?«, stieß sie hervor. Was wollte einer, der gewiss nicht gekommen war, dem scheidenden Ministerpräsidenten zuzujubeln, in einer Toreinfahrt auf der Prannerstraße?

Aus den Tiefen ihres Bewusstseins tauchte plötzlich das Hotelzimmer auf, in dem sie mit Arco gewesen war, das Wort *Opfer* ging ihr durch den Sinn. Seine Ankündigung einer Tat fiel ihr ein, durch die Arco sich der Wiederaufnahme in die bewunderte Thule-Gesellschaft würdig erweisen wollte. Julie bemerkte den Gegenstand in seiner Hand, halb in der Manteltasche verborgen. Arcos Miene war angespannt, seine Haltung entschlossen. Schlagartig wurde ihr klar, was der Graf vorhatte. Julie wollte Alarm schlagen, doch gerade da kam Bewegung in die Menge: Als ob die Menschen mit Eisner mitlaufen wollten, der auf der leeren Straße an ihnen vorbeiging, drehten sie sich in seine Richtung. Sie sahen darum nicht, was in ihrem Rücken geschah, bemerkten nicht, wie der Mann im dunklen Mantel die Pistole hervorholte, sich durch die Schaulustigen drängte, die Waffe hob und zielte. Jetzt wandte Eisner seinen Blick der Menge zu, die Sonne spiegelte sich in den Gläsern des Zwickers, was seinem Blick etwas merkwürdig Ausdrucksloses gab. Er wollte weiter, gleich würde er an ihnen vorbei sein und zwischen seinen Begleitern den Landtag erreichen.

Julie hörte die Schüsse in überreizter Deutlichkeit, einmal, zweimal und dreimal ertönte der Knall. Die Menge verharrte, eingefroren wie zu einer Fotografie. Im nächsten Moment erwachte die Menge, gleich einem unförmigen, vielgliedrigen Tier, wieder zum Leben. Alle sahen, wie der Mann mit dem Vollbart auf das Pflaster stürzte. Im grellen Sonnenschein erschien das Blut, das aus seinem Kopf sickerte, heller, unwirklicher. Er hielt die Aktentasche noch in der Hand. Die Menge begann zu verstehen, was geschehen war, und wandte sich jenem anderen Mann zu, der gerade die Waffe senkte. Während Julie sich zu dem verwundeten Ministerpräsidenten auf der Straße durchkämpfte, begann die Menge den Mann, der die Tat begangen hatte, zu verschlingen. Es fielen Schüsse, dann hörte Julie einen gellend hohen Ton, der nicht enden wollte. Sie hatte Arco früher manchmal schreien hören, in Augenblicken, die Julie für Verzückung gehalten hatte, doch dieser Schrei war Ausdruck seiner Todesangst, und er endete, während Julie neben dem Ministerpräsidenten niederkniete.

Sie hatte den Tod auf hunderten Gesichtern gesehen, der Tod, hatte sie festgestellt, besaß weder Würde noch Geheimnis. Ein Staunen vielleicht, ein letztes Ausgesetztsein zeichnete sich im Gesicht eines Toten ab, seine Hilflosigkeit und der Ausdruck der Endgültigkeit. Eisner war durch einen Kopfschuss niedergestreckt worden, Julie konnte keine Austrittswunde feststellen. Sie legte den Finger an die Halsschlagader und fand kein Leben mehr in ihm. Rund um sie wurden die Beine der Menschen dichter, die nicht wahrhaben wollten, was geschehen war. Julie vermochte ihre hektischen Fragen nicht zu beantworten. Sie wollte etwas empfinden, wollte weinen um den Mann, der ihre Bewunderung besaß. Von den aufgebrachten Leuten umringt, kniete sie auf der Straße und betrachtete das Gesicht des Ermordeten, dessen Bart im hellen Sonnenschein rötlich schimmerte.

22

Karl starrte auf seine Fingerkuppen, die vom Umblättern der Seiten schwarz waren. Die Extrablätter wurden in so rascher Folge auf die Straßen geworfen, dass die Zeitungen beim Austragen noch feucht waren. Jedes Blatt, dessen er habhaft werden konnte, hatte Karl gelesen. *Ministerpräsident Eisner ermordet. Blutbad der Roten im bayerischen Landtag. Innenminister Auer verwundet.*

Über den Attentäter hatte Karl bisher nur in Erfahrung bringen können, dass er schwer verletzt überlebt hatte. Eisner dagegen war noch auf dem Bürgersteig gestorben, eine Kugel hatte sein Gehirn durchbohrt. Nach dem Abtransport der Leiche hatte der Pförtner des Landtags Sägespäne auf das Blut gestreut, einen Stuhl aus seiner Loge geholt, ihn an den Tatort gebracht und ein Bild des Getöteten darauf gestellt. Trotz des Chaos, das nach dem Attentat ausgebrochen war, waren viele Menschen schweigend an Eisners Porträt vorbeidefiliert.

Karl kaufte Blumen in dem Laden neben dem Hospital, sorgfältig ließ er den kleinen Strauß zusammenstellen. Nachdenklich stieg er darauf die Treppe hoch, wo er sonst manchmal aus Vorfreude zwei Stufen auf einmal genommen hatte. Im Gehen formulierte er seine Bitte an Nina und verwarf sie nach kurzem Überlegen wieder. Es wäre wohl besser, seine Absicht in einen Vorschlag zu verpacken, doch Karl verwarf auch den. Vor Ninas Tür fasste er sich einen Augenblick, dann klopfte er und trat ein.

Sie saß am Fenster. Seit einigen Tagen durfte sie aufstehen und ein paar Schritte auf der Etage machen. Im Freien war sie erst einmal gewesen, doch nicht mit Karl, wie sie ihm gestanden hatte; Dumarchellier hatte Nina im Rollstuhl durch den Park gefahren.

Wie schön sie war, dachte Karl, wie schmal und zerbrechlich. Wie unglaublich sich ihr Schicksal in wenigen Wochen gewandelt hatte. Wie sehr er sie liebte – wie sehr er sie einmal geliebt hatte -, und welch tiefes Gefühl es in ihm auslöste, dass Nina buchstäblich von den Toten wiedererstanden war. Doch bei aller Liebe lag das Größte und Kostbarste, das er für seine Frau empfand, in der Vergangenheit. Sieben außergewöhnliche Jahre hatten sie miteinander verlebt, ein Kind großgezogen, sich zusammen gegen den Krieg gewappnet und mit Ninas Krankheit gerungen. All das lag im Gestern. Es schmerzte Karl, sich eingestehen zu müssen, dass ihnen irgendwann entlang des Weges das Morgen abhandengekommen war.

Da stand Karl mit seinem freundlichen Blumenstrauß und brachte das, was ihn bewegte, nicht über die Lippen. Wie gern hätte er seiner Frau gesagt, dass er sie unverrückbar und für immer liebte, dass es nur eine schwierige Zeit sei, die sie gerade durchmachten, und dass schon alles wieder in Ordnung kommen werde. Aber Karl konnte und wollte Nina nichts vormachen, er musste sie mit seiner Wahrheit konfrontieren, musste erfahren, welche Wahrheit Nina dagegensetzen würde. Als er auf sie zuging, hatte er ein Gefühl, als ob ihm die Brust zusammengeschnürt würde. Er küsste sie und gab ihr die Blumen.

Sie erwiderte seine Umarmung kurz, schob ihn zurück und sah ihn abwartend an. »Was ist mit dir?«

»Hast du die Nachricht schon gehört?«

»Das mit Eisner? Ja, gelesen, in der Morgenzeitung.«

Karl begann zu sprechen, er redete vom Ausnahmezustand in München, von Eisner, der sich vorgenommen hatte, in Bayern die Vernunft regieren zu lassen, und der das mit dem Leben bezahlt hatte. Er nannte das an das Attentat anschließende Blutbad einen Vorgeschmack auf die Anarchie, die nun in München losbrechen würde. Karl redete und erläuterte, in der Sprache eines Reporters redete er auf Nina ein, weil er das Entscheidende, was er ihr sagen wollte, verzweifelt hinauszuschieben suchte.

»Ich muss zurück nach Hause«, schloss er und atmete tief durch. »Vielleicht nur für ein paar Tage, vielleicht eine Woche. Alles in München steht auf der Kippe, die bürgerlichen Blätter überschlagen sich in Hetzkampagnen. Es muss wenigstens eine liberale Zeitung geben, die die Ereignisse ins rechte Licht rückt. Vor allem aber muss ich zurück zu unserem Sohn. Ich vermisse Moritz so sehr, ich will ihn so bald wie möglich wiedersehen, mit ihm spielen, zuhören, was er mir erzählt. Ich will ganze Tage mit ihm verbringen, an seinem Bett sitzen, ich will … Ich muss einfach zurück zu unserem Kind.« Karl war bewegt durch die eigenen Worte, vielleicht aber auch, weil er zu Nina von dieser einen Liebe sprach, während er die andere nicht erwähnen durfte.

Unsicher sah er Nina an. »Glaubst du, du könntest so lange ohne mich auskommen?«

Mit Ninas Überraschung, ihrem Unwillen, sogar mit Ablehnung hatte er gerechnet. Schließlich hielt sie es für selbstverständlich, dass er jeden Nachmittag an ihrer Seite verbrachte und in Marseille blieb, bis sie wieder ganz gesund sein würde. Ängstlich auf ihre Antwort, sah er sie an.

Ninas Wangen waren nicht länger eingefallen, ihr Hals

nicht mehr von Falten gezeichnet, sie war wieder zu der einmaligen Nina von früher erblüht. »Ich weiß, wie sehr dir das alles fehlt«, antwortete sie mit ernster Miene.

»Alles – was meinst du?«

»Moritz vor allem, aber auch deine Stadt, deine Zeitung, dein Bayern.«

»Natürlich, ja. Dir etwa nicht?«

»Mir?« Mit einer hektischen Bewegung führte Nina die Hand an den Mund. »O Gott, Karl, du kannst dir nicht vorstellen, welche Vorwürfe ich mir manchmal mache, weil ich meinen kleinen Liebling so lange allein lasse.«

»Du? Du machst dir Vorwürfe?«, erwiderte Karl. »Das musst du nicht«, beruhigte er sie. »Du bist krank. Wie solltest du da in der Lage gewesen sein, dich um Moritz zu kümmern.«

Sie streckte die Arme nach ihm aus, zärtlich kniete er vor ihr hin und spürte Ninas Kopf an seinem Hals. »Trotzdem«, flüsterte sie. »Ich habe ihn manchmal … vollkommen vergessen. Das werde ich mir nie verzeihen.«

»Warum kommst du nicht einfach mit mir?«, fragte Karl und schüttelte zugleich den Kopf. »Ich weiß, das geht ja nicht, aber du könntest nachkommen, sobald Lemieuvre eine solche Reise für möglich hält.«

»Das würde ich gern«, antwortete sie, doch in diesem Augenblick spürte Karl wieder ihr Zaudern, jene eigentümliche Zögerlichkeit, die ihm in letzter Zeit öfter aufgefallen war.

»Jetzt fährst du erst einmal zurück nach Hause«, sagte sie.

Er fühlte eine Ausflucht dahinter, zugleich ihren Wunsch, ihm etwas Freundliches zu sagen, er spürte die Unmöglichkeit völliger Offenheit. Eine unsichtbare Mauer hatte sich zwischen ihnen aufgerichtet. Karl stand auf. »Es würde dir also nichts ausmachen?«

»Du bist in Marseille ohne Arbeit, ohne Aufgabe, bist deiner Sprache beraubt, du bist nur noch meinetwegen hier.«

»Natürlich bin ich deinetwegen hier«, erwiderte er beinahe trotzig. »Du bist meine Frau.«

Sie sah ihn an, als ob er etwas Erstaunliches gesagt hätte und sie über seine Worte erst nachdenken müsste. »Deine Frau, ja – was denn sonst?« Ihr Mund lächelte, ihre Augen blieben ernst. »Ich schwebe nicht mehr zwischen Leben und Tod. Mir geht es jeden Tag besser, und das verdanke ich auch dir. Du hast mich hierher gebracht. Ohne dich läge ich inzwischen auf dem Friedhof, und du würdest mich mit einer Grabkerze besuchen, statt mit einem Blumenstrauß.« Ihre drastischen Worte brachten sie selbst zum Lächeln. »Du hast wirklich deine Schuldigkeit getan, Karl, jetzt bist du an der Reihe. Fahr nach Hause und hilf mit, die Dinge dort ins rechte Licht zu rücken.«

Verwirrt, voller Zweifel, zugleich auch ein wenig beruhigt trat er wieder vor sie hin. »Ich weiß gar nicht, was ich sagen soll. Ich hätte nicht damit gerechnet …«

»Dass ich dich gehen lasse? Warum nicht? Ich mag den Süden, das weißt du, ich liebe Frankreich, daran kann auch der Krieg nichts ändern. Und schließlich habe ich ja noch Dumarchellier.« Sie schaute aus dem Fenster.

»Ja, du hast Dumarchellier«, antwortete er nach einer Pause. »War er heute schon hier?«

Sie wollte etwas Spontanes antworten, überlegte es sich aber anders und hob den Blick. »Natürlich, so wie jeden Tag. Er hat mir die Zeitungen gebracht.«

»Er kümmert sich besser um dich als ich.« Der kleine Scherz misslang, beide blieben ernst. Karl berührte Nina sacht. »Ich verspreche dir, in einer Woche, vielleicht etwas länger, bin ich wieder zurück.«

»Versprich mir lieber nichts.« Sie drückte seine Hand. »Umarme unseren Jungen für mich, sag ihm, dass seine Mama ihn vermisst und dass sie am liebsten so bald wie möglich …« Bewegt schüttelte Nina den Kopf. »Nein, versprich auch ihm besser nichts. Wir wissen nicht, was kommen wird.« Sie schwieg mehrere Sekunden lang. »Wir wissen nicht, wohin wir gehen.«

Hand in Hand mit Nina stand Karl da und fühlte zugleich die Entfernung zwischen ihnen wachsen. Er spürte eine Grenze, so hoch und unüberwindlich, dass es ihm den Atem raubte. Er hielt die Hand seiner Frau, die ihm einst alles bedeutet hatte, sie hielt seine Hand fest, aber dieser Abschied fühlte sich größer an, als beide in Worte zu fassen vermochten. Er war erschreckend und unvermeidlich zugleich.

»Worauf wartest du noch?«, fragte Nina beinahe mütterlich. »Wenn du dich beeilst, erreichst du noch den Nachtzug in die Schweiz.«

Er beugte sich vor und umarmte sie, er spürte ihren Rücken, ihre Schultern, ihr Haar, roch ihren vertrauten Geruch. »Du bist wunderbar.«

»Na ja, ganz in Ordnung, würde ich eher sagen«, antwortete Nina in sein Ohr. »Ich bin froh, dass ich endlich auch etwas für dich tun kann.«

Er küsste sie. Er sagte ihr Adieu. Im Hinausgehen prägte er sich das Bild der Gestalt am Fenster ein. Die große, schöne Frau, die bald imstande sein würde, das Krankenhaus zu verlassen.

23

Warum hatte Julie beim Professor vorgesprochen, warum hatte sie sich dem berühmten Leiter der Privatklinik als Kollegin vorgestellt und zugleich als Bekannte des Attentäters? Wieso unternahm sie überhaupt etwas in dieser Angelegenheit? Sie war bei Kurt Eisners Tod dabei gewesen. Sie hatte ihn auch an jenem Abend im Deutschen Theater erlebt, als er auf der Bühne den Frieden zwischen den Völkern beschworen hatte. Damals hatte Eisner etwas in Julie bewegt. Mit seinem Attentäter hatte sie eine Liaison gehabt, eine düstere Affäre, die vor einiger Zeit beendet worden war. Trotzdem fühlte Julie den Zwang, festzustellen, was in ihr selbst war: Warum hatte sie sich ausgerechnet mit diesem Mann, diesem Mörder eingelassen? Sie fragte nicht nach Arcos Motiven, sondern nach den Beweggründen in sich selbst. Diese Fragen hatten sie den Weg in Doktor Sauerbruchs Klinik wie unter Zwang zurücklegen lassen. In der Person Graf Arcos lagen Antworten, die nur für Julie galten, unabhängig von dem Attentat, unabhängig von dem ganzen politischen Wahnsinn, der hinter alldem in der Zwischenzeit losbrach. Arco war der entscheidende Schlüssel Julies zu sich selbst.

Vorhin war sie von Sauerbruch persönlich vorgelassen worden, der Professor hatte ihr bei dem Patienten eine Viertelstunde eingeräumt.

»Guten Abend, Anton. Wie geht es dir?« Julie stand an Arcos Bett.

Seine Augen waren geschlossen. »Wer ist da?«, flüsterte er.

»Erkennst du mich nicht?«

»Julie? – Julie.« Zwischen den beiden Worten lag eine ungläubige Pause. »Was tust du hier?«

Sie begriff die Unmöglichkeit, eine gewöhnliche Unterhaltung mit Arco zu führen, entschied sich aber trotzdem, am Kopfende des Bettes Platz zu nehmen. »Ich komme dich besuchen.«

»Du? Ausgerechnet du? Nicht einmal meine Eltern haben mich bis jetzt besucht.«

Es lag Julie auf den Lippen, dass sie es Arcos Eltern nicht verdenken könne, sich von ihrem Sohn zu distanzieren, aber sie schwieg und betrachtete den Schwerverletzten. Sein Schädel war bandagiert, aus Arcos Hals ragte eine stählerne Kanüle, die in den Gummischlauch des Beatmungsgerätes mündete. Bewegt durch die Pumpe, zuckte der Schlauch auf und ab. Julies Blick ging durch den großen, abgesonderten Raum, in dem man Arco untergebracht hatte, sie kannte den Grund für diesen Aufbewahrungsort. Nach dem Attentat hatten Polizisten auf Arco geschossen, er war zusammengebrochen. Doch die Menschen, die Zeugen seiner Tat geworden waren, hatten von dem Verwundeten nicht abgelassen und ihn mit Tritten und Schlägen malträtiert. Unter Polizeischutz war er in Sauerbruchs Klinik gebracht und behandelt worden. Schon am nächsten Tag waren Kontrolleure des roten Zentralrates aufgetaucht, hatten sich Zutritt zu Arcos Zimmer verschafft und den halb Bewusstlosen verhören wollen. Als das unter Sauerbruchs Aufsicht nicht möglich gewesen war, waren sie noch weiter gegangen, sie hatten den Leutnant aus seinem Zimmer geschleppt und ins Hauptquartier der Kommunisten gebracht. Dort war er beschimpft und geschlagen worden. Einzig der Hausmeister, obwohl Kommunist, hatte sich für den Verletzten eingesetzt und einen Arzt gerufen. Durch die Intervention dieses Arztes war Arco schließlich wieder zu Sauerbruch zurückgeschafft worden, wo er an diesem Ort vor weiteren Übergriffen geschützt wurde.

Plötzlich erschien Julie ihre Idee sinnlos und unselig, am liebsten wäre sie aufgesprungen und wieder gegangen. Doch da war etwas in ihr, das sie zum Bleiben zwang: Sie fürchtete in ihrem tiefsten Kern, dass ein Teil der geheimen Verbindung zwischen Arco und ihr immer noch bestand, dass sein Wesen und das ihre auf unerklärliche Weise verbunden geblieben waren.

»Damals in der Löwengrube wurden zwei Menschen erschossen«, begann Julie vorsichtig, weil sie ihm ihre wirklichen Fragen unmöglich rundheraus stellen konnte. »Wir haben schon einmal darüber gesprochen, weißt du es noch?«

Arco schien nicht ganz bei Bewusstsein zu sein. »In der Löwengrube?«, keuchte er und versuchte den Kopf zu drehen.

Julie beugte sich vor, bis ihre Lippen fast sein Ohr berührten. »Das Ehepaar Gebhardt. Wussten die beiden damals schon, dass Eisner ermordet werden sollte? Hätten dich die Gebhardts verraten können? Mussten sie deshalb sterben?«

Ein Bluterguss hatte Arcos linkes Auge verschlossen, das andere war frei. In diesem Augenblick öffnete sich dieses Auge. Julie sah keine verschwommene Pupille, keinen rot unterlaufenen Augapfel, wie er bei solchen Verletzungen häufig war, sie schaute in das glasklare Auge des Leutnants. Darin entdeckte sie weder Schmerz noch Leiden, sondern Herablassung und Hass. Sie sah eine boshafte Freude in seinem Blick, vor allem aber erkannte Julie Verachtung darin. In dieser Sekunde wusste sie, dass ihr das Unnennbare, vor dem sie selbst solche Angst hatte und dem sie ein Leben lang zu entfliehen hoffte, im Funken dieses Blickes entgegensprang. Das Erbe ihrer Eltern, das Julie in sich vermutete, lag im Ausdruck dieses Auges. Es war die Unfähigkeit zu lieben, die sie darin entdeckte, die Unfähigkeit, Gefühle wie Mitleid, Barmherzigkeit, Zärtlichkeit oder Trauer zu empfinden. Dies war das Geheimnis Arcos, das Julie endlich in nüchterner Klarheit begriff und das ihr einen Blick in jene Tiefe erlaubte, die ihr bisher verschlossen geblieben war. Sie wusste, was sie bislang nur dunkel gespürt hatte, mit einem Mal glasklar: Sie musste jene dunklen Wurzeln in sich ausreißen, musste sich endlich aus dem Morast der Vergangenheit befreien und zu sich selbst finden. Mochte Arco seine Taten aus Hass begangen haben, mochte alles in ihm seiner Menschenverachtung entspringen, Julies Scheu und ihre Ängstlichkeit, sich einem Menschen ganz hinzugeben, hatten mit diesem Hass nichts zu tun. Es stimmte wohl, dass sie eine Zeitlang von Arcos Kälte gestreift worden, von ihr fasziniert gewesen war. Es stimmte, dass sie Arcos Wesen als das eines Gleichgesinnten missverstanden und erregend gefunden hatte. Während der lüsternen Stunden, in denen sie zusammen gewesen waren, hatte sie dieses Gefühl für Hingabe gehalten und ihre Leidenschaft manchmal sogar für Liebe. Fern von sich selbst hatte sich Julie dabei in jene dunkle Blume verwandelt, die ihr so lange unerklärlich geblieben war.

Der Leutnant begann zu sprechen. »Was ich getan habe … war kein Mord«, antwortete er stockend, ein heiserer Luftstrom begleitete seine Worte. »Es war … eine Heldentat.«

Durch die Linse seines Auges betrachtete Julie die Hybris Arcos wie durch ein Mikroskop. Er hatte sich durch einen Mord Größe verleihen wollen und deshalb kaltblütig ein

Leben ausgelöscht. Es schien unmöglich, dass ein entstelltes Gesicht wie seines lächeln könnte, doch in dem wachen, offenen Auge des Mörders glomm ein gefährliches Lächeln.

»Die Gebhardts waren bedeutungslos, ihr Tod ist unerheblich. Das Einzige, was zählt, ist meine Tat.« Neben seinem Kopf zuckte der Atemschlauch auf und ab.

Langsam lehnte sich Julie zurück. Das von oben einfallende Tageslicht wirkte schmutzig und düster. Nach einer Weile stand sie auf und ging durch den Raum. Nur das Geräusch ihrer Schritte und das Geräusch der Pumpe waren zu hören. Arco lag da wie aufgebahrt, einen Arm im Gips, der andere war übersät von Blutergüssen. Julie war erschöpft von ihrem Besuch, zugleich unendlich erleichtert, weil sie verstanden hatte. Als die Tür sich öffnete und Sauerbruch durch sein Erscheinen andeutete, dass die Viertelstunde um sei, lief Julie auf ihn zu, ohne Arco noch einmal angesehen, ohne sich von ihm verabschiedet zu haben.

24

Diese Zimmer wussten nichts von der heraufdämmernden warmen Jahreszeit, hier hatte sich der Winter beharrlich gehalten. Dämmerung regierte in der Wohnung, nicht nur, weil die Jalousien zur Hälfte heruntergelassen waren, es waren die dunklen Erinnerungen, die Karl an diesem Ort umfingen. Seit er Nina vor Monaten in Eile von hier fortgeschafft hatte, war kaum etwas verändert worden. In jener schrecklichen Nacht war ihr Leben an einem seidenen Faden gehangen. Während Karl sich langsam im Wohnzimmer herumdrehte, sah er noch einmal vor sich, wie er seine bewusstlose Frau, aus deren Mundwinkel Speichel lief, hochgehoben hatte, wie Julie vor ihm die Türen geöffnet hatte, während er Nina, die nur mit einem Morgenmantel bekleidet war, hinaustrug.

Auf der Ottomane lag noch die Wolldecke, die Nina gewärmt hatte. Die Wasserkaraffe, obgleich inzwischen ausgespült, stand bereit und Ninas ziseliertes Trinkglas. Während sie im Schwabinger Krankenhaus gelegen war, hatte Karl noch einige Zeit hier gelebt, trotzdem wirkte alles, als ob die Zimmer seit Ninas Weggang verwaist wären. Eine tote Wohnung, dachte er. Sie erzählte nichts von den Mahlzeiten, die hier eingenommen worden waren, nichts vom Lachen und den Seufzern seiner Bewohner, nicht einmal etwas von dem Jungen, der seit seiner Geburt hier gelebt und gespielt hatte. Karl graute plötzlich vor seinem Heim und zugleich vor seiner Heimat.

Er hatte dieses Gefühl gleich bei der Ankunft in München empfunden. Heimat, das bedeutete Gewissheit, Heimat war eine Sprache oder ein Gemeinschaftsgefühl. Doch als Karl aus dem Bahnhof getreten war, hatte sich dieses Gefühl nicht eingestellt. Während der endlosen Nachtfahrt davor hatte er zwei Grenzen passiert. Solange er durch Frankreich gefahren war, hatten die Schikanen kein Ende genommen. Man war misstrauisch gewesen, weil der Deutsche auf seiner langen Reise kaum Gepäck dabeihatte. Man war misstrauisch wegen der Berufsbezeichnung in seinem Pass: Was hatte ein deutscher Journalist in Frankreich zu suchen, spionierte er etwa für den Feind? In Dijon war Karl unter Gewaltanwendung aus dem Abteil geholt, in ein Wachlokal gezerrt und befragt worden. Bange Minuten lang hatte er fürchten müssen, dass der Zug ohne ihn weiterfahren würde. Bei seiner Ausreise aus Frankreich war er allerdings nur flüchtig überprüft worden; es hatte den Anschein, als ob man froh gewesen sei, ihn loszuwerden.

Als der Droschkenkutscher Karl vor dem Bahnhof nach seinem Ziel gefragt hatte, war er sekundenlang stumm geblieben. *Zum Krankenhaus Schwabing,* war ihm auf der Zunge gelegen, dieses Ziel war ihm als das Schönste und Vielversprechendste erschienen. Wieder in derselben Stadt mit ihr zu sein, endlich zu ihr aufbrechen, hatte er sich gewünscht, zu Julie, die er monatelang vermisst, deren Gesicht er fast zu jeder Stunde des Tages vor sich gesehen hatte. Kein Wunsch hätte inniger, keine Sehnsucht größer und ungestillter sein können.

»In die Poschingerstraße«, hatte er stattdessen geantwortet, denn tiefer als der Wunsch, Julie wiederzusehen, durchdrang ihn die Notwendigkeit, zu seinem Jungen zu reisen. Von Frankreich aus hatte Karl seinen Eltern die baldige

Ankunft in Oberbayern telegrafiert. Der kleine Umweg über die Wohnung war nötig, weil er wärmere Kleidung brauchte. Das Mittelmeerklima hatte Karl vergessen lassen, dass in München die Kälte noch nicht überwunden war. Unterwegs durch die winterlichen Straßen hatte er mit verkniffenem Gesicht in den grauen Tag gestarrt. Ihm war es vorgekommen, als ob seine Stadt vergeblich versuchte, *die Alte* zu sein. Karl hatte die vertrauten Türme betrachtet, die wuchtigen Bauten, die von Glanz und Glorie erzählten.

Karl verließ den Salon, lief ins Schlafzimmer und holte Pullover, dicke Socken und feste Schuhe aus dem Schrank. Früher hatte sich Nina immer ein eigenes Atelier gewünscht, doch die Wohnung war dafür zu klein. Überall fanden sich daher ihre Bilder, manche aufgehängt, die meisten an die Wand gelehnt. Karl hatte ihre Arbeiten lange nicht betrachtet und sah sie nun mit anderen Augen. Die mitternächtlichen Farben, das kalte Zinkweiß, der Ausdruck in den bleichen Gesichtern – Ninas lebensfeindliches Universum erinnerte Karl daran, was für einen geschundenen Menschen die Krankheit aus ihr gemacht hatte und wie verändert er sie nun in Marseille zurückgelassen hatte.

Dort stand ein Porträt Dumarchelliers, es war während ihres Aufenthalts in Antibes gemalt worden. Karl rückte es in besseres Licht. Nina hatte ihren Lehrer recht schmeichelhaft dargestellt, das Verlebte seines Gesichts hatte sie in Weisheit verwandelt, seiner Eitelkeit eine patriarchalische Pose gegeben. Mit einem leisen Stich im Herzen drehte Karl das Bild zur Wand und eilte ins Kinderzimmer. Obwohl er Moritz eine Pierrot-Puppe aus Frankreich mitgebracht hatte, fand er sein Geschenk inzwischen nichtssagend. Daher nahm er das zerlesene Märchenbuch aus dem Regal, das bereits Karls eigener Kindheitsbegleiter gewesen war und aus dem er seinem Sohn zahllose Male vorgelesen hatte. Dann floh er aus dieser Wohnung, die nicht mehr das Versprechen in sich trug, dass hier je wieder ein glückliches Familienleben zu führen wäre. Er verließ sein Heim wie ein Fremder.

Der Zug rollte aus. Draußen hatte sich die kleine Gruppe aufgestellt, als ob sie fotografiert werden sollte. Der Vater im Lodenmantel, die Feder an seinem Hut war mausig geworden, daneben die Mutter in ihrem unverwüstlichen Wetterfleck. Außerhalb ihres Hauses fiel es Karl besonders auf, wie klein sie war, der Vater nahm sich neben ihr wie ein Turm aus. Und vor den beiden – Karls Herz machte einen Sprung – schaute Moritz erwartungsvoll zum Zugabteil hoch. Die Großeltern hatten ihm den grünen Anorak angezogen, den auch Karl schon als Kind getragen hatte. Der Junge war gewachsen. Zwei Monate war Karl nur fort gewesen, aber es erschien ihm wie eine Heimkehr nach langer Zeit.

Während der Bahnfahrt war er mit jeder Meile, die der Zug ihn tiefer in die Natur hineingeführt hatte, freier und fröhlicher geworden. Nun, am Ziel, trat er seiner Familie befangen entgegen. So, wie man die ersten Anzeichen einer Erkältung in den Gliedern fühlt, spürte Karl die Zweifel in sich. Er kam mit erfreulichen Nachrichten nach Hause: Nina würde bald wieder gesund sein. Doch würde sie dann zu ihrem Kind zurückkehren? Er und sie waren nicht mehr das Paar, das der Junge in Erinnerung hatte. Solange Nina von der Krankheit niedergedrückt worden war, hatten sie eine zwar traurige, aber intakte Familie abgegeben. Mit Ninas Genesung war ihre allmähliche Entfremdung einhergegangen. Sie wollte ab jetzt nicht mehr Mutter und Gattin, sondern vor allem sie selbst sein. Sie sah sich als Einzelwesen, und sie sah sich in Frankreich. Wie sollte Karl dem kleinen Moritz diese Veränderungen beibringen?

Hinter dem Bahnhof erhob sich der Felszinken, an dessen Fuß das Elternhaus stand. In ihrem Obstgarten würden bald die ersten Knospen erwachen, Tauwetter würde das winterliche Weiß aus dem Wald vertreiben. Karl würde seinen Jungen auf die Schultern heben und ihn über Stock und Stein tragen. Er winkte aus dem Fenster.

»Moritz!«

Der Junge rührte sich nicht, lief nicht auf den Zug zu, lächelte nicht einmal. Karl kannte diese Reaktion. Wenn Ereignisse auftraten, die zu groß, zu überwältigend für Moritz waren, konnte er seinen Gefühlen keinen rechten Ausdruck verleihen. Dann verstummte er, dann verschwand er regelrecht in sich selbst.

Karl öffnete die Tür und sprang die steilen Stufen hinunter. »Mein Großer!« Er ging auf die Knie und schloss den Jungen in seine Arme. Er spürte den kräftigen kleinen Körper, nahm den vertrauten Geruch seines Kindes wahr. Stocksteif stand Moritz da, erst nach Sekunden begannen sich seine Hände zu bewegen, lehnte sich sein Kopf gegen die Schulter des Vaters, presste er sich an ihn und hielt ihn fest.

»Mein Bub, mein Moritz, mein lieber Moritz«, murmelte Karl. »Wie geht es dir denn?«

»Gut.« Das Gesicht des Kleinen tauchte neben Karl auf. »Ich habe einen Drachen gemalt. Willst du ihn sehen?«

»Aber ja. Gleich, sofort will ich deinen Drachen sehen.« Im Hochkommen nahm Karl Moritz auf den Arm. Eng umschlungen traten sie auf die Großeltern zu.

»Papa.« Er schaute in das breite Gesicht des alten Mannes, dem man seine Güte meistens nicht ansah.

»Hauptsache, die haben dich gesund nach Hause gelassen.« Der Vater legte Karl die Hand in den Nacken und rüttelte ihn.

»Wie schmal du geworden bist.« Die Mutter trat dazu. »Dabei heißt es, die Franzosen essen so gut.«

»Sie müssen rationieren, genau wie wir.« Er beugte sich zu ihr und ließ sich küssen. »Himmel, bin ich froh, wieder bei euch zu sein.«

»Und bei mir!«, krähte Moritz, dessen Innigkeit sich allmählich in Ausgelassenheit verwandelte. Als ob er ein Pferd reiten würde, dirigierte er den Vater mit seinen dünnen Beinchen zum Bahnhofsausgang.

Die Fahrt dauerte kaum zehn Minuten. Daheim war schon für das Abendessen gedeckt worden, die Mutter hatte vorgekocht. Selten benutzten sie die lange Tafel im Esszimmer. Waren die Eltern unter sich, aßen sie in der Küche, wo der Vater seine stinkende Zigarre rauchen durfte.

Anlässlich der Heimkehr des Sohnes hatten sie es sich nicht nehmen lassen, das gute Tischtuch aufzulegen und die Servietten mit den gestickten Monogrammen. Im zwölfarmigen Leuchter schimmerten die Kerzen, die Mutter hatte ihr schönstes Kleid angezogen. Moritz thronte auf einem Kissen neben seinem Vater und hatte mehrere Drachenzeichnungen vor sich ausgebreitet. Die Aufregung, das Glück, die Freude ließen ihn kaum einen Bissen hinunterkriegen.

»Ich wünschte wirklich, irgendjemand würde ein für alle Mal entscheiden, welche Bande von Lümmeln jetzt die Regierungsgewalt in diesem Land übernimmt.« Der Vater piekte mit der Gabel Richtung Karl.

»Das dürfte noch einige Zeit dauern«, antwortete er lächelnd, »da der Landtag geflohen ist. Es ist niemand mehr in München, der regieren könnte.«

»So etwas ist noch nie da gewesen.« Unter dem kauenden Kinn des Vaters wippte die Serviette auf und ab. »Die gewählten Volksvertreter fliehen vor ihrem Volk aus der Hauptstadt und verkriechen sich irgendwo im Fränkischen. Dem Pöbel sind Tür und Tor geöffnet.« Er tat sich zum zweiten Mal vom Rosenkohl auf.

Karl nahm einen Schluck Wein und betrachtete seinen Sohn. Hier draußen, bei diesen lieben Menschen, war Moritz die Erfahrung, dass seine Familie sich verändert hatte, erspart geblieben. Auf Dauer würde Karl diese Lüge nicht aufrechterhalten können. Nun, da er von Ninas Heilung erzählt hatte, fragten sich die Eltern natürlich, wann sie nach Hause kommen und sich selbst wieder um ihr Kind kümmern würde. Karls letztes Geld ging zur Neige, er würde bald wieder zu arbeiten beginnen müssen. Ohne Ninas Rückkehr wäre es jedoch unmöglich, seinem Beruf nachzugehen. Konnte er sie zwingen, in ihre Ehe zurückzukehren? Nein, sie würde nur dann nach Hause aufbrechen, wenn sie selbst sich dafür entscheiden sollte.

Das Porträt Dumarchelliers fiel Karl ein. Obwohl seine Intuition ihm längst so manches über die Verhältnisse erzählte, besaß er nur eine unklare Vorstellung davon, wie der alternde Maler in das Räderwerk der Beziehungen eingriff. Er hatte sich rührend um Nina gekümmert, hatte seine Verbindungen zu ihren Gunsten spielen lassen, und sie verehrte ihn. Mehr Spekulationen stellte Karl zu diesem Thema nicht an, mehr wollte er nicht wissen. Er stürzte das halbe Glas Wein hinunter und wandte sich zu seiner Mutter. »Sind deine Setzlinge gut über den Winter gekommen?«

»Ein paar sind erfroren, aber die meisten haben schon Triebe angesetzt.«

»Opa will eine neue Apfelsorte züchten«, sagte Moritz, stolz, weil er zum Thema etwas beitragen konnte. »Wie züchtet man Äpfel, Opa?«

»Genauso, wie man Schweine und Dynastien züchtet«, antwortete der alte Mann. »Man kreuzt die Besten einer Art mit einer anderen Sorte und schaut, was dabei herauskommt.«

»Was ist eine Dynastie, Opa?«

»Das ist etwas, das du dir vielleicht schon bald nicht mehr merken musst.« Theophil lehnte sich zurück. »Neulich stand eine verrückte Geschichte in der Zeitung. Es wurde erst jetzt bekannt, dass Ludwig III. während seiner Flucht aus München einen Unfall hatte. Bei Kreuzweiher ist das Automobil Ludwigs im Nebel von der Straße abgekommen und in einen Kartoffelacker geholpert. Dem Fahrer blieb nichts anderes übrig, als die Majestäten ihrem Schicksal zu überlassen und Hilfe zu holen. Mitten in der Nacht hat er an eine Hoftür geklopft. Der Bauer war aber ein Roter und hat dem König jede Hilfe verweigert. Zu dieser Zeit waren in der Scheune ein paar Soldaten einquartiert, die sich bereit erklärt haben, mit ihren Pferden zu Hilfe zu kommen. Jetzt brauchte der Chauffeur noch Licht. Der Bauer verhandelte so geschickt mit ihm, dass der Fahrer ihm schließlich eine alte Petroleumlampe für zwanzig Mark abkaufte. Zwanzig Mark für eine Funzel!« Theophil lachte, ein Stückchen Rosenkohl kam ihm in die Kehle, er hustete. »Als die Hilfe endlich beim Automobil eintraf, mussten die königlichen Herrschaften in den nassen Lehm aussteigen. Man spannte die Pferde ans Auto, der Fahrer trieb die Maschine mit voller Kraft rückwärts, dabei ist er wohl übers Ziel hinausgeschossen und wäre fast im nächsten Acker gelandet. Zu guter Letzt befestigte er die Petroleumlampe am Kühler, während Ludwig und seine Familie durch den Acker gestapft kamen.«

Karl, die Mutter und der Vater lachten, während Moritz ernst von einem zum anderen schaute. »Wieso ist das lustig?«

»Weil er doch immerhin der König war«, rief der Großvater.

Karl streichelte das Haar des Jungen. Wie glücklich Moritz aussah, weil sein Vater zurückgekehrt war, wie stolz, spätabends bei den Erwachsenen sitzen zu dürfen. Er ahmte Karls Gesten nach, griff zum Glas, wenn der Vater es tat, und schaute ihn dabei bewundernd an. Karl seufzte. Was war er im Begriff zu tun? Wie tief er auch für Moritz empfand, er konnte nicht anders, als unausgesetzt an Julie zu denken. Ihr wunderschönes, verheißungsvolles Gesicht stand ständig vor seinen Augen. Ihr Mund, dessen Unterlippe beim Sprechen ein wenig herabhing, der kräftige Hals mit dem Leberfleck, das zum Knoten gebündelte, dabei doch meist unordentliche Haar, ihre hellen Augen, das breite Lachen, das ihn jedes Mal verzauberte – Karl liebte Julie so tief und bedingungslos, dass nicht einmal das Schicksal von Moritz ihn daran hindern würde, sie wiederzusehen. Karl spürte das quälende Auseinanderstreben zweier Gefühle in sich; das eine war die bedingungslose Liebe, die Fürsorge, die Verantwortung, das Band, das zwischen ihm und Moritz nie zerreißen würde, das andere – er stockte mitten im Gedanken –, war es nicht vor allem Leidenschaft, sein Verlangen nach Julie? Die Angst um Nina hatte ihn zu Julie getrieben, die gemeinsame Sorge hatte sie zusammengeschweißt, die Zeit und die Umstände hatten den Rahmen gebildet, in dem sie glaubten, füreinander bestimmt zu sein.

Genügte das, um die Zweifel an seiner Ehe so groß werden zu lassen, dass er sie brechen wollte? Schob er Nina etwa deshalb die Verantwortung am Verfall ihrer Ehe zu, weil es ihm dadurch leichter fiel, sich für Julie zu öffnen? Waren seine angeblich edlen Gefühle für Moritz, war die Bewahrung der Familie etwa nur eine gemeine Strategie, bei der er sich gern als treu sorgenden Vater darstellte, Nina aber als die flatterhafte Rabenmutter? Waren diese Spiele in seinem Kopf Ausflüchte, damit er den ersehnten Schritt endlich tun, den Weg zu Julie endlich antreten konnte? Er musste sie sehen, er musste einfach, schon morgen, noch heute Nacht! Er würde verrückt werden, wenn er sie nicht sehen, berühren, wenn er nicht feststellen konnte, ob sie ähnlich empfand wie er. Er würde zu ihr fahren. Er musste ganz einfach zu ihr fahren.

Die Eltern hatten Karl mit dem Automobil abgeholt. Normalerweise bockte Theophil den Wagen während der schlechten Jahreszeit auf und nahm stattdessen die Pferdekutsche oder den Schlitten. Doch heute war das Auto fahrbereit, das steigerte die Versuchung für Karl. Die Straßen waren geräumt, die Temperatur lag knapp über null, man konnte es riskieren. Ich werde es riskieren, dachte er.

Er legte den Arm um seinen Jungen. »Jetzt solltest du aber langsam ins Bett.« Er schämte sich für den Gedanken, den er dahinter hegte.

»Liest du mir vor?«, fragte Moritz freudestrahlend, weil er den Vater gleich ganz für sich haben würde.

»Ich habe sogar unser altes Buch mitgebracht.« Karl lächelte. »Hundert Märchen sind darin, und du darfst dir eines aussuchen.«

»Der Teufel mit den drei goldenen Haaren«, antwortete Moritz wie aus der Pistole geschossen.

»Der Teufel mit den drei goldenen Haaren soll es sein.« Karl faltete die Serviette zusammen und sah seine Eltern an: Welche Ausrede würde er ihnen wenig später erzählen, bevor er aufbrechen würde? Ich muss sie sehen, dachte er, ich kann nicht anders, soll mich der Teufel holen, heute Nacht fahre ich zu ihr.

25

Meistens genoss Julie die Nachtschicht bis Mitternacht. In den Stunden, wenn die Patienten schon schliefen, war sie allein mit ihren Gedanken, Vorstellungen und Wünschen. Sie befand sich inmitten der kleinen Insel aus Licht, die die Tischlampe schuf, vor sich die Patientenliste, daneben stand der leise tickende Wecker, der die Intervalle vorgab, in denen sie durch die Zimmer und den Saal gehen musste. Julie hatte die Klappliege im Bereitschaftsraum nicht aufgebaut, sie wollte zwischen den Visiten nicht schlafen. Die nächtlichen Stunden, in denen die Betriebsamkeit der Abteilung zum Erliegen kam, waren zu kostbar dafür. Wenn sich die Zeiger der Uhr allerdings zwei Uhr früh näherten, wurde es hart, wach zu bleiben. Weitere vier lange Stunden lagen noch vor ihr, bis der Frühdienst sie ablösen würde.

Julie hatte Lust zu schreiben. Sie wollte einen Brief an Karl verfassen, einen von denen, die sie nicht abschicken würde. Julie hatte ihm nur die ruhigen, gefassten Briefe zugesandt, geschrieben von einer respektablen Ärztin, nicht von einer unerfahrenen Liebenden. Karl war in ihr Leben getreten wie andere Männer zuvor, ein weiterer Mann, der nicht frei war und mit dem eine Zukunft aussichtslos erschien. Doch mit ihm fühlte sich alles anders an. Julie erkannte insgeheim die Gefahr, die er darum für sie darstellte. Die Gefahr lag in seiner Ehrlichkeit und in der Gewissheit, dass man sich auf ihn stets würde verlassen können. Das öffnete ihr Herz für ihn, zugleich machte es ihr Angst. Er stellte eine Prüfung dar, und Julie war unsicher, ob sie bestehen würde. Fast empfand sie es als Erleichterung, dass Karl so weit fort war, so konnte sie bedenkenlos zärtliche und romantische Gedanken an ihn verschwenden; in ihrer Fantasie durfte sie ihn lieben, sich zu ihm hinträumen und mit ihm die wunderbarsten Dinge erleben.

Julie öffnete die Feder und begann. *Mein Liebster.*

Drei Seiten hatte sie schon gefüllt, als der ungewöhnliche Geruch in ihr Bewusstsein drang. Er ähnelte dem Gestank, wenn eine der Lernschwestern mit dem Bügeleisen nicht umzugehen wusste und ein brauner Brandfleck auf dem Wäschestück entstand. Aufblickend bemerkte Julie Rauch im Lichtkegel der Lampe. Rauch lag in der Luft und drang ins Zimmer.

Sie sprang auf, schraubte die Feder nicht zu, ihre Worte an Karl lagen offen auf dem Tisch. Julie lief hinaus. Auch der Korridor war von Rauch erfüllt. Wieso hatte das außer ihr noch niemand bemerkt? Wo war die übrige Nachtschicht? Julie begann zu rennen. Der Rauch kam aus keinem der Zimmer, er drang aus dem großen Saal. Durch die Türfenster sah sie ein gefährliches Flackern, das nicht von der Notbeleuchtung stammte. Wieso gab es keine Schreie, keine warnenden Rufe? Warum war es so unnatürlich still?

Die Flammen zuckten, die Flammen fraßen an einem hölzernen Regal, unerklärlich, wie sie dort hatten erwachen können. Julie sah sich um – die vielen Betten, rund dreißig an der Zahl, die Regale und Schränke – und die Vorhänge! Sie rannte zum Fenster und riss den brennenden Vorhang herunter. Das Geräusch, mit dem er sich aus der Halterung löste, klang wie ein Schnitt. Funken sprühten und fielen auf den Stoff. Für einen Moment schienen sie zu verglimmen, doch schon schnappte das Feuer nach der leichten Beute und fraß daran. An drei Stellen gleichzeitig suchten die Flammen nach Nahrung. Rauchschwaden nebelten den Saal ein, einen Saal voller Menschen, von denen die meisten zu schwach und zu krank waren, sich selbst zu helfen. Während Julie die Flammen auf dem brennenden Vorhang tottrampelte, erwachten mehrere Patienten. Sie schrien nicht, sie stammelten nur, als ob sie mit dem Feuer zu reden versuchten. Dort sah Julie einen Mann aus dem Bett gleiten und zu Boden kriechen, so wollte er sich in Sicherheit bringen. Die meisten schliefen weiter. Sie schliefen! Wenn nicht gleich etwas geschehen würde, schliefen sie ihrem sicheren Tod entgegen.

»Feuer!«, schrie Julie. »Wacht auf, es brennt! Feuer!«, rief sie in den Saal. Nun kam Bewegung in die Betten.

Die Vorhänge brannten lichterloh. Julie war nicht in der Lage, einen weiteren herunterzureißen, ohne den Flammen zu nahe zu kommen. Ein heller Schmerz an ihrem Bein sagte ihr, dass sie es schon getan hatte. Der Qualm nahm zu und auch die Hitze. Alles wurde undeutlich in dem großen Raum, die Lampen, die Bettgestelle, die umherirrenden Gestalten auf der Flucht. Der Rauch brannte Julie in den Augen. So gut es ging, hielt sie die Hand davor. Wo blieb das Personal, warum setzte niemand den Feueralarm in Gang? Man musste die Kranken mitsamt ihren Betten hinausschaffen. Aber nur etwa die Hälfte der Gestelle stand auf Rollen, die übrigen waren alte Eisenmodelle; manchen Verwundeten hatte man einfach auf einer Bahre in den Saal gestellt. Julie stürzte zum nächstbesten Bett, löste die Verriegelung und zerrte es ein Stück weit. Es war unmöglich, die Evakuierung allein zu bewerkstelligen: Die Menschen würden erstickt sein, bevor sie auch nur einen Bruchteil von ihnen in

Sicherheit gebracht hätte. Julie selbst konnte sich auch nicht mehr lange in der vergifteten Luft aufhalten. Sie rollte das Bett ans Fenster, wo der Vorhang bereits lodernd zu Boden gefallen war, packte einen Stuhl und schlug die Scheibe ein. Klirrend barst das Glas, der Qualm drängte in die kalte Nachtluft, zugleich fachte die Luftzufuhr den Brand weiter an. Durch den Lärm waren weitere Patienten erwacht. Das Schreien wurde lauter.

Julie sah einen der Kranken vorbeihasten. »Helfen Sie mir!«, rief sie. Als er sich umwandte, entdeckte sie die bandagierten Stümpfe an beiden Armen. Julie folgte ihm zum Ausgang. Auf dem Korridor kam ihr die kleine Nachtbelegschaft entgegen, zwei Schwestern und ein Pfleger, dahinter entdeckte sie noch einen Vierten: Über den Flur, den das Notlicht nur schwach erhellte, kam ihr ein Mann im Mantel entgegen, er trug kein Krankenhausweiß, er trug Zivil.

Julie glaubte nicht an die Kraft höherer Mächte, die sich dann einstellten, wenn die Not am größten war. Julie glaubte nicht, dass ausgerechnet er es sein könnte, der ihr dort wie ein Gespenst entgegenkam. Trotzdem streckte sie laufend die Hand nach ihm aus und bemerkte, dass ihre Handfläche schwarz war und blutig. Sie hörte ihren eigenen ächzenden Atem, jedes Luftholen tat weh.

Während die Schwestern und der Pfleger weiterrannten, um den verzweifelten Gestalten zu helfen, die ihnen entgegenkamen, blieb der Mann vor Julie stehen und betrachtete sie ernst und ungläubig. So ruhig und friedlich sah er ihr in die Augen, als hätten sie alle Zeit der Welt, ihr unwahrscheinliches Wiedersehen zu begehen. Schon verwandelte sich sein Blick in Bestürzung, er schaute an Julie hinunter. Auch sie erkannte, dass das Feuer nicht spurlos an ihr vorübergegangen war. An manchen Stellen hing der weiße Mantel als verkohlter Fetzen an ihr. »Hilf mir«, sagte sie. »Um Himmels willen, hilf mir!«

»Du willst da wieder hinein?«

»Wir müssen. Sonst ersticken sie.«

Nebeneinander liefen sie los. Julie lächelte. In all ihrer Panik lächelte sie ihm zu, weil sie ihn so lieb hatte und es nicht sagen konnte. Weil sie so glücklich war und es nicht sagen konnte. Weil er so gut und so freundlich war, genau wie in ihrer Erinnerung, in ihrem Traum. Sie lächelte, weil er endlich zu ihr gekommen war.

26

Wie durch Insektenaugen nahm Karl das Geschehen wahr. Die rennenden Feuerwehrleute in ihren schwarzen Uniformen, die Metallhelme, Gesichter im Flackern der Flammen, Gesichter, verweht im Rauch, die Hektik, der Lärm und die Panik, alles wirkte auf ihn verlangsamt, gleichsam erstarrt. Trotz der vielen Geräusche wurde er von einer wunderbaren Ruhe durchströmt, weil er Julie im Arm hielt. In seinem Arm führte er sie durch Korridore, fühlte ihre Schulter, ihr Haar, sah den Bluterguss an ihrem Kinn. Julies Atem ging rasselnd, sie brauchte dringend ärztliche Hilfe, und Karl nahm an, sie seien dorthin unterwegs, wo Julie sie bekommen würde. Sie strauchelte, die Kraft schien sie zu verlassen.

»Setz dich einen Moment.« Er führte sie zu einer Bank am Ende des Ganges.

»Nein«, flüsterte sie. »Wir sind gleich da.«

»Warum ruhst du dich nicht aus?«

Sie hustete, rang nach Luft, zog Karl aber weiter bis zu einem Zimmer, in dem sich nur ein Tisch, ein Wecker und eine Klappliege befanden. Papier lag verstreut umher, aus der Füllfeder war Tinte getropft und hatte einen Fleck gemacht.

»Was wollen wir hier?«, fragte Karl überrascht.

»Diese Papiere … ich brauche sie.«

»Das ist doch jetzt ganz unwichtig.«

»Nein.« Eilig packte Julie alles zusammen. Als er ihr helfen wollte, zuckte sie mit den Blättern in der Hand zurück. »Es geht schon.«

Karl sah hingeworfene Zeilen in Julies Schrift. »Lass das. Du musst untersucht werden.«

»Ich weiß selbst, wie man eine Rauchgasvergiftung behandelt«, erwiderte sie schroff und versteckte dabei die Seiten vor ihm. Julie war entkräftet, verletzt und vergiftet von dem lebensbedrohlichen Qualm; trotzdem lief sie Karl voran. Er folgte ihr durch verwinkelte Korridore, bald hatte er die Orientierung verloren. Am Ende eines Ganges sperrte Julie die letzte Tür auf, betrat ein Zimmer und bat ihn herein.

»Was ist das?«

»Mein Zimmer.« Sie machte kein Licht. Im Dunkel legte sie die Blätter rasch in eine Schublade.

»Was tun wir hier? Du brauchst Hilfe.« Im Schein der Straßenbeleuchtung erkannte er, wie spartanisch die Einrichtung war. Dann standen sie einander gegenüber. Die Worte gingen ihnen aus. Nun, da sie hätten reden können wie nie zuvor, da alles abgefallen war, was sie früher gehemmt hatte, fanden sie sich sprachlos. Ein kleiner Schritt von ihm, eine Geste von ihr, und Karl umarmte die Frau, die ihm in einer Novembernacht bei Glockengeläut aufgefallen war und die seitdem nicht mehr aus seinem Leben wich. Er küsste sie und spürte die Freude in seinem Schmerz, die Unvernunft und das lang ersehnte Glück. Sie fassten und hielten einander fest und genossen es, so ganz bis unter die Haut beieinanderzusein. Sie küssten sich in dem kleinen Zimmer, bei schwefelgelber Beleuchtung, sie schwiegen und murmelten Liebesworte, die keiner Beteuerung bedurften.

Nach einer kleinen Ewigkeit lösten sie sich voneinander.

»Du musst zum Arzt«, flüsterte Karl, als wäre auch das eine Liebesbekundung.

»Später.« Mit einem Herz voller Liebe sah Julie ihn an. »Sag mir: Sind meine Wangen gerötet?«

»Wieso?« Lächelnd strich er darüber.

»Bei Kohlenmonoxidvergiftung sehen die Leute manchmal aus wie das blühende Leben. Sind meine Wangen rot?«

»Ich glaube … nein.«

Sie löste sich von ihm und machte Licht.

»Nein«, wiederholte er. »Du bist bleich und hast schwarze Flecken vom Ruß«, setzte er zärtlich hinzu.

»Bleich ist gut. Bleich ist auf alle Fälle besser.«

Im nüchternen Deckenlicht betrachteten sie einander, wie sie waren, ein unrasierter Reisender im dunklen Anzug, die Ärztin in ihrem zerrissenen Mantel. Sie umarmten einander noch einmal, dann streckte Julie Karl die Zunge entgegen. »Welche Farbe hat sie?«

Er schüttelte verwirrt den Kopf. »Ich soll eine Diagnose abgeben?«

»Sag es mir einfach. Welche Farbe?«

»Sie ist blau … fürchte ich.«

»Das ist normal.« Julie bedachte sich einen Moment. »Ja, das ist eigentlich normal. Ich brauche Sauerstoff und ein Cyanantidot.«

Eine Viertelstunde später stand ein Stahlzylinder neben Julies Bett, daraus führte ein Schlauch zu einer Kautschukmaske, die ihr Gesicht bedeckte. Auf dem Tisch lagen Phiolen und ein geöffnetes Spritzenetui. Als Karl durch das Zimmer ging, rollte die Spritze hin und her. »Wirkt es schon?«

Julie hob den Kopf und nickte, dann atmete sie tief und gleichmäßig weiter. Unwirklicher hätte der Augenblick kaum sein können. In Rock und Bluse lag sie auf dem Bett und versuchte, das Gift aus ihrem Körper zu vertreiben. Der

Knoten ihres Haares hatte sich geöffnet, an manchen Stellen war es angesengt. Julies Hände waren bandagiert. Dass sie wegen der Maske nicht sprechen konnte, verwirrte Karl, Worte hätten ihm geholfen, an Worten hätte er sich festhalten können, mit Worten hätte sich die unerhörte Situation besser meistern lassen. Er suchte nach einem Thema, mit dem er das Schweigen durchbrechen konnte.

»Professor Lemieuvre scheint das Problem des Diabetes tatsächlich gelöst zu haben. Es ist kaum zu glauben, wie rasch Nina sich erholt hat, sie wird wohl nur noch wenige Wochen zur Beobachtung bleiben müssen.« Er stockte. Was redete er denn da? Er sprach von der Frau, die zwischen ihm und Julie stand. Sie waren unter sich, er saß an ihrem Bett, warum konnte er nicht aussprechen, was ihn wirklich bewegte? Karl war geübt im Umgang mit Worten, wenn es um Dinge ging, die nicht ihn selbst betrafen. Jetzt ging es um die Welt der Seele, die er beschreiben sollte, und das fiel ihm unsagbar schwer. Sorgfältig wählte er seine Worte, prüfte jedes, bevor er begann.

»Marseille ist eine Stadt mit zwei Gesichtern«, sagte er. »Laut und hungrig nach Vergnügen, zugleich elend und geplagt von der Seuche, die sich nicht eindämmen lässt. Manchmal dachte ich, dass Marseille und ich uns ähneln. Es gab Tage, da war ich glücklich dort, zum Beispiel, als der Frühling früher erwachte als bei uns. Manchmal aber war mein ganzer Körper durchdrungen von etwas, das sich ebenfalls wie eine Krankheit anfühlte.« Er hielt dem Blick von Julies neugierigen Augen stand. »Heute weiß ich, es ist keine Krankheit, es ist etwas, das mir während dieser Zeit Kraft gegeben hat, es ist die Liebe.« Er räusperte sich und schob die Hände zwischen seine Knie. »Bevor ich Nina kennenlernte, habe ich nur wenige Frauen geliebt. Ich bin zurückhaltend in diesen Dingen, weißt du? Aber ich liebe dich, Julie, ich liebe dich von ganzem Herzen.« Er lächelte unsicher. »Du warst in deinen Antwortbriefen meistens sachlich, mein Bekenntnis mag dir daher vielleicht peinlich erscheinen. Wie könntest du auch anders reagieren? Ich bin verheiratet, habe ein Kind, ich bin nicht frei. Ich will meine Ehe nicht schlechtmachen, doch Nina zeigt in letzter Zeit deutliche Zeichen der Abkehr von mir und unserer Partnerschaft. Vielleicht ist es ihr neuer Lebenshunger oder ihre Angst vor den Zuständen nach dem Krieg, ich weiß es nicht.« Karl senkte den Kopf.

Ein Fingerzeig von ihr ließ ihn aufblicken. Sie bedeutete ihm näher zu kommen. Karl beugte sich über sie. »Kann ich etwas für dich tun?«

Julie nickte unter der Maske. »Ich will, dass du mich küsst«, antwortete sie kaum hörbar.

Der Gummischlauch und die Stahlflasche, das geliebte Gesicht, der Ausdruck in ihren Augen. Behutsam nahm Karl ihr die Maske ab. Er küsste Julie, küsste sie lange, küsste sie voll Hingabe. Er war froh, dass er nun nicht mehr sprechen musste.

»Warte.« Karl stand auf. Erstaunt folgte ihm ihr Blick, während er sich umsah, eine Kerze aus der Nische holte, sie anzündete und das Deckenlicht löschte. Er zog seine Jacke aus, auch die schweren Schuhe. Die Kerze stellte er zu Boden und setzte sich zu Julie.

»Denkst du, du kommst eine Zeitlang ohne die Maske aus?«

Sie nickte ernst, ehrfürchtig fast. Karl streichelte ihr Gesicht. Er gab sich Mühe, die verletzten Stellen nicht zu berühren, trotzdem zuckte sie zusammen.

»Karl, mein Liebster«, flüsterte sie. Das Gefühl war lauter

als die Glocken damals, drohend wie ein Gewitter, es war jene kraftspendende Krankheit, von der Karl gesprochen hatte, es waren die Befreiung und die Verwirrung, die Ungläubigkeit vor dem Glück. Karl küsste Julie, diesmal zuckte sie nicht zurück; der Schmerz, der vom Feuer herrührte, war eingenickt. Beim Ausziehen seines Hemdes verwirrten sich Karls Hände im Stoff, sie musste ihm helfen.

Karl und Julie entfernen sich miteinander, leise und unerkannt. Niemand hielt sie auf, niemand fragte: Dein Morgen? Alles wurde verweht vom Flackern der kleinen Kerze, das Firmament über ihnen war die weiß getünchte Zimmerdecke, ihre Insel war das Bettgestell. Die Liebe schuf einen Kreis aus Gewissheit, selbst die Zeit verlor für eine Weile ihre Unerbittlichkeit. Ihre Ängste waren wie Trümmer, aus denen sie sich erhoben. Julie vergaß ihre versengten Hände, sie schickte die Gedanken fort, die Zweifel und auch die Fragen. Sie wusste nichts als Karl, sie fühlte nichts als Karl. Sie erkannte ihn als den Einzigen, und darin lag weder Drohung noch Gefahr, sondern nur Freude. Auf ihrer Insel, behütet vom Schein der Kerze, lernte Julie die Liebe kennen, die reine Liebe, von der sie geglaubt hatte, sie würde niemals den Weg in ihr Zimmer finden.

27

Stand das Fenster offen? War das Sturm und Schlag von draußen? Eine Tür, die irgendwo aufflog, rasche Schritte, wer lief durch den Korridor? War das schon der Morgen, ging die Sonne auf? Nackt, wie er war, mit Schlaf im Gesicht, taumelte Karl hoch. Sein erster Blick galt Julie. Sie lag zur Wand gedreht, sie trug die Maske; im Schlaf hatte er sie ihr übergestreift, der Sauerstoff zischte leise. Die Kerze war heruntergebrannt. Stimmen ertönten, Lichter flackerten. Das war nicht der Tag, das kam von draußen.

Keiner klopfte, die Tür wurde aufgerissen. Mit verschlagenem Atem rief Karl: »Wer ist da?« Er wollte die Decke über die Schlafende ziehen, doch es war zu spät. Im Zwielicht bauten sich mehrere Beine vor ihm auf.

»Wir haben sie gefunden«, rief einer.

»Sie ist nicht allein«, sagte ein anderer. Dann wurde es still. Weichere Schritte waren nun zu hören, der Letzte, der kam, stürmte nicht wie die wilde Jagd herein, er trat wie ein Besucher ein. Karl tastete nach seinem Hemd. Der Mann, vor dem die andern strammstanden, hatte einen sonderbaren Gang, er zog das Bein ein wenig nach.

»Herr Kupfer?«, fragte er mit leiser Stimme, in der Überraschung schwang. »Sind Sie das?«

»Ja, ich bin … Ja.« Sitzend versuchte Karl Haltung zu gewinnen. »Was bedeutet das? Was tun Sie hier?«

»Das Feuer«, antwortete der Stellvertreter des Polizeipräsisidenten. »Mir wurde jetzt erst Meldung von dem Brand im Krankenhaus gemacht.«

»Sie sind wegen Julie hier?«

»Natürlich.« Oskar Helbig bückte sich, betrachtete die Frau, die neben Karl lag, er betrachtete die Kautschukform auf ihrem Gesicht. »Wie geht es ihr?«

»Besser. Sie ist … Sie hat sich selbst behandelt.«

Oskars Blick verharrte auf der gleichmäßig Atmenden, zugleich wandte er sich an die Uniformierten. »Der Einsatz hier ist beendet. Unterstützen Sie die Feuerwehr bei der Evakuierung. Tür schließen.«

Karl hörte das Zusammenschlagen von Hacken, die Beine vor dem Bett gerieten in Bewegung, Sekunden später waren sie verschwunden. Er erwartete, dass Helbig ihn nun ersuchen würde, sich anzuziehen, doch mit einem langen Seufzer zog der Besucher einen Stuhl heran und setzte sich. Für einige Sekunden hörte man nichts als das stetige Zischen des Sauerstoffs.

»Soll ich sie wecken?«, fragte Karl.

Ein Lächeln stahl sich auf Oskars Gesicht, ein abwesendes, fröhliches Lächeln. »Lassen Sie nur. Julie hatte schon immer diesen tiefen Schlaf. Neben ihr könnte man buchstäblich eine Kanone abschießen.«

Karl versuchte, sich seine Lage zu verdeutlichen. Er, ein verheirateter Mann, Gatte einer Patientin Julies, lag im Bett mit Ninas Ärztin, während ihnen mitten in der Nacht der stellvertretende Polizeichef gegenübersaß. »Sie beide kennen sich schon lange?«, fragte Karl, um der Situation Herr zu werden.

»Seit ich denken kann.« Oskars Gesicht strahlte Wärme, Wehmut und Freundlichkeit aus. »Ich kenne Julie so gut, dass ich ihr Gesicht mit geschlossenen Augen zeichnen könnte. Ich kenne sie, wie man einen vertrauten Baum im Wald erkennt oder eine Melodie mitten im Lärm. Ich kenne Julie wie mich selbst.«

Er liebt sie, dachte Karl. Der derbe Mann mit dem auffälligen Gang liebte Julie. Darum war er mit einem Polizeiaufgebot nach Schwabing gebraust – um seine Jugendliebe zu retten. Er kam aus tiefer Sorge und fand sie im Bett mit einem anderen Mann. Welch ein Gefühl musste das für ihn sein? Karl wandte sich zu Julie, deren entspanntes Gesicht darauf schließen ließ, dass sie von der Unterhaltung nichts mitbekam.

»Was tun Sie hier?«, fragte Helbig. »Ich meine, wieso sind Sie in München? Ich dachte, Sie wären bei Ihrer kranken Frau in Frankreich.«

»Die Dinge haben eine neue Wendung genommen«, antwortete Karl ausweichend. »Ich musste zurück zu meinem Sohn. Außerdem ist Eisners Tod, sind die Entwicklungen in Bayern …« Er hielt inne, es war nicht der Moment, über Politik zu sprechen.

Nachdenklich legte Helbig den Kopf schief. »Was ist mit Julies Haar passiert?«

»Es ist angesengt. Ihre Hände hat es noch schlimmer erwischt. Wir haben Salbe darauf getan.« Karls nackter Arm fühlte sich kalt an, er zog die Decke darüber. »Ich sollte Ihnen vielleicht erklären, Herr Helbig …« Er machte eine Geste über das Bett und die Schlafende hin.

»Was gibt es da schon zu erklären?« Oskar war die Mühe anzusehen, die ihn sein Lächeln kostete. »Sie hat Schlimmes durchgemacht, meine kleine Julie. Sie soll sich jetzt erst einmal ausruhen.«

Karl fühlte sich eingeschüchtert von dem Verständnis dieses Mannes, seiner Verletzlichkeit und von seiner Geduld.

»Sie braucht Erholung, das stimmt.« Verwirrt fuhr er sich durchs Haar.

Oskar stützte die Hände auf die Knie, zögernd fragte er: »Werden Sie jetzt … zusammenbleiben, Sie und Julie?«

»Nein«, erwiderte Karl impulsiv. »Was heute Nacht geschehen ist, war nicht von uns geplant.«

In diesem Moment wäre es Karl lieber gewesen, einem Widersacher gegenüberzusitzen, einem gekränkten Hahnrei, der ihm seine Vorwürfe entgegenschleuderte. Mit so jemandem hätte man ein Gespräch unter Männern führen und die Angelegenheit aus der Welt schaffen können. Die stille Resignation Helbigs machte die Lage für Karl fast unerträglich. »Bis heute Nacht ist nicht das Geringste zwischen uns vorgefallen«, sagte er und deutete auf seine Nacktheit. »Geben Sie mir bitte die Möglichkeit, mich anzuziehen, Herr Helbig.«

»Natürlich.« Oskar stand auf. Während Karl in Hemd und Hose schlüpfte, wandte sich Helbig zum Fenster. Draußen war es dunkel, nur sein Spiegelbild blickte ihm entgegen. »Julie und ich, wir sind wie zwei Stämme desselben Baumes, die in unterschiedliche Richtungen gewachsen sind. Ich kann mir ein Leben ohne sie einfach nicht vorstellen.« Er straffte den Rücken. »Vielleicht sollte ich es lernen.« Er drehte sich um. »Wenn Julie erwacht, sagen Sie ihr bitte einen Gruß von mir.«

Karl sah Oskar hinausgehen und hörte seine Schritte auf dem Korridor verklingen. Er beugte sich über Julie und berührte ihre Schulter. Hell und sanft lag sie da. Während er ihr Gesicht betrachtete, hörte er, wie das Krankenhaus allmählich erwachte. Überall roch es nach Morgen.

28

Wenn man das nur festhalten könnte, dachte Julie, den Moment, die Minute – wenn man die Vergänglichkeit aufheben und einen Tag wie diesen hier am See unendlich ausdehnen könnte! Sie trank ein Glas Wein auf der Terrasse, ihr gegenüber rauchte Karl eine Zigarette. Er trug einen leichten Mantel, während sie ihr Lieblingstuch mit dem blaugelben Muster umgeschlungen hatte. Karl hatte den Ausflug spontan vorgeschlagen, Julie war sofort dazu bereit gewesen. Dass der See in der Nähe von Karls Heimatort lag, war ihr aufgefallen. Unumwunden hatte er zugegeben, dass er bald wieder zu seinem Sohn aufbrechen müsse, den er nachts Hals über Kopf verlassen hätte. Julie war einverstanden gewesen, mit dem Zug nach München zurückzukehren.

Das Hotel hatte keinen Blick auf den See, doch immerhin schaute man auf eine alte, verwunschene Villa. Manchmal kamen Stimmen von dort, das Bellen eines Hundes ertönte, sonst war es still. Sie waren außerhalb der Saison angereist, der kleine Ort hielt noch Winterschlaf. Doch die Sonne hatte heute solche Kraft, dass Julie sich der Hoffnung hingab, der Frühling sei endlich angebrochen. Sie trank vom Wein, stand auf und setzte sich unaufgefordert auf Karls Schoß. Überrumpelt von ihrer Zärtlichkeit, versuchte er, die Glut der Zigarette von ihr fernzuhalten.

»Wie hast du diesen schönen Ort bloß gefunden?« Julie lehnte den Kopf an seine Schulter.

»Ich war als Kind manchmal hier. In diesem See hat mein Vater mir das Schwimmen beigebracht.«

»Dein Vater? – Ich glaube, ich habe meinen Vater kein einziges Mal nackt gesehen«, antwortete sie nachdenklich. »Oskar hat mir gezeigt, wie man schwimmt.«

»Dein Freund Oskar, er ist…« Karl suchte nach dem rechten Wort. »Er scheint in Wirklichkeit ganz anders zu sein, als der Mann, mit dem ich beruflich zu tun hatte.«

»Oskar ist ein großes Kind, ein ganz lieber, feiner Mensch. Er ist das Liebste, was ich habe. Oft habe ich mir gewünscht, ihn auch als Mann lieben zu können. Es gäbe für mich keinen beständigeren Partner als ihn.«

Karl schwieg, und Julie wusste, warum. Sie redete mit ihm als verheiratetem Mann, mit dem sie sich eine Affäre erlaubte. Sie schwärmte von Oskar, weil sie immer noch nicht an ihr Glück mit Karl glauben wollte. Zu zweit waren sie in die Alpen geflohen, weil weder Julies Belegschaftszimmer noch Karls Wohnung für ihre Liebe getaugt hätte. Er und sie genossen ihre Lüge an diesem See, sie genossen geliehene Zeit.

Unvermittelt stieß Julie sich von Karl ab, trat an die Balustrade und richtete den Blick ins Weite. Fing das etwa jetzt schon an? Begannen ihre Dämonen nach nur einem Tag, ihr unseliges Werk zu tun? Kaum hatte Julie aus vollem Herzen ja gesagt, tauchte bereits das *Aber* auf, das sich jedes Mal bemerkbar machte, wenn auch nur die kleinste Verbindlichkeit ihr den Blick verstellte.

Verzweifelt wandte sie sich zu Karl. Er wirkte selbst wie erschlagen von den Ereignissen der letzten Nacht, war erschöpft, verwirrt, doch schien er die Atempause zu genießen, die der herrliche Tag ihnen bot, während Julie bereits in den Abgrund ihrer Zweifel starrte, in die Schlangengrube ihrer Gefühle. Auch wenn Karl unerwartet aufgetaucht war, auch wenn er kein entfernter Traum mehr war, selbst wenn er in München bleiben würde, schon seinem Sohn zuliebe: Eines Tages würde er doch wieder fortgehen, dachte sie. Er musste sie ja verlassen, eine Scheidung kam für einen Mann wie ihn nicht in Frage. Sollte sie sich in Karl verlieren, um am Ende wieder ganz verloren zu sein? Sollte sie nicht besser von selbst einen Schlussstrich ziehen, bevor ein aufrechter Charakter wie er es zwangsläufig tun würde? Konnte sie sich vor der Enttäuschung nicht am besten durch Distanz und die Bewahrung ihrer inneren Unabhängigkeit schützen?

»Woran denkst du?« Karl rauchte einen letzten Zug und drückte die Zigarette aus.

»Ich denke, wie schön der Tag heute ist und wie wundervoll ich es finde, dass wir ihn zusammen verbringen.« Julie kannte sich gut genug, um zu wissen, dass mit der ersten Lüge alle anderen bereits geboren waren. Gerade hatte sie Karl belogen. Sie fühlte sich elend dabei, fühlte aber auch die Erleichterung, die das Ausweichen in die Unwahrheit bot, die Erleichterung, ihm nicht die vollkommene Wahrheit sagen zu müssen. Wieso konnte nicht einmal Karl durchschauen, wie es um Julie in Wirklichkeit stand? Weshalb zog er sie nicht an sich und rüttelte sie und schnitt das Geschwür heraus, das sie zu zerfressen drohte? Wieso war nicht einmal seine Liebe imstande, Julie zu retten? Wollte sie denn gerettet werden?

»Dass wir so ein Glück mit dem Wetter haben«, lachte Karl, der von ihrem Zustand nichts zu bemerken schien. »Wollen wir an den See laufen?« Schwungvoll kam er hoch.

Julie zog ihr Tuch noch enger. »Jetzt schon?« Sie fühlte sich nicht in der Lage, etwas Heiteres, Befreiendes zu tun, sie wollte sich stattdessen im Bett verkriechen, wollte, dass Karl sie in die Arme nahm und ihre düsteren Gedanken durch seine Liebe vertrieb.

»Wenn wir noch länger warten, wird es dunkel.« Er legte den Arm um ihre Schulter.

Julie scheute den See. Das Wasser holte ein weiteres ihrer bedrückenden Bilder empor, ein Gespenst aus der Vergangenheit. Sie wollte, sie musste der Düsternis entfliehen, sollte der Tag mit Karl nicht zur Katastrophe werden.

»Wir hatten einen Fischteich«, begann sie leise.

»Einen Teich?«, fragte er. »Bei dir zu Hause?«

Sie nickte. »Mein Vater wollte Karpfen züchten. Aber die Biester haben sich im Schlamm auf dem Grund versteckt und ließen sich einfach nicht fangen. Schließlich sah mein Vater keine andere Möglichkeit, als das Wasser aus dem Teich abzulassen. Das muss irgendwann im März gewesen sein, ich war damals dreizehn.« Sie versuchte, ihre Hände unter dem Tuch zu verstecken.

»Du frierst ja.« Überrascht zog Karl sie an sich. »Bei diesem herrlichen Wetter ist dir kalt?«

Sie sah ihn nicht an, verbarg ihre Tränen. »Der Teich hatte einen Überlauf, der den Abfluss regulierte, doch der war nach dem Winter verstopft. Vom Ufer aus konnte man das Seegras und die Zweige nicht herausholen, also musste jemand danach tauchen.« Julie begann zu zittern.

»Was ist mit dir?«

»Mein Vater wollte, dass ich es tue.«

»Im März? Du solltest im März ins Wasser gehen?«

Julie weinte. »Ich habe mich ausgezogen. Weil ich meinem Vater gefallen wollte, weil er sehen sollte, wozu ich imstande bin, ließ ich mich ins Wasser gleiten. Ich wusste nicht, wie sich solche Kälte anfühlt. Es war wie Messerstiche, es waren richtige Schmerzen. Ich tauchte in die trübe Brühe hinunter, konnte den Abfluss aber nicht finden. Wahrscheinlich bin ich ein Dutzend Mal getaucht, bis ich die verstopfte Stelle freigelegt hatte. Schlick und Tang warf ich ans Ufer. Dort sah ich die festen, warm gefütterten Stiefel meines Vaters. Als ich schließlich blaugefroren herauskam, hatte er nicht einmal ein Handtuch für mich, kein Wort des Lobes. Nass, wie ich war, musste ich zum Haus laufen und mich wärmen. Später, als ich zurückkam, war das Wasser aus dem Teich abgelaufen, hunderte Karpfen zappelten im Todeskampf im Schlamm. Mein Vater watete umher und hat einen nach dem andern mit einer Keule erschlagen.«

Julie weinte aus tiefstem Herzen, sie weinte, weil sie so unglücklich war in ihrem Glück und weil sie voll Angst war und diese Angst ihr die Luft abschnürte. Sie weinte, weil Karl nicht verstehen würde, wie es sich anfühlte, wenn man niemandem auf der Welt wirklich vertrauen konnte, zu allerletzt sich selbst.

»Du bist ja ganz außer dir.« Karl hielt sie umarmt. »Julie, du bist noch nicht wieder gesund. Ich hätte es wissen müssen, der Rauch, das Feuer, das war schrecklich für dich. Wir müssen gar nichts unternehmen, wenn du nicht willst, wir bleiben einfach hier, einverstanden?« Er streichelte ihre Wange. »Willst du ins Bett, du solltest wirklich ins Bett gehen.« Er lächelte in das liebe Gesicht.

»Das wäre schön«, sagte sie und versuchte, sich zu fassen.

»Du gehst ins Bett, und ich besorge unterdessen etwas zu essen.«

»Geh nicht weg.«

»Aber wir müssen doch essen.«

»Später gehen wir aus, ja? Komm jetzt, Karl, wir wollen ins Bett gehen.«

»Zusammen?« Ein erstauntes Lächeln stahl sich in sein Gesicht.

Auf dem Weg in ihr Zimmer öffnete Julie die Blusenknöpfe. Kaum eingetreten, warf sie das Schaltuch ab, umarmte und küsste ihn und schlüpfte aus ihren Schuhen. Rasch zog sie die Vorhänge zu.

»Komm, Karl, ich brauche dich«, murmelte sie.

»Ich liebe dich, Julie.« Verwirrt, überrumpelt sah er zu, wie sie sich auszog. Die Handgriffe stellten sich bei ihm zögernder ein. »Du weißt nicht, wie sehr ich dich liebe.«

»Ich liebe dich auch.« Das kam leise, fast knurrend. Die großen Worte, die Julie so überzeugt in ihren Briefen geschrieben hatte, stahlen sich widerwillig über ihre Lippen. Sie wollte die Liebe erleben, nicht davon sprechen. Sie war uneins mit sich und der Düsternis, die in ihr war, darum wollte sie sich verlieren, eintauchen in Karl, der ihr alles bedeutete und der ihr zugleich Angst machte. Sie wollte fort sein von sich und nahe bei ihm, wollte, dass ihr Weinen sich in den Rausch verwandelte, den sie Liebe nannte, auch wenn sie ahnte, dass es etwas anderes war. Nackt stand sie vor ihm, nackt zog sie ihn ins Bett und öffnete ihre Augen ganz weit.

29

Sie lag im Bett, und ein ganzer Tag war verstrichen. Am Morgen hatte Karl ihr zärtlich gesagt, unmöglich könne er sich jetzt schon von ihr trennen, und sie gebeten, zu bleiben. Sie solle sich ausruhen, während er rasch nach Hause fahren, mit Moritz spielen und mit der Familie zu Mittag essen würde. Am späten Nachmittag sei er wieder zurück.

Der Nachmittag war verstrichen, Wolken hatten die Sonne vertrieben, mittlerweile war Nebel eingefallen, der erhoffte Frühlingsbeginn war nur eine kurze Ahnung gewesen. In der Dunkelheit hatte es gerade sieben Uhr geschlagen. Karl war noch immer nicht zurück. Julie war hungrig, hatte aber keine Lust, aufzustehen und in die Wirtsstube zu gehen. Sie drehte sich zur Wand und versuchte zu schlafen. Als ihr das nicht gelang, nahm sie die Brandsalbe aus der Tasche und wechselte die Verbände an den Händen. In ein bis zwei Tagen würde sie die Mullbinden weglassen können.

Sie hatte nicht den ganzen Tag im Bett verbracht. Am frühen Nachmittag war sie aufgestanden und hatte sich auf den Weg gemacht. Mit dem Bus war sie zwei Dörfer weiter gefahren, in den Ort, wo Karls Elternhaus stand. Unterwegs hatte sie sich sämtliche Gründe aufgezählt, weshalb ihr Ausflug dumm und lächerlich war, doch sie hatte die Fahrt fortgesetzt. Auf dem Marktplatz hatte sie den Erstbesten nach der Adresse der Familie Kupfer gefragt. Man hatte ihr den Weg beschrieben. Als sie zu guter Letzt am Zaun des Gehöftes stand, war sie sich wie ein Dieb vorgekommen. Willst du dich in das Leben dieser Leute hineinstehlen, hatte sie gedacht und sich eingestanden, dass sie vor allem Moritz sehen wollte. Nur einen Blick wollte sie auf das Kind werfen, dem Karls ganze Liebe gehörte. Sie wollte dem unbekannten Jungen ein Gesicht geben, wollte sehen, mit wem Karl diesen Nachmittag verbrachte. Sie suchte die Rückseite eines Schuppens auf, wo sie sich verstecken konnte, und wartete.

Es war gewiss eine halbe Stunde vergangen, als ein stattlicher Mann auf die Terrasse trat, er paffte eine Zigarre, unverkennbar Karls Vater. Von Zeit zu Zeit rief er etwas nach drinnen, tatsächlich trat plötzlich ein kleiner Junge ins Freie. Julie war überrascht, wie wenig er Karl ähnelte. Rotblondes Haar, die Augen schmaler als bei seinem Vater, der Mund erinnerte an Nina. Er wollte vom Großvater etwas Bestimmtes haben und sprang an ihm hoch, um an dessen Brusttasche zu gelangen. Der alte Kupfer wandte sich geschickt ab, das Spiel dauerte eine ganze Weile, bis er endlich eine Süßigkeit aus der Tasche zog und sie Moritz gab. Der naschte davon gleich im Freien. Der Alte und der Junge setzten sich auf eine Bank und plauderten, bis plötzlich Karl dazukam und auch Platz nahm. Julie spürte, wie ihr Herz schneller schlug. Da saßen die drei Kupfers und redeten und schauten in die Landschaft und lachten. Sie dachte, dass Karl in ihrer Gegenwart selten so aus vollem Halse gelacht hatte wie mit seinem Sohn. Wie er ihn schüttelte, wie er ihm etwas ins Ohr flüsterte, was den kleinen Mann wiederum zum Lachen brachte. In diesem Haus war alles anders als in Julies Elternhaus, dachte sie, anders als in ihrem Leben. Karl war reich an Liebe und Zuversicht, an Wärme und Bewusstheit, während Julie in ihrem Universum der widerstreitenden Gefühle eingesperrt war. Obwohl sie sich dafür schämte, dachte sie, dass sie eigentlich nichts besaß und dass Karl alles besaß. Stellte dieser Moment nicht ein Abbild des Unterschieds zwischen ihnen dar? Die drei auf der Terrasse zeigten sich voll Zuversicht der dörflichen Welt, während Julie sich hinter einen Schuppen duckte, um nicht gesehen zu werden. Wieder einmal hatte Julie die Spielregeln akzeptiert, die einer Geliebten zukamen. Ihr Platz war im Verborgenen, ihr Glück war ein begrenztes.

Während sie, gepeinigt von solchen Gedanken, in ihrem Versteck mehr und mehr versteinerte, während sie ihren unseligen Ausflug in Karls Leben verfluchte, breitete sich zugleich Erleichterung in Julie aus. Es tat wohl, so etwas Freundliches und Normales zu sehen wie diese Familie, drei Männer in der Kälte, drei Generationen, ein Bild der Beständigkeit. Julie freute sich an der Erkenntnis, dass Karl ein liebevoller Mensch war, ein guter Mensch, ein Mann, wie jede Frau ihn sich nur wünschen konnte. Seine eleganten Hände, das Weiß seiner Zähne, das ungeordnete Haar, die Art, wie er mit seinem Vater diskutierte, mit Moritz gespielte Streitereien ausfocht, wie er übers Land schaute, das waren schöne Eindrücke, und Julie wusste, von Zeit zu Zeit würde sie diese Erinnerung hervorholen, später, wenn alles vorbei war. Mit weit geöffneten Augen betrachtete sie das Schauspiel auf der Terrasse. Sie liebte Karl, sie erkannte diesen Mann in seiner Ganzheit, doch das gab ihr kein Recht auf ihn. Zufriedenheit war ein Zustand, der ihr mit ihm niemals beschieden sein würde, Beständigkeit eine Annehmlichkeit, auf die sie nicht hoffen durfte. Während Julie lautlos auf der Stelle trat, um sich aufzuwärmen, lächelte sie wehmütig. Durch Karl war ihr allumfassendes Glück zuteilgeworden, er hatte sie träumen gelehrt, hoffen gelehrt, er hatte sie in ihren heimlichen, niemals abgesandten Briefen eine glückliche Welt erschaffen lassen, ein Idyll, das es in Julies Wirklichkeit nicht geben würde. Eben durch diesen unerfüllbaren Traum wurde sie sich ihrer Einsamkeit bewusst und ihrer Ausgeschlossenheit, aus der selbst Karl sie nicht herausführen würde. Im Zwiespalt zwischen Glück und Unerfüllbarkeit stand Julie in der Kälte. Als die drei auf der Terrasse ins Haus gingen, machte auch sie sich wieder auf den Weg. Als Fremde huschte sie durch das Dorf, bestieg als Fremde den Autobus und kehrte zurück in das Hotel am See.

Karl nahm drei Stufen auf einmal. In der Gaststube brannte kein Licht mehr, die Küche war längst geschlossen. Er hatte nicht früher von zu Hause fortgekonnt, um keinen Preis, Moritz und Karls Eltern hatten immer neue Gründe erfunden, weshalb er noch bleiben müsse. Fast war es ihm erschienen, als ob sie spürten, dass jemand auf ihn wartete, jemand außerhalb der Familie, jemand, den sie von Karl fernhalten wollten. Theophil hatte beim Nachtmahl so eindringliche Fragen nach Nina und dem Wunder gestellt, durch das sie geheilt worden war, dass Karl seinen Vater aufmerksam gemustert hatte: Ging die Intuition des Alten so weit, dass er die neue, die verbotene Liebe seines Sohnes durchschaute? Sah man es Karl sozusagen an der Nasenspitze an, wie glücklich er war?

Wegen seiner Sehnsucht nach Julie hatte er den Nachmittag mit der Familie manchmal quälend empfunden, doch sein schlechtes Gewissen hatte ihn eine um die andere Stunde länger bleiben lassen. Immer wieder hatte er sich vorgestellt, wie Julie erst ungläubig, später ärgerlich und enttäuscht damit zurechtkommen musste, in dem Hotel allein gelassen zu sein. Allein an einem Tisch musste sie zu Abend essen, von der Kellnerin neugierig gemustert, während Karl Kaffee getrunken und sich von seiner Mutter drei Stück Napfkuchen hatte aufdrängen lassen. Er war mit Moritz in den Wald gelaufen und hatte ein Tannenzapfen-Wettwerfen veranstaltet, er hatte mit seinem Vater einen Spaziergang gemacht und die politischen Zukunftsperspektiven Bayerns besprochen. Seine eigene Perspektive hatte er so weit wie möglich unerwähnt gelassen.

Das Treppenhaus stellte so etwas wie die Ahnengalerie der Hotelfamilie dar. Die Bilder und Fotografien zeigten Menschen vergangener Jahrzehnte, Spitzenkragen und schwere Lodenmäntel fielen Karl auf, Bildnisse von Leuten, die einst, als Bayern noch ein Königreich gewesen war, in behaglicher Sicherheit gelebt hatten, in der Gewissheit, dass sich an den Verhältnissen niemals etwas ändern würde.

Karls Gedanken rauschten wie ein Meer. Von zu Hause kam er und ging heim zu seiner Liebe. Er hatte seinen geliebten Sohn verlassen und suchte seine neue Frau auf. Von diesem Allzuviel an Empfindungen war er überwältigt, es kam ihm vor, als ob er vor Gefühl gleich platzen müsste. Was er nicht alles anstellte, um die Welt seiner Kindheit, die seines eigenen Kindes und die neue, tief empfundene Welt seiner Liebe zu vereinen. Wie verrückt er sich dabei gebärdete!

Als Karl die Zimmertür erreichte, hinderte ihn eine seltsame Hemmung daran, unaufgefordert einzutreten. Er klopfte zweimal kurz. »Julie? Schläfst du schon?«

Die Tür öffnete sich lautlos. Auf bloßen Füßen stand sie da, in ihrem bodenlangen Nachthemd. »Komm herein.«

Nur die Nachttischlampe brannte. Julie strich ihr Haar aus dem Gesicht und bündelte es zum Knoten. Sie ging voraus, setzte sich aber nicht aufs Bett, sondern in den Sessel am Fenster.

»Es ist spät geworden, verzeih.« Er folgte ihr. »Viel zu spät.«

»Macht nichts, ist schon gut.«

»Was hast du den ganzen Tag gemacht?«

»Nichts Besonderes.« Ihre Stimme klang abwesend, wie von weit her.

»Hast du gegessen?«

»Eigentlich nicht.«

»Du musst schrecklich hungrig sein.«

»Stimmt«, sagte sie nach kurzer Überlegung.

Karl fasste in seine Manteltasche. »Möchtest du ein Stück Nussstrudel?«

»Von deiner Mutter?«

»Mama hat ihn mir eingepackt, weil ich einfach nichts mehr essen konnte.«

Er brachte ihr die Süßigkeit und legte sie in ihren Schoß. Er hatte den unbändigen Wunsch, Julie zu küssen, aber sie strahlte eine merkwürdige Unnahbarkeit aus. Für einen Augenblick sah sie ihm in die Augen, wandte den Blick aber gleich wieder ab.

»Ich fahre morgen früh nach München«, sagte sie. »Ich kehre in mein Leben zurück, in mein kleines Zimmer im Krankenhaus. Ich habe hier nichts verloren.«

So hatte Karl sie noch nie erlebt: Jede Kraft schien aus Julie gewichen zu sein, sie sprach klar und deutlich, dabei doch wie in Trance.

»Was soll das heißen, du fährst nach München?«

»Wir haben getan, was wir getan haben«, antwortete sie so leise, dass er sich vorbeugen musste, um sie zu verstehen. »Wir haben es genossen, und jetzt ist es zu Ende.«

»Zu Ende?« Vor ihr kniete sich Karl auf den Boden, er wollte, dass Julie ihm in die Augen sah, doch sie hielt den Blick abgewandt.

Sie ließ sich mit der Antwort Zeit. »Ich werde einfach Ärztin sein und mich in meinem arbeitsreichen Tag vergraben. Ich werde wieder mehr an andere denken und nicht so viel an mich selbst.«

Betroffen fragte Karl: »Bereust du, was geschehen ist?«

»Bereuen?« Sie klang überrascht. »Es war das Schönste, das Allerschönste, was ich je erlebt habe.« Trotz dieser Worte blieb ihr Ausdruck ernst, ihr Blick abwesend.

Karl griff nach ihrer Hand. »Ich liebe dich doch. Ich liebe dich mit allem, was ich bin und sein möchte. Wegen dir bin ich nach München zurückgekommen, nur wegen dir.«

»Wegen Moritz bist du gekommen.« Sie entzog ihm ihre Hand. »Wie er dich angeschaut hat. Wie er dich verehrt hat, wie sehr er dich liebt, und wie tief du ihn lieben musst.« Unvermittelt sah sie Karl an, nicht wie jemand, der sich gerade verplappert hatte, sondern offen und tief verletzt.

»Du hast Moritz gesehen? Du warst …« Seine Worte verwirrten sich. »Warst du etwa bei uns im Dorf? Warst du bei unserem Haus?«

Julie nickte nicht, schüttelte auch nicht den Kopf, sie schaute ihn nur an.

»Warum bist du nicht hereingekommen?« Die Unsinnigkeit seiner Frage wurde Karl sofort klar. »Ich hätte dich zu uns einladen können«, sagte er, als ob es ihm jetzt erst einfiele. »Ich hätte es dir vorschlagen müssen.«

»Nein, das solltest du nicht.« Nun lächelte Julie. »Das wäre ganz falsch gewesen.« Ihre Züge wurden weich. »In diesen letzten Tagen warst du mir alles, Karl, alles, alles. Ich kann es dir nur nicht…« Sie zögerte. »Ich kann es dir nicht mit Liebe heimzahlen.«

»Liebe kann man nicht *heimzahlen*«, erwiderte er irritiert.

»Ist das denn Liebe, wirklich? Ist es nicht eher Verrücktheit, Sehnsucht nach einem idealen Land, einem Schlupfloch heraus aus unserer Zeit?« Sie legte dem Knienden die Hand auf die Schulter. »Ich fahre morgen mit dem ersten Zug nach München.«

Langsam und umständlich stand er auf. »Wie du willst. Wenn das Ganze für dich nur ein Abenteuer war, respektiere ich deinen Wunsch natürlich.«

Auch Julie kam hoch. Für einen Augenblick schien es, als ob sie ihn umarmen würde, dann lief sie zu dem kleinen Schreibtisch am Fenster. »Du weißt, das ist nicht wahr.«

Er trat hinter sie und bemerkte die Blätter eines Briefes, der dort offen lag. »Du hast geschrieben?« Er beugte sich darüber. »Wolltest du mir etwa einen Abschiedsbrief schreiben? Sollte ich zurückkommen und nur diese Zeilen vorfinden?« Karl griff danach.

»Nein.« Sie versuchte dazwischenzugehen, doch er war schneller. »Gib mir den Brief.«

Er warf einen Blick auf die oberste Zeile: »*Karl, mein Liebster.*« Er sah sie an. »Da er an mich gerichtet ist, sollte ich ihn auch lesen dürfen.«

»Das geht dich nichts an!« Sie sprang hin und packte die Blätter so heftig, dass sie mittendurch rissen.

»Was tust du denn?«, fragte er erschrocken.

»Das hat nichts zu bedeuten!« Julies Augen waren geweitet, sie starrte ihn mit einem Ausdruck an, der Karl erschreckte. Gleichzeitig packte sie seine Hand und versuchte, ihm die Reste des Papiers zu entwinden. Als ihr das nicht gelang, schrie sie ihn an. »Fahr zurück zu deiner Frau! Versöhn dich mit ihr, das ist das Einzige, was du tun kannst.«

»Ich bin gerade erst zurückgekommen«, erwiderte er verblüfft. »Was soll ich in Marseille? Dort wütet die Spanische Grippe.« Er entzog Julie die Hand mit den Resten des Briefes und setzte sich auf die Bettkante.

»Solltest du Nina dann nicht besser von dort wegbringen?«

»Nina hat genug von den Wirren hier, vom Umsturz, von der Gewalt. Wenn es nach ihr ginge, könnten wir für immer am Mittelmeer bleiben.«

»Und Moritz?«

»Ich weiß es nicht.« Er ließ den Kopf sinken. »Ich weiß wirklich nicht, wie es weitergehen soll.« Sein Blick fiel auf das zerknüllte Papier. »Was steht da geschrieben?«

Langsam kam sie auf ihn zu, hob seinen Kopf in beide Hände und küsste Karl zärtlich. »Ich liebe dich mehr, als du ahnst. Ich liebe dich wie den Regen oder wie meinen Glauben an die Heilkräfte des Menschen. Doch weil aus dieser Liebe nichts werden kann, breche ich morgen auf.« Behutsam legte sie ihre Hand auf das Papier. »Es ist vorbei, Karl. Glaubst du mir das?«

Sekunden vergingen. Langsam, dann immer vehementer, schüttelte er den Kopf. »Nein, ich glaube dir nicht. Ich kann das nicht glauben. Ich glaube, dass wir zusammengehören.« Er ließ das Papier nicht los.

Julie sank neben ihm auf das Bett. »Lass uns schlafen. Ich bin schrecklich müde.« Sie schlug die Decke zurück. »Leg dich einfach zu mir.«

»Ich kann jetzt nicht schlafen.« Wie gepeinigt sprang er auf. »Wie soll ich schlafen, wenn wir … wenn du morgen …« Er sah sich im Zimmer um, dann lief er zur Tür.

»Wo willst du hin?«

»Gehen. Ich möchte gehen. Irgendwo auf einen Berg steigen.« Während er sprach, schob er die Hand mit den Resten des Briefes in die Manteltasche.

»Jetzt?« Sie setzte sich auf. »Es ist stockdunkel.«

»Das kommt einem nur so vor. Draußen gewöhnen sich die Augen rasch.«

»Karl –«

Bevor sie es verhindern konnte, trat er auf den Korridor und schloss die Tür hinter sich. Mit hängendem Kopf stand Karl da, als ob er sich niemals von Julies Schwelle würde entfernen können. Schließlich setzte er Fuß vor Fuß. Auf der Treppe spürte er die Blicke der gemalten Menschen auf den Bildern auf sich, ihre Augen schienen ihm zu folgen, zum Ausgang, ins Freie. Es war wenig Licht hier draußen, doch es reichte, sich zurechtzufinden. Karl nahm den See wahr, daneben die Silhouette eines Hügels. Wenn er kräftig ausschritt, konnte er den Gipfel vielleicht bis zum Morgengrauen erreichen. Keinesfalls wollte er dabei sein, wenn Julie ihn verlassen würde. Er wollte woanders sein, irgendwo anders.

Im Zimmer entfaltete sie die verräterischen Seiten, ihren Brief an Karl, das Bekenntnis ihrer Liebe, die Bilder ihres unerfüllbaren Traumes. Warum hatte sie ihr romantisches Gekritzel mitgenommen, obwohl sie es im Krankenhaus vor Karl hatte verbergen wollen? Diese Zeilen bedeuteten mehr für sie, als sie sich eingestand, sie markierten den tiefsten und geheimsten Punkt ihrer Seele, sie waren der Beweis ihrer Hoffnung, dass die Liebe in ihr groß, ja überbordend war und Wirklichkeit werden sollte. Doch das konnte sie Karl unmöglich anvertrauen. Sie hatte ihm fast alles davon entrissen, aus dem Rest würde er kaum die Wahrheit ablesen können. Julie entzündete eine Kerze und hielt das Papier darüber. Eilig fraß die Flamme daran, rasch wurde das Papier braun, dann schwarz, es kräuselte sich und schwebte als schwarzes Stück Dreck zu Boden. Obwohl sie barfuß war, trat Julie mit dem Fuß darauf und löschte die Glut. Die Worte, die ihr so viel bedeuteten, waren vernichtet.

30

»Die Friedenskonferenz ist eine Katastrophe für uns«, sagte der Chefredakteur. »Ohne Deutschlands Meinung zu hören, soll in Paris über Deutschlands Schicksal entschieden werden. Man hat nicht nur Deutschland ausgeschlossen, sondern auch Österreich und natürlich Russland.«

Karl schaute in die Runde. Endlich war er wieder unter seinesgleichen, endlich durfte er wieder einmal den Tag, die Verhältnisse in Bayern und die politische Großwetterlage diskutieren. Wie sehr ihm das gefehlt hatte! Er war auf der Redaktionssitzung nach seiner Meinung zu Frankreich gefragt worden, hatte über die französische Haltung nach Eisners Ermordung berichtet, über die Situation der Zivilbevölkerung und die Stimmung in Marseille. Nach zwei Monaten saß er zum ersten Mal wieder unter Kollegen, einige von ihnen kannte er gar nicht mehr. Umso befreiender war es, dass der neue Chefredakteur ihm einen Posten angeboten hatte für die Zeit, wenn Karl endgültig aus Frankreich zurückkehren würde – mit oder ohne Nina. Er schaute auf die Uhr. Seine Reisetasche stand neben dem Stuhl, in einer knappen Stunde ging sein Zug.

»Was unternimmt der Landtag zu Eisners Gedenken?«, fragte Karl in die Runde.

»Es gibt keinen Landtag.« Auf Karls verblüfftes Schweigen erklärte der Chefredakteur: »Nach dem Attentat ist im Parlament das Chaos ausgebrochen, Soldaten und Zivilisten schossen auf die Abgeordneten wie auf Hasen. Jetzt traut sich keiner mehr, das Landtagsgebäude zu betreten.«

»Aber wie wird dann regiert?«

»Die Parteiführer treffen sich zu Besprechungen in ihren Privatwohnungen. Wir müssen damit leben, dass die bayerische Revolution zu einer Militärrevolte verkommen ist. Zwielichtige Agitatoren stellen sich an die Spitze von militärischen Splittergruppen. Diese Männer haben zur Arbeiterschaft keinerlei Beziehung.«

»Und die Gewerkschaften?«

»Drohen jeglichen Einfluss auf die Ereignisse zu verlieren.«

Der innenpolitische Redakteur meldete sich zu Wort. »Wie ist denn nun unsere Haltung zu Neuraths Idee einer bayerischen Planwirtschaft?«

»Wer ist Neurath?«, fragte Karl.

»Der Mann ist vor kurzem mit einem Racheschwert aus Wirtschaftsreformen im Angesicht unserer Regierung aufgetaucht und will bei uns die Planwirtschaft nach sowjetischem Vorbild einführen«, antwortete der Chefredakteur.

»Sollen sich die *Münchner Neuesten Nachrichten* etwa dafür starkmachen? Bei den Sowjets herrschen Chaos, Gewalt und Hungersnot«, beharrte der Redakteur.

»Was meinen Sie dazu, Kupfer?«

»Ich bin erst zu kurz wieder in München …« Karl lächelte unsicher, dann fasste er sich ein Herz. »Unsere Wirtschaft liegt am Boden. Nur mit Hilfe umfangreicher Planung können wir die Kriegsfolgen überwinden. Ehrlich gestanden, finde ich es bedauerlich, dass nicht das deutsche Volk sich zum Vorkämpfer dieser Idee gemacht hat, sondern das russische.«

An dem Besprechungstisch wurde es still. Karl räusperte

sich, eine Situation wie diese hatte er nicht vorausgesehen. »Was ich meine: Gegenüber den sowjetischen Machthabern wirken unsere Volksvertreter kümmerlich. Ohne Wagemut und ohne jede Vision wursteln sie von einem Tag zum nächsten weiter.«

Unruhe entstand, seine Worte wurden heftig diskutiert. Karl nützte den Moment und zog seinen Mantel an.

»Müssen Sie schon los?«, fragte der Chefredakteur.

»Wenn ich den Zug nicht verpassen will.« Karl nahm seine Tasche.

»Grüßen Sie Ihre Frau von mir. Sagen Sie ihr, wir freuen uns, ihren Mann bald wieder an Bord zu haben.«

Karl verabschiedete sich in die Runde. »Auf Wiedersehen, hoffentlich bis bald, Kollegen.«

Einige standen auf und klopften ihm auf die Schulter, der Chef brachte ihn zur Tür. Karl hatte den Konferenzraum fast verlassen, als ein Lokalredakteur ihm nachrief:

»Haben Sie von der Verhaftung Gustav Kanters gehört?«

»Der Kopf der Thule-Gesellschaft wurde verhaftet?« Karl wandte sich um. »Konnte ihm eine Verbindung zum Attentat nachgewiesen werden?«

»Das wird der Prozess ergeben«, antwortete der Lokalredakteur. »Allerdings hat Kanter seine Seilschaften überall, sogar bei der Justiz. Der Staatsanwalt macht kein Geheimnis daraus, dass er mit den Rechten sympathisiert. Das Ganze ist weniger ein juristischer als ein politischer Konflikt.«

»Von dem ich gern noch hören würde«, sagte Karl, »aber mein Zug …«

»Lesen Sie die *Münchner Neuesten Nachrichten*«, rief der Redakteur. »Da steht alles drin!«

Im allgemeinen Gelächter verließ Karl den Konferenzraum.

Julie rannte mit offenem Mantel. Die Straßenbahn war ihr davongefahren, sie hatte den ganzen Weg zu Fuß zurücklegen müssen. Ihr war heiß, die Bluse fühlte sich nassgeschwitzt an, ihre Mütze hielt sie in der Hand.

Der Hauptbahnhof erzählte immer noch vom Krieg. Geordnet marschierten Truppen vor dem rußgeschwärzten Gebäude auf. In der Eingangshalle formierte sich ein Demobilisierungs-Bataillon, das aufgelöst werden sollte. Bald würden diese Männer wieder Bäcker, Schweißer, Künstler sein. Julie durchquerte die Halle. Zu beiden Seiten schwangen sich die Treppen empor, Messinglaternen warfen ihr warmes Licht, tropfenförmige Lüster hingen in schwindelnder Höhe. Den Menschen darunter war vom Glanz der feudalen Zeit nichts anzumerken. Julie sah Landarbeiter in kurzen Jacken, Männer in zerschlissenen Militärmänteln, Männer mit roten Armbinden und Spartakisten-Abzeichen auf den Mützen. In all dem Grau und Rot wirkte eine Familie in bayerischer Gebirgstracht wie verloren.

Mitten im Gedränge arbeitete sich Julie zu den Bahnsteigen voran. Vor ihr wurden Bahren aus einem Zug geladen und auf dem Bahnsteig abgestellt, Ordensschwestern kreuzten ihren Weg. Immer noch kehrten Verwundete aus den Kriegsgebieten zurück. Die Schmerzenslaute der Männer gingen im Zischen und Stampfen der Züge unter. Särge erreichten den Hauptbahnhof nicht, verborgen von der Öffentlichkeit wurden sie zu einem Nebenbahnhof umgeleitet.

Es ist vorbei. Das waren Worte, die man in einem verzweifelten Moment schnell dahinsagte. Julie nahm davon nichts zurück, doch musste sie sich nicht wenigstens von ihm verabschieden? Beim letzten Mal, nachts im Hotel, hatte sie ihn nicht einmal geküsst. Zwischen zwei Operationen hatte Julie Karls kurzen Brief gelesen, er fahre zu seiner Frau, schrieb er. Moritz hätte mitkommen wollen, der Junge habe gebettelt und getrotzt, fast hätte sich Karl erweichen lassen, doch die Großeltern hätten ein Machtwort gesprochen: Ein Fünfjähriger in einer fremden Stadt, in der die Spanische Grippe wüte, das komme nicht in Frage. Am Schluss des Briefes hatte Karl den Zeitpunkt seiner Abreise notiert. Keine Aufforderung, Julie möge kommen, und doch lag Sehnsucht in dieser Zeile.

»Hier können Sie nicht weiter.«

Der Durchgang zu den Gleisen wurde von Soldaten bewacht, ein Gefreiter führte sie an.

»Ich muss zu Gleis siebzehn«, antwortete Julie außer Atem.

Der Gefreite war ein schmächtiger Krieger mit wasserblauen Augen und seitlich gestutztem Schnäuzer. »Tut mir leid.« Seine Stimme hatte etwas Schnarrendes.

Julie fuhr sich über die nasse Stirn. »Mein Mann fährt gleich ab«, log sie. »Ich möchte mich nur von ihm verabschieden.«

Mit einer Geste hielt der Gefreite sie auf. »Ein Gefangenentransport vom Lager Puchheim kommt hier durch. Gleich wird dort eine ganze Horde Russen durchmarschieren, verstehen Sie?«

Julie warf einen Blick hinter die Absperrung, ob sie Karl vielleicht irgendwo erkennen konnte. »Mein Mann fährt nach Marseille«, entgegnete sie mit wachsender Unruhe. »Ich muss ihn unbedingt noch einmal sehen.«

»Ist er Diplomat?« Unter der Uniformmütze des Gefreiten glänzte ölig dunkles Haar.

»Nein.«

»Was will er dann bei den Franzosen?«

Julies Blick fiel auf die Bahnhofsuhr. »Das kann ich Ihnen

alles hinterher erklären.« Mit flehenden Augen schaute sie ihn an. »Bitte, lassen Sie mich durch.«

»Wird nicht gestattet. Weitergehen.« Trotz des Befehlstons klangen seine Worte bescheiden, als ob es ihm Leid täte, es ihr abzuschlagen.

Im Hintergrund bemerkte Julie eine Kolonne von Männern in fremden Uniformen. Die Russen marschierten ohne Tritt.

Ein Soldat trat hinter den Gefreiten. »Sie kommen.«

Julie ließ die beiden stehen, rannte zum nächsten Ausgang, doch überall hatte man Posten und Gitter aufgestellt. Sie hastete an den gusseisernen Säulen vorbei, die das Dach trugen, und hielt plötzlich an. Diese Säulen standen nicht allzu dicht, ein Kind hätte da durchschlüpfen können, vielleicht auch eine schlanke Frau. Julie wagte es. Sie quetschte ihr Becken, dann den Oberkörper hindurch, dabei verlor sie fast einen Schuh. Noch eine kurze Anstrengung, und sie stand innerhalb der Absperrung. Der Gefreite hatte nichts davon bemerkt. Dicht an der Säulenreihe setzte Julie ihren Weg zum Bahnsteig fort.

Mit einem Mal war sie umringt von Fremden. Die Männer trugen weiche Kappen, braune Röcke, ein Offizier mit Pelzbesatz am Kragen starrte die Unbekannte an. Müde Gesichter, verhärmte Gesichter, manche Brille hatte einen Sprung. Sie sprachen Russisch, einer lachte, er hatte keinen einzigen Zahn im Mund. Einer musste blind sein, er hielt sich an der Schulter des Vordermannes fest. Das Schuhwerk der Gefangenen war durchgelaufen, das Leder hing in Fetzen um ihre Füße. Stolz trug einer den Stern Israels an der Brust, auch Asiaten waren dabei. Lange graue Bärte sah Julie, die Männer schlurften weiter, diese Männer wollten nirgendwohin, gewiss nicht ins nächste Lager. Im ersten Moment hatte Julie Angst vor ihnen gehabt, nun aber spürte sie, hier war nichts zu fürchten, hier herrschte nur Müdigkeit, bleierne Öde und ein wenig Neugier, weil eine Frau unter ihnen aufgetaucht war.

»He, Sie!«

Ein Soldat vom Begleitzug hatte Julie entdeckt, doch bevor er sie erreichte, war sie auf den nächsten Bahnsteig ausgewichen. Wo stand der Zug? Trat Karl vielleicht gerade ans Fenster, erwartete er, dass sie kam? Nur ein Blick von ihm, dachte Julie rennend, ein Händedruck, vielleicht eine Umarmung, nur das noch, und dann Lebewohl auf immer.

Dort fuhr ein Zug stampfend aus dem Bahnhof hinaus. Nicht seiner, betete sie, nicht seiner! Rennend erreichte Julie das Gleis Nummer 17, *Basel* stand auf den Schildern, der Zug stieß Dampf aus, gleich würde er losfahren. Julie rannte mit vorgebeugtem Oberkörper, als ob sie dem Ziel dadurch schneller näher kommen würde. Nur noch ein kleines Stück! Mehr Luft, mehr Kraft, dachte sie und merkte, wie ihre Füße sich verwirrten und auf den Steinplatten durcheinandergerieten. Was war denn mit ihr los? Das bisschen Rennen konnte ihr doch nichts anhaben. Sie wollte schreien, sich die Schwäche aus dem Leib herausschreien, ihr Körper hatte nicht zu bestimmen, wann und wo er schwach wurde. Julie fasste sich an den Hals, als ob sie dort etwas wegreißen wollte, und hob den Blick: Die Lok stand an hinterster Stelle, die Waggons davor waren erleuchtet. Sie brauchte nur an diesen Fenstern entlangzulaufen, um Karl zu sehen. Sie musste ihn sehen, sie war sicher, dass er nach ihr Ausschau hielt, so und nicht anders, dachte Julie, so und nicht anders, kommandierte sie sich selbst.

Der Stich in ihrem Leib saß in der Brust, der Stich befahl dem Schmerz, und der Schmerz unterwarf sich Julie.

Sie krümmte sich: Wollte sie nicht kollabieren, musste sie stehen bleiben. Sie stützte die Hände auf ihre Knie, rasselnd ging der Atem, die Knie sanken zur Seite. Julies Hände fassten ins Leere, sie landete auf dem Pflaster, vor ihren Augen verschwammen die Platten. Julie wollte weiterkriechen, als ein Dampfstrahl der Lok knapp an ihrem Gesicht vorbeischoss. Neben ihr begann es zu stoßen und zu knurren, es ruckte und setzte sich in Bewegung.

Im Inneren des Zuges schaute ein Mann aus dem Fenster. Er sah den Dampf, aber nicht die kraftlose Frau, die davon verschluckt wurde, er spürte den Ruck, als der Zug anfuhr, und hielt sich fest. Ein letztes Mal blickte er auf den Bahnsteig, wo keiner mehr war, wo niemand kam. Besser so, dachte Karl, so ist es leichter und unkomplizierter; was hätte man schon gesagt oder getan, gewiss nichts Vernünftiges.

Karl ließ sich in die Kissen fallen und wich dem Blick der Dame aus, mit der er das Coupé teilte. Die Bewegung wurde schneller. Wenn der Zug erst einmal ins Freie kam, würde es leichter werden, man war dann unterwegs. Karl stieß den Atem aus und presste die Zähne aufeinander. Er glaubte, nie wieder Luft holen zu können.

Dritter Teil

31

Langsam kehrte die Dunkelheit in dem Gebäude ein, kaum ein Fenster, das noch erleuchtet war. Hier begab man sich früh zur Ruhe, während unten am Hafen das Leben gerade erst erwachte. Seit einer Stunde saß Karl auf der Betonschwelle vor dem Krankenhaus, er spürte die Brise, den warmen Atem, den das Meer verströmte. Er spürte das Salz in der Luft, fühlte das andere Leben, das hier herrschte, die größere Beschaulichkeit, zugleich die Schärfe, die das ununterbrochene Anbranden der See für diesen Ort bedeutete. Die Konturen der Klinik waren mit der Dämmerung weicher geworden, nur die Giebel und Schornsteine zeichneten sich scharf vor dem dunkelblauen Himmel ab.

Er war gekommen, um die Wahrheit zu sagen, doch er fürchtete, weder die Kraft dafür zu haben noch die Geschmeidigkeit, Nina weiter zu belügen. Er fürchtete, gleich in ihr Zimmer zu treten und die Erleichterung in ihrem Gesicht zu sehen, weil er zurückgekehrt war. Er liebte Nina immer noch, zugleich durfte er seine wahre Liebe nicht länger vor ihr verheimlichen. Julie taugte nicht zur Geliebten, und Karl würde ihr diese Art von Verhältnis nicht zumuten. Ohne dass sie das Geringste von ihm verlangt hatte, war ihm klar geworden, dass der nächste Schritt für ihn *Alles oder Nichts* bedeutete.

Während der endlosen Zugfahrt hatte er sich vorgenommen, klar zu bekennen, wie ihm ums Herz war. Dann hatte es wieder Stunden gegeben, in denen er überzeugt gewesen war, dass seine Kraft darin liegen sollte, seine Frau zu beschwören, mit ihm nach Hause zurückzukehren. Sie durfte nicht an diesem Ort der Träume weiterleben, wo eine reale Existenz für sie unmöglich war. Als der Zug in Marseille einrollte, war Karl sicher gewesen, dass er es genau so machen würde: Nina musste mit nach München, ob sie wollte oder nicht. Doch als er wenig später vor dem Spital angelangt war, erschien Karl ein Leben ohne Julie so sinnlos, dass sein Wunsch, reinen Tisch zu machen, wieder stark wurde. Deshalb saß er auf der unbequemen Schwelle, deshalb traute er sich nicht hinein. Karl legte die Hand auf seine Reisetasche und überlegte, ob er nicht lieber erst eine Nacht verstreichen lassen, in seine Mansarde fahren und morgen mit ausgeruhtem Kopf zurückkommen sollte. Feigling, dachte er, geh jetzt hinein und bekenne, was zu bekennen ist. Seufzend stand er auf, warf einen letzten Blick aufs Meer und lief mit bangem Herzen die Stufen zum Portal hinauf.

»Madame Kupfer ist nicht mehr hier, Monsieur«, sagte die Oberschwester.

»Meine Frau ist Patientin von Professor Lemieuvre«, erwiderte Karl zuversichtlich. »Bitte sehen Sie noch einmal nach.«

Die Schwester schlug eine Seite in ihrem Registerbuch auf. »Das stimmt, aber der Professor hat Madame Kupfers Entlassung abgezeichnet. Sehen Sie, hier.«

Mit schräg gelegtem Kopf betrachtete er das Namenskürzel. »Das ist unmöglich.« Er zeigte den Korridor hinunter. »Dort hinten ist doch ihr Zimmer, dort habe ich Nina täglich besucht.«

»Vorige Woche vielleicht. Seit vorgestern ist das Zimmer mit einer anderen Patientin belegt.«

Er musterte die Frau in der blauen Uniform. »Warum wurde meine Frau entlassen?«

»Wegen der grippe espagnole.«

»Die Spanische Grippe?«, fragte er erschrocken. »Hat Nina sich etwa infiziert?«

»Nein.« Die Schwester schüttelte beruhigend den Kopf. »Das wollte Professor Lemieuvre ja gerade vermeiden. Madame Kupfer ist noch sehr fragil, der Professor wollte ihre Abwehrkräfte nicht unnötig auf die Probe stellen. Denn auch wenn wir die Quarantänevorschriften streng einhalten, sind sie kein hundertprozentiger Schutz gegen die Infektion.«

»Und wohin ist sie gefahren?«, fragte Karl lauter, als ihm bewusst war.

»Ich dachte, das wüssten Sie, Monsieur.«

»Ich komme gerade erst vom Zug«, gab er schroff zurück und spürte im selben Augenblick, dass es unangebracht war, die Schwester anzuschreien. »Bitte sagen Sie mir, wo sich meine Frau befindet.«

»Am Cap d'Antibes.«

»In Antibes? Was will sie dort?«

Mit einem Mal überzog das Gesicht der Frau ein Ausdruck, den Karl nicht so bald vergessen würde. Mitleid spiegelte sich darin und das Bedauern, dass sich die ewig gleiche Geschichte wohl immer wieder abspielen würde. Nach einer Pause antwortete sie: »Wir haben Monsieur Dumarchellier mit allem Nötigen vertraut gemacht.«

Der Name barg nichts Überraschendes, aber er traf Karl gleichwohl wie ein Hieb in den Magen. »Dumarchellier?«, fragte er, so ruhig er konnte.

»Der Professor hat Monsieur Dumarchellier persönlich das gekühlte Präparat und die Spritzen mitgegeben. Außerdem wird Madame Kupfer einmal pro Woche zur Kontrolle zu uns kommen. So wurde es vereinbart.«

Karl nickte und versuchte, sich zu benehmen, als ob sich diese Regelung von selbst verstünde. Doch er verstand gar nichts. Ohne jeden Sinn knöpfte er seinen Mantel zu, von unten nach oben. Dumarchellier hatte es sich nicht nehmen lassen, sich zu Ninas Schutzengel aufzuschwingen. Karl stellte sich vor, wie sie am Arm des Malers durch diesen Korridor gelaufen war und das Krankenhaus verlassen hatte. Warum hat sie mir nicht geschrieben, überlegte er, weshalb entschied sie sich zu diesem Schritt, während ich fort war? Hätte sie nicht auf mich warten können? Ich habe ihr nicht gesagt, wann ich zurückkehren würde, Hals über Kopf bin ich zu Moritz aufgebrochen, nein, nicht nur zu Moritz: Ich fuhr zu Julie.

»Monsieur?« Die Oberschwester sah ihn an.

»Es hat alles seine Ordnung«, log Karl. »Ich war nur überrascht, dass es so rasch vonstatten ging.«

»Rasch?«

»Dass Nina so schnell geheilt würde, meine ich.«

»Sie ist nicht geheilt, Monsieur«, erwiderte die Oberschwester. »Dank des Insulins konnte der Zustand Ihrer Frau aber immerhin stabilisiert werden. Sie braucht das Medikament regelmäßig.«

»Das weiß ich natürlich. Ich bin nur noch etwas müde von der langen Reise.«

»Durchaus begreiflich, Monsieur.« Lächelnd schlug sie das Register zu. In diesem Augenblick war Karl davon überzeugt, dass diese Frau tatsächlich die Zusammenhänge begriff. Er dagegen musste sich mit dieser Erkenntnis erst vertraut machen. Trotz aller Zweifel, die er an seine Ehe hatte, war ihm, als ob er aus einem Traum gerissen würde. Beim Hinausgehen hielt sich Karl am Treppengeländer fest.

Ein warmer Abend in Marseille, mit den steigenden Temperaturen war auch der Fäulnisgeruch stärker geworden, über allem lag eine Wolke aus Desinfektionsmittel. Obwohl Karls Tasche schwer war – er hatte Bücher von daheim mitgenommen –, legte er den Weg zu seinem Quartier zu Fuß zurück. Das Meer, die Schiffe, die Vergnügungsmeile, alles war wie immer. Alles war wie ausgewechselt.

32

Julie hatte ihre Eltern seit Wochen nicht gesehen. Darum war sie Oskars Angebot gefolgt und mit ihm aufs Land gefahren. Innerhalb weniger Tage hatte sich die Landschaft mit einem hellgrünen Flaum überzogen, endlich war der Frühling keine Hoffnung mehr. Alles belebte sich, alles erwachte und erblühte, die Sonntagsglocken läuteten.

»Kupfer hat dich also zu sich nach Hause mitgenommen?« Oskar legte den Arm über die Lehne der Bank, als ob er Julie umarmen würde.

»Was? Nein. Da hast du mich falsch verstanden.«

»Du sagtest, du hättest seinen Jungen gesehen.«

»Aus der Ferne. Nur aus der Ferne.« Von der Hügelkuppe betrachtete Julie den elterlichen Hof, dessen altes Dach unter der winterlichen Schneelast gelitten hatte.

»Das verstehe ich nicht.« Oskar erlaubte einem Marienkäfer, auf seinen Ärmel zu krabbeln.

Warum habe ich nicht meinen Mund gehalten, dachte Julie, weshalb musste ich reden, obwohl es nichts zu erzählen gab? Sie hatte ihr Herz erleichtert, damit es sich nicht mehr so bleiern in ihrer Brust anfühlte. Seltsamerweise schien Oskar daran gelegen zu sein, mehr zu erfahren über eine Begegnung, einen verrückten Tag und einen Traum, der alles in Julie umgestülpt hatte. Sie musste an den Zug denken, mit dem Karl aus ihrem Leben davongefahren war. Wie elend sie dort auf dem Bahnsteig gekauert war, nachdem die Schlusslichter längst außer Sicht gewesen waren. Ein Soldat hatte sie gefragt, ob er ihr helfen könnte, an seiner Seite war Julie zum Ausgang zurückgekehrt, wo der Gefreite mit dem Oberlippenbärtchen sie misstrauisch gemustert hatte.

»Ich bin Karl heimlich gefolgt«, bekannte sie. »Ich wollte seinen Sohn sehen.«

»Hätte er dich seiner Familie nicht einfach vorstellen können?«

Sie lachte stoßartig. »Als was? Als seine Geliebte?«

Wie eh und je saßen sie zusammen auf ihrer Lieblingsbank unter der Eberesche und schauten den Hügel hinunter. Oskar nahm die Mütze ab und kratzte sich am Kopf. Zu allen Jahreszeiten waren sie gemeinsam hier gesessen, hatten im Winter dem eisigen Wind getrotzt und im Sommer die nackten Füße vor den Ameisen geschützt.

»Was ist mit dir?«, fragte er, ohne den Blick von Julies Elternhaus zu wenden.

»Nichts.«

»Weshalb weinst du dann?«

»Unsinn.« Ruckartig zog sie die Nase hoch.

»Er ist inzwischen abgereist?«

Oskar zog seine Taschenuhr und begann, sie behutsam aufzuziehen.

»Vor Tagen schon.«

»Du vermisst ihn?«

»Wir haben uns verabschiedet. Es ist zu Ende.«

»Nicht für immer.«

»Doch. Er ist jetzt wieder bei seiner Frau.«

»Du liebst ihn?« Das rhythmische Geräusch, das das Aufziehen der Uhrfeder verursachte.

»Ja, ich liebe ihn.«

»Was wirst du tun?«

»Ihn vergessen.«

Oskar klappte die Uhr zu. »Und wenn das nicht möglich ist?«

»Ach, Oskar.« Sie legte ihre Hand in seine. »Wir lassen in diesen Tagen so viel, wir lassen alles hinter uns: Glaubst du denn, ich könnte einen Mann nicht hinter mir lassen?«

Die Glocken hatten eine Zeitlang geschwiegen, nun tönten sie wieder vom Dorf herüber.

»Gleich kommen die Eltern aus der Messe. Bleibst du zum Mittagessen?«

Warm und freundschaftlich drückte er ihre Hand. »Ja, ich bleibe.«

Julie seufzte.

»Was hast du?«

»Mein Vater… Ich weiß nicht, er wird mit den Jahren immer steiniger.«

»Steiniger?« Oskar schenkte ihr einen spöttischen Blick.

»Er führt die Arbeiten auf dem Hof nur noch mechanisch aus. Er und die Mutter reden kaum das Nötigste miteinander.«

Oskar zuckte die Schultern. »Wenn man so lange verheiratet ist, scheint es mir besser, man schweigt, als die Sinnlosigkeit des Daseins totzureden.«

Eine Krähe setzte sich in die Baumkrone. Julie spürte, dass die altbekannte Traurigkeit in Oskar aufstieg. Nie redete er über seine Gefühle zu ihr, nie ermunterte sie ihn dazu. Ich sollte meine Eltern nicht für ihre mürbe Ehe bedauern, dachte sie, ich bin bedauernswerter als die beiden. Julie tat den ersten Schritt nach unten. In ihrer übergroßen Schwermut wandte sie sich zu Oskar. »Vielleicht sollten wir beide heiraten«, sagte sie mit bitterem Humor.

»Einverstanden.« Auch er stand auf. »Zuerst essen wir das Hasenragout deiner Mutter, dann kümmere ich mich um unsere gescheiterte Revolution, und wenn das erledigt ist, heiraten wir.«

Julie lachte und hakte Oskar unter. Langsam lief sie an der Seite des Hinkenden über die Wiese.

33

Karl schrieb. Satz um Satz, Seite um Seite. Die fertigen Blätter legte er zur Linken ab und nahm unbeschriebenes Papier vom oberen Tischrand. Er hatte sein Handwerkszeug aus München mitgenommen, Feder und Tinte, die Löschwiege und das karierte Arbeitsheft mit der soliden Fadenbindung. Karl schrieb über die Revolution in Deutschland, über Chancen der Räterepublik, schrieb über die Sowjetunion und die klugen Grundsätze der Bündnispolitik Lenins. Wie in Russland, schrieb er, sollten sich die Kommunisten auch in Bayern nur dann an einer Koalition beteiligen, wenn sie unter ihrer Führung stehen würde. Karls Hand schmerzte, schwer lag der Füller darin, er schrieb ohne Unterlass, die ganze Nacht hindurch. Er trank kannenweise Kaffee, das Fenster stand offen. Wenn er müde wurde, stellte er sich mit nacktem Oberkörper an die frische Luft, rauchte schwarze Zigaretten und gönnte seiner verkrampften Hand eine Pause. Wenn es hell wurde, legte er die Blätter in seine Mappe, wusch sich, zog sich an und machte sich auf den Weg zum Telegrafenamt. Vereinzelt hatten die Franzosen Akkreditierungen an ausländische Korrespondenten erteilt, Karl war einer der Glücklichen gewesen. Täglich um sieben Uhr früh hatte er einen Platz am Telegrafen für sich reserviert.

Fast eine Woche war er schon in Marseille und hatte Nina immer noch nicht aufgesucht. Er war nicht nach Antibes gefahren, nicht zu Dumarchellier; Karl hatte gearbeitet. Diese Arbeit gab seinen Tagen Kontur, die Verwirrung seiner Seele beflügelte ihn, glasklare Gedanken zu Papier zu bringen. Tagsüber stromerte er durch die Gassen. Er trank mehr Wein und Pastis, als ihm guttat, um wenigstens ein paar Stunden schlafen zu können. Er aß wenig. Stattdessen sog er Eindrücke aus der gepeinigten, lüsternen Stadt in sich auf und machte sich Notizen. Wenn es dunkel wurde, wusch er sich, kochte Kaffee und begann wieder mit der Arbeit.

Rauschhafte Stunden waren das, erfüllte Nächte. Die Frage, was aus seiner Ehe werden sollte, trat währenddessen in den Hintergrund, sogar Julie trat in den Hintergrund. Das Private war nur ein Vehikel für ein spießiges Wohlgefühl, an dem Karl im Augenblick nicht interessiert war. Die Gesellschaft und ihre Neuordnung, das waren die Gespielinnen, mit denen er sich die Nächte vertrieb. Er wollte im Großen und im Ganzen denken, den Ballast mitmenschelnder Gefühle warf er ab.

Nina war durchgebrannt. Ließ sich ihr Verhalten anders beschreiben? Sie hatte sich in die Obhut Dumarchelliers begeben. Fragte sie sich, wie lange das so weitergehen sollte? Sehnte sie sich nicht nach ihrem Sohn? Was fühlte sie für ihren Mann? Glaubte sie, im Süden die letzten Jahre einfach hinter sich lassen zu können? Glaubte sie, die unbeschwerte Zeit vor ihrer Erkrankung wieder zum Leben erwecken zu können? Auch wenn Karl keinen Beweis für ihre Untreue hatte, begriff er die neuen Verhältnisse. Er saß ja selbst im Glashaus und hatte nicht vor, mit Steinen zu werfen. Gab es so etwas wie die schleichende Auflösung eines Eheversprechens? Hatte die Abkehr von Nina bereits begonnen, lange bevor Julie aufgetaucht war? Karl nahm seiner Frau nichts übel – wie hätte er das auch gekonnt? Lediglich Zeit forderte er, Zeit, um in dem miserablen Zimmer zu sitzen und seine Arbeit zu tun. Er wollte sich dieser einen Sache widmen, die wirklich zählte: der Weichenstellung für die Zukunft seines Landes. Privates Glück oder Unglück mussten so lange warten.

Nur einmal war er aus dem Rausch seiner Tätigkeit gerissen worden, eines Nachts lange nach Mitternacht. Er hatte gefroren und sich im Sitzen seinen Mantel über die Knie gelegt. Ein Rascheln erinnerte ihn daran, dass etwas in seiner Tasche steckte. Karl hatte den Rest von Julies Brief bereits vor seiner Abreise in der Hand gehabt, ihn aber nicht zu entziffern versucht, da er nur Abschiedsworte zu lesen fürchtete; zusammengeknüllt hatte er die Schnipsel in den Mantel zurückgeschoben. In der hellwachen Finsternis jener Nacht entfaltete er die Papierreste jedoch und setzte sie auf dem Tisch zusammen. Sie bildeten die rechte untere Ecke von Julies Brief. Ihre Schrift erschien ihm gehetzt und nervös, schwierig zu entziffern. Ein bestimmter Satz prägte sich Karl ein, es musste einer der letzten sein, er lautete: *Auf dich war ich nicht vorbereitet*. Nachdem er das gelesen hatte, war er nicht mehr imstande, an die Arbeit zurückzukehren. Er hastete aus der Wohnung, lief durch die Straßen, die sich nach und nach leerten, er lief und lief und versuchte, den Sinn hinter Julies Worten zu entschlüsseln. Er schwankte, ob er ihr sofort zurückschreiben sollte, er wollte ihr Fragen stellen, Vermutungen zum Ausdruck bringen, doch nachdem Karl erschöpft wieder in der Mansarde angekommen war, legte er sich, wie er war, zum Schlafen hin. Als er kurz vor sieben erwachte, fiel sein Blick erneut auf das Fragment des Briefes und er las noch einmal: *Auf dich war ich nicht vorbereitet*. Rastlosigkeit und Trauer überfielen ihn, weil dieser Satz so viel und zugleich gar nichts bedeuten konnte. Karl beschloss, die

Wunden dieser unerfüllten Beziehung nicht noch einmal aufzureißen, löschte die Deckenlampe, sperrte die Mansarde ab und machte sich auf den Weg zum Telegrafenamt.

Wie an jedem frühen Morgen war auch heute der Gestank in Marseille erträglich. Der Wind aus Afrika trug die tödliche Pestilenz für ein paar Stunden aus der Stadt hinaus. Morgens herrschte hier die trügerische Hoffnung, dass Genesung in der Luft lag.

In dem Laster roch es nach Wein. Auf der Ladefläche fanden sich vertrocknete Reste von Maische, leere Weinfässer und gestapelte Kisten. Karl hustete.

»Trink etwas«, sagte Jean Marc.

»Ich habe mich nur verschluckt.« Den ganzen Morgen quälte ihn der lästige Husten schon. Er nahm die Wasserflasche. Hinter Fréjus fuhr der Wagen die Bergstraße hoch. Jean Marc schaute in den wolkenlosen Himmel.

»Heute wird es heiß.«

»Wie heiß?«

»Dreißig Grad.«

»Im März?«

Karl ließ das lauwarme Wasser die Kehle hinunterrinnen. Es war ihre erste Unterhaltung seit vielen Kilometern. Letzte Nacht hatten sie bis lange nach Mitternacht geredet. Karl kannte die Kneipe, wo sich die Armeepiloten trafen, und war dorthin gegangen. Das Wiedersehen mit Jean Marc war herzlich gewesen, abseits der anderen hatten sie Pastis getrunken. Karl hatte dem Freund erzählt, dass er wie ein Besessener arbeiten würde. Erst danach hatten sie über Nina gesprochen. Es war eine ganze Weile vergangen, bis er Jean Marc die Situation geschildert und den wesentlich jüngeren Mann um Rat gefragt hatte.

»Fahr zu deiner Frau«, war die Antwort des Piloten gewesen. »Wie lange willst du noch damit warten?«

Gegen zwei Uhr früh hatte Karl das Angebot angenommen, sich mit Jean Marcs Laster in die Hügel über Antibes bringen zu lassen. Als sie am nächsten Morgen aufgebrochen waren, hatte Karl sich geschämt, weil er einen Sekundanten zu Nina mitnahm, statt diesen Gang allein anzutreten.

Seit ein paar Tagen fühlte er sich nicht besonders, der viele Kaffee, die ungesunde Lebensweise waren schuld daran. Sobald er mit Nina gesprochen haben würde, wollte er sich bessern. Alles würde dann besser, hoffte er.

Sie hatten Cannes unter sich gelassen und näherten sich über Mougins dem Weiler, wo Dumarchelliers Anwesen lag. Während Karl den Frühling der Provence in sich aufzunehmen suchte, das satte Grün, die Blütenpracht, sah er zugleich ein anderes, kühleres Bild vor sich. Er sah die große schöne Frau, wie sie am Fenster ihres Krankenzimmers gestanden hatte, als Karl sie um Erlaubnis bat, nach München zu fahren. »Ich bin froh, dass ich endlich auch etwas für dich tun kann«, hatte Nina geantwortet. Er war verblüfft gewesen, wie bereitwillig sie seiner Abreise zustimmte, wie selbstlos sie ihn hatte gehen lassen. Es war nicht selbstlos, dachte er in diesem Moment, Nina hatte ihre eigenen Pläne damals längst geschmiedet.

Wie ein gehörnter Ehemann fuhr Karl über staubige Straßen zum Haus seines Nebenbuhlers. Was würde er tun, wenn sie dort ankamen? Die Zeiten, in denen man eine Situation wie diese im Duell bereinigt hatte, lagen noch nicht lange zurück. Schwarzer Gehrock und Zylinder, Vorderladerpistolen, drei Schuss auf zwanzig Schritt Entfernung, so sah das Ritual aus, doch es passte eher zu einem nebeligen Morgen im Norden als in das südfranzösische Paradies.

Schau dich um, dachte Karl: War es Nina zu verdenken, dass sie hier bleiben wollte? Warum durfte sie nicht frei wählen, wo sie lebte? Karl stemmte die Fäuste auf die Knie. Weil sie einen Sohn hatten, weil Moritz seine Mutter brauchte und allmählich nicht mehr wusste, wo er hingehörte. Karl hob den Kopf. Sie hatten beide Unrecht getan, sie trugen beide Schuld. Jetzt fuhr er zu Nina, um ihr das klarzumachen.

»Du bist so still.«

»Ich denke nach.«

»Worauf du dich auch einstellst, es kommt doch anders«, sagte der Franzose.

Auf dieser Straße war gerade erst jemand gefahren, eine Staubwolke lag noch in der Luft. Karl verengte die Augen, der Hustenreiz kam wieder. Er versuchte, das dunkle Prickeln, das aus der Tiefe aufstieg und sich entladen wollte, wegzuräuspern. Er hielt die Hand vor den Mund und hustete. Er stützte sich auf das Armaturenbrett und rang nach Luft. Er hustete bellend, es hörte gar nicht mehr auf. Karl brüllte vor Husten, halb besinnungslos spürte er, wie der Wagen langsamer wurde, wie Jean Marc ausscherte und hielt.

»Was machst du?«, ächzte Karl.

»Das ist ernst«, sagte Jean Marc.

Rot wurde es Karl vor den Augen, die Armaturen kamen näher, das Firmenzeichen des Berliet.

»Das ist sehr ernst, mein Freund.« Die Stimme des Franzosen, wie sie sich mehr und mehr entfernte.

34

War das die lange Tafel im Hause Dumarchelliers? Eine Gardine wehte, die Zikaden sangen in den Bäumen, dort saß der Franzose im blütenweißen Hemd und schälte eine Orange. Sommerschwüle lag im Salon. Nina ging durch den Raum, sie trug das lange, weit ausschwingende Sommerkleid. Zum letzten Mal hatte sie dieses Kleid angehabt, als Karl ihr mit dem Sonnenschirm am Strand nachgelaufen war. Nina hatte versucht, dem Schatten auszuweichen – wie unvernünftig, dachte Karl, da sich ihre Haut doch beim geringsten Sonnenstrahl rötete.

Neben Dumarchellier blieb Nina stehen. Er teilte die Orange, der Saft lief ihm übers Handgelenk, er schob Nina ein Stück in den Mund.

»Wie schade, dass Moritz nicht hier sein kann.« Karl suchte Ninas Blick. »Es wäre schön, wenn er miterleben könnte, wie wir drei beisammensitzen. Es ist der Beweis dafür, dass zivilisierte Menschen für alles eine zivilisierte Lösung finden.«

»Was sagst du, Karl?«

»Eine zivilisierte Lösung.«

»Du musst lauter sprechen.« Nina beugte sich über ihn.

Karl erschrak. Wo war das grüne Kleid geblieben, wie hatte sie es in so kurzer Zeit ausziehen und in einen weißen Kittel schlüpfen können? Sie trug eine Maske vor dem Gesicht. Wo war die Gardine, der Esstisch, wo war Dumarchellier mit seiner Orange geblieben?

»Eine Lösung wofür?«, fragte Nina.

Karl wollte sich aufrichten, aber sein Körper versagte ihm jeglichen Dienst. Über sich entdeckte er eine weiß getünchte Kappendecke. »Wo bin ich?«, flüsterte er. »Wo ist Dumarchellier?«

»Er ist nicht mitgekommen.«

»Warum nicht? Geht ihn die Sache nicht genauso an wie dich und mich?«

»Er möchte sich nicht anstecken«, erwiderte Nina.

»Womit?« Karl staunte, wie sehr ihn das Sprechen anstrengte.

»Die Grippe.«

»Weshalb sollte er sich in den Weinbergen mit der Grippe anstecken?«

»Wir sind nicht in den Bergen, Karl. Wir sind in der Krankenstation.«

»Geht es dir wieder schlechter?«, fragte er besorgt.

»Mir?« Überrascht sah sie ihn an.

»Was sagt Professor Lemieuvre zu deinem Zustand?«

»Wir sind nicht in Lemieuvres Klinik«, antwortete Nina geduldig. »Das hier ist die Quarantänestation. Du bist es, der krank ist, Karl. Dein Freund hat dich eingeliefert.«

»Jean Marc? Er hat mich hergefahren. Wir wollten euch besuchen.«

»Das habt ihr auch getan. Vor drei Tagen.«

»Drei Tage?« Unwillig schüttelte Karl den Kopf. »Gerade habe ich gesehen, wie Dumarchellier eine Orange schälte.«

»Du hast hohes Fieber.«

Erstaunt musterte Karl die weiß gestrichenen Metallträger an der Decke, man hatte die Ziegel säuberlich dazwischen eingehängt. »Hier sieht es nicht aus wie in einem Krankenhaus.«

»Dieser Saal war früher eine Lagerhalle.«

»Ist das nicht gefährlich für dich, hierherzukommen?«

Ninas Augen wurden ernst. »Ich musste doch herkommen, wenn es dir so schlecht geht.«

»Nina, wir müssen über Moritz sprechen.«

»Ja, das müssen wir.« Als sie über sein schweißnasses Haar strich, merkte er, dass sie Handschuhe trug. »Aber nicht jetzt, Karl. Wenn es dir besser geht. Ich komme bald wieder. Ruh dich aus.« Sie stand auf und verließ ihn, Nina ging weg.

Es fühlte sich wie ein Lachen an, doch es entpuppte sich als der verfluchte Hustenreiz. Manchmal verging er wieder, wenn Karl sich auf die Seite legte, aber niemand war da, ihm zu helfen, und aus eigener Kraft konnte er es nicht. Der Arzt hatte ihm Pastillen gegeben, die er im akuten Fall nehmen sollte. Der Arzt war Chinese und sprach ein unmögliches Französisch. Wie hatte es einen chinesischen Doktor ans Mittelmeer verschlagen? Karl kämpfte gegen den Hustenreiz an, er presste die Lippen aufeinander: Hier kommst du nicht durch, sagte er zum Husten, ich lasse dich nicht ausbrechen. Während er würgte, während er schon viel zu lange die Luft anhielt, wollte seine Hand zum Nachttisch tasten. Wie Insekten krabbelten die Finger über die Decke bis zur Bettkante, er war zu schwach, den Arm zu heben. Der Nachttisch erwies sich als unüberwindliches Gebirge, das Karl nicht erklimmen konnte. Gleich würde der Husten siegen, gleich würde die Kanone voll Schmerz aus ihm herausfeuern, und Karl musste sich geschlagen geben. Doch wenn die Kanone schon schießen sollte, wollte er den Schuss nutzen. Er spannte die Hand am Bettrand an und ließ den Husten frei. Brennend fuhr er aus ihm heraus. Die Gewalt aus seinen Lungen ließ Karl emporschnellen, der Oberkörper hob sich und mit ihm der Arm. Die Hand landete auf dem Nachttisch, die Finger ertasteten das Pillendöschen und krallten sich darum. Mitsamt der Medizin sank die Hand zurück und landete auf Karls Brust. Mit fliegenden Fingern öffnete er die Schachtel, nahm eine Pastille heraus, zwei rollten daneben, schwarze Kugeln auf weißem Tuch. Der Husten wollte nicht besänftigt werden, heiser brüllte er die Pastille an, beinahe wäre sie Karl aus den Fingern gefallen. Er stopfte dem Husten die Arznei ins Maul. Karl ließ die Pastille im Mund herumgehen, lutschte und fühlte, wie wohltuender Speichel entstand. Nach einer Weile wurde das Tier in Karls Brust verträglicher. Behende glitt die Kugel hin und her und war überall dort, wo der Husten zubeißen wollte. Karl lutschte, er atmete gleichmäßig, und schließlich schlief der Husten ein.

Wie körperlich sich die Zeit anfühlte, wenn man mit ihr allein war. Karl hielt die Zeit in seinen Armen, er hatte ja nichts als sie. Sein Körper war nicht zu gebrauchen, seine Gefühle begriff er nicht so recht, seine Gedanken waren schwer zu fassen. Er fühlte – was? – Liebe? Liebe für seinen Sohn, diese Liebe war immer da, sie war die einzige Gewissheit. Er fühlte Zweifel gegenüber Nina. Sie hatte versprochen, wiederzukommen. Wahrscheinlich war sie darauf in die Berge gefahren und hatte dem Maler berichtet, wie es Karl gehe. Liebe und Zweifel und Hoffnung waren Karls Gefühle, Hoffnung, die sich um Julie rankte. Er konnte sich nicht gegen die Hoffnung wehren, dass sie nicht ganz aus seinem Leben verschwunden war.

Tagsüber gab sich die Zeit durch ihre Schatten zu erkennen. Morgens legte sich der Schatten des Wasserkruges an die getünchte Wand, zu Mittag verlor der Krug jeglichen Schatten. Vor Sonnenuntergang schlich er sich wieder herein, dann hatte der Krug eine schwarze Schleppe, die vom Waschtisch über den Boden reichte.

Wenn es dunkel wurde, verwandelte sich die Zeit in eine Frau. Sie summte ein Schlaflied für Karl, aber der Schlaf wollte sich nicht so leicht einstellen. In Karls Kopf saß ein Gestrüpp aus Schmerzen, seine Glieder fühlten sich an, als seien sie aus den Scharnieren gerissen worden, der Husten lauerte besonders bei Nacht. Karl hielt stets drei Pastillen in seiner Hand umklammert, sie sollten den kläffenden Hund in seiner Kehle in Schach halten. Kam der Morgen, dämmerte Karl in den Armen dieser Frau hinüber, dorthin, wo ihn ein Traum den Armen der Zeit entriss. Nur im Traum besiegen wir die Zeit, im Traum sind die Gefühle groß, manchmal beängstigend, aber immer groß.

35

Nina trug den weißen Kittel, Handschuhe und einen Mundschutz. »Es geht dir besser, scheint mir.« Sie war die selbstbewusste Nina, die Karl bewunderte, zugleich die kühle Nina, die ihm Unbehagen bereitete. »Wie war München?«, fragte sie, wie man von etwas redete, um von etwas anderem nicht reden zu müssen.

»Ich bin mit Moritz im Wald gewesen, das war schön«, antwortete er. » Auf dem Land vergisst man fast, dass ganz Bayern im Umbruch steht.«

»Habt ihr auch über mich gesprochen?«, fragte sie nach einer Pause.

»Oft sogar«, antwortete Karl, erfreut, weil Nina die Sehnsucht ihres Jungen etwas zu bedeuten schien. »Ich habe ihm erzählt, dass es dir viel besser geht. Er fragt, wann du zurückkommst.«

»Wann ich zurückkomme?« Ein rascher Blick von ihr, Karl erschrak vor Ninas Augen. »Das hängt davon ab … wie wir uns einigen.«

»Einigen, worauf?« Warum spielte er den Arglosen? War er nicht vor allem deshalb zu Dumarchellier in die Berge gefahren, um eine Einigung zu erzielen? Karl schob das Kissen in den Rücken.

Nina schien der Mundschutz zu stören. Sie zog daran, ohne ihn aber abzunehmen. »Ich bin Dumarchelliers Geliebte.«

So einfach kann man das sagen, dachte er. Nur wenige Menschen würden es über sich bringen, einen Satz wie diesen so schlicht auszusprechen.

»Ich bin mehr als das«, fuhr sie fort. »Ich bin Dumarchelliers Frau.«

»Du bist meine Frau«, entgegnete er reflexhaft.

Ruhig senkte sie ihre Augen in seine. »Dumarchellier war der erste Mann, der mich geliebt hat. Damals war ich seine Schülerin, später seine heimliche Geliebte. Schließlich lebten wir in seinem Haus wie Mann und Frau zusammen. Alle wussten es, die Schüler, das Personal, das ganze Dorf. Ich war neunzehn, er über vierzig. Es war die schönste Zeit meines Lebens.«

Als ob er geohrfeigt worden wäre, legte Karl seine Hand an die Wange. »Und wieso hast du ihn schließlich wieder verlassen?«

»Das habe ich nicht. Er hat mich hinausgeworfen.«

»Warum?«

»Weil er mich nicht mehr wollte.«

»Er … dich?« Karl versuchte sich klarzumachen, dass er gerade nicht irgendeine Dreigroschengeschichte hörte, sondern die Beichte seiner Frau.

»Ich war ihm langweilig geworden.« Ihr langes brünettes Haar fiel in die Stirn, sie wischte es beiseite. »Nein, so war es nicht. Er hatte sich in eine andere verliebt.«

»Er hat dir den Laufpass gegeben?« Karl spürte, wie der Husten tief unten sein Haupt erhob.

»Auf die reizendste Weise, die man sich vorstellen kann«, antwortete sie. »Ich habe es eingesehen und bin bald darauf abgereist.«

»Hast du ihn dafür nicht gehasst?«, fragte Karl ungläubig.

»Anfangs vielleicht. Aber man kann Dumarchellier nicht

hassen. Ich kann es nicht.« Sie lächelte. »Verstehst du jetzt, warum ich damals seine Einladung an uns beide um keinen Preis annehmen wollte?«

»Unsere Reise nach Antibes …«

»Du hast mich gezwungen, die Einladung schließlich doch anzunehmen. Wir beide kannten uns zu der Zeit noch nicht lange. Ich liebte dich. Ich hoffte, dass ich mit dir glücklich werden würde. Deshalb wollte ich auf keinen Fall noch einmal zu Dumarchellier.«

Karls Hand glitt zum Nachttisch. »Was ist dort während unseres Aufenthalts passiert?«

Sie schüttelte den Kopf. »Ich möchte nicht …«

»Erzähl es mir.«

»Warum willst du das wissen?«

»Ich weiß es längst. Er hat dich erneut um den Finger gewickelt. Du hast mich betrogen. Du hast mit ihm geschlafen.« Nina schwieg. »Ich wusste es die ganze Zeit.«

»Wieso hast du nie etwas gesagt?«

»Fast hätte ich es getan.« Er griff nach der Pastillenschachtel. »Weißt du noch, nach unserer Rückkehr warst du verschlossen und mir sehr fern.«

»Ich war unglücklich.«

»Du hast ihn vermisst?«

Ein helles Klappern, der Essenswagen wurde durch den Saal geschoben. Karl nahm eine Pastille aus der Schachtel. »Du wolltest mich verlassen.«

»Ja.« Sie nickte ausdruckslos. »Wahrscheinlich wollte ich das.«

»Doch dann kam Moritz.«

»Ja, Moritz«, antwortete sie bleich.

»Du warst mit unserem Jungen schwanger. Dadurch hat sich alles verändert.«

Sie schwieg mehrere Sekunden. »Nicht alles.«

»Was heißt das?«

»Ich wollte dieses Kind, ich habe mich unendlich darauf gefreut. Aber ich wusste nicht, ob sich sein Vater genauso freuen würde.«

»Wie kommst du auf diese Idee? Moritz ist mein Alles. Unsere Liebe ist danach von neuem erblüht, unsere Liebe, Nina. Er ist vom ersten Tag an mein ganzes Glück gewesen.«

»Und ich wollte dir dein Glück nicht nehmen.«

»Mir nehmen? Wieso?«

»Ich sagte, ich wüsste nicht, ob Moritz' Vater genauso glücklich reagieren würde wie du.«

»Wie ich … Wie ich?« Er verstand es, doch er begriff es noch nicht. Die Wahrheit durchpulste ihn wie ein schweres Gift, aber Karl tat, als fühlte er es nicht.

Nina straffte den Oberkörper. Ihr Gesicht war weiß. »Es tut mir leid, Karl. Moritz ist nicht dein Sohn.«

Karl führte die Kapsel zum Mund. »Doch.« Nur das eine leise Wort. Er zerbiss die Kapsel. »Moritz ist mein Sohn.«

»Natürlich ist er das«, fuhr Nina sanfter fort. »Du und er, das ist die reine Harmonie. Von Anfang an war es so. Wenn ich euch zusammen sah, war ich glücklich mit dir. Aber jetzt musst du es wissen, Karl. Du musst es endlich erfahren.« Rührung ergriff sie, Ninas Lippen zitterten.

»Weiß Dumarchellier es?« Karls Kiefer mahlten hin und her.

»Ich habe es ihm lange verheimlicht. Erst als ich in Marseille im Hospital lag, habe ich es ihm anvertraut.«

»Wie hat er reagiert?«

»Was meinst du damit?«

»Wird er versuchen, seine Rechte geltend zu machen?«

»Dumarchellier ist kein Vater, nicht so wie du.«

»Er ist ein eitler Pfau, der sich in anderen Menschen selbst bespiegelt.« Karl atmete heftig.

»Lass uns nicht über ihn sprechen.« Nina drehte ihren Ehering am Finger. »Als ich krank wurde und begriffen habe, dass es eine tödliche Krankheit ist, als ich glaubte, bald sterben zu müssen, beschloss ich, alles so zu lassen, wie es war. Du solltest nie erfahren, dass dein geliebter Junge nicht von dir stammt. Ihr beide solltet mich in guter Erinnerung behalten. Aber jetzt ist alles anders. Ich bin … Ich fühle mich gesund. Man kann meine Krankheit in Schach halten.«

»Und jetzt willst du zu deinem Geliebten zurück. Hast du keine Angst, er könnte dich ein zweites Mal abservieren?«

»Dumarchellier liebt mich. Das weiß ich jetzt.«

»Und wenn eines Tages wieder eine Jüngere in sein Haus schneit?«

»Er liebt mich.«

»Er wird alt, das ist alles«, entgegnete Karl heftiger. »Er spürt, dass es mit den Abenteuern eines Fauns bald vorbei sein wird. Deshalb sucht er Sicherheit und Geborgenheit bei einer jungen Frau. Ist das Liebe?«

»Was soll ich dagegen machen?«, fragte sie mit einem Mal ganz hilflos. »Ohne ihn kann ich nicht sein. Ich kann nicht. Ich habe es versucht.«

»Und Moritz?«

Unfähig, zu sprechen, schüttelte Nina den Kopf.

»Moritz macht die Sache schwierig für dich, nicht wahr?«, setzte Karl nach. »Mit mir Schluss zu machen, fällt dir leicht, aber dein Kind willst du nicht im Stich lassen.«

»Sprich bitte nicht so. Du tust mir weh. Was kann der Mensch denn für seine Gefühle?« Sie sah ihn bittend an. »Vielleicht könnte Moritz eine Zeit des Jahres bei dir sein und die andere Zeit …«

»Nein.« Er richtete sich auf. »Ich werde nicht um Moritz feilschen. Er ist mein Sohn.«

»Was verlangst du von mir?« Nina kämpfte mit den Tränen.

Aus zusammengekniffenen Augen sah er sie an. »Was bist du nur für ein Mensch? Du kommst an mein Bett und eröffnest mir, dass Moritz nicht mein Kind ist, und ich soll in alles einwilligen, was du verlangst?«

Was für ein Mensch bin ich selbst, dachte Karl. Weshalb ereifere ich mich gegen Nina, statt ihr zu sagen, dass ihre Schuld nicht größer ist als meine? Wäre das Leben nicht wunderbar einfach für uns beide, wenn wir alles so ließen, wie es gerade ist? Ich überlasse Nina ihrem Maler, kehre zu Julie zurück und kümmere mich um Moritz. Wieso freut mich diese Vorstellung nicht, weshalb ist sie so bitter?

»Sag mir, was ich tun soll, Karl. Ich werde es tun.« Ninas Finger verkrallten sich ineinander, die Handschuhe aus Kautschuk machten ein schabendes Geräusch.

Moritz ist nicht mein Sohn. Nicht mein Sohn. Meine Ehe ist ein Betrug, alles, alles ist auf Betrug aufgebaut. Karl wollte die Hände vors Gesicht schlagen, aber seine Hände waren mit einem Mal unendlich weit entfernt. Alles entfernte sich von ihm, alles wurde weiter, der getünchte Raum zog sich zurück. Moritz ist mit mir verwachsen, in mein Leben hineingewachsen, ich kenne jeden Zoll seines Körpers, kenne die Blüten seiner Fantasie – er ist nicht mein Sohn! Karls Kopf fiel nach hinten. Er wünschte, dass es dunkel um ihn würde, dass ihn eine Ohnmacht erlösen möge, doch unverrückbar saßen die Tonziegel dort oben zwischen den Metallträgern, unverrückbar stand Ninas Gesicht mit dem Mundschutz über ihm. Karl rang nach Atem. Der Husten witterte seine Chance und kletterte aus der Tiefe empor.

»Karl?«, hörte er Nina sagen. Sie sprang auf. »Ist kein Arzt hier? Doktor!«

Ein weißer Mantel erschien, jemand sprach Französisch. Der weiße Mantel veränderte Karls Zustand, dieser Mantel wehte durch sein Leben wie ein fröhlicher Liebesbote. Julie trug diesen Mantel. »Was hat dich so lange aufgehalten?«, fragte Karl. Sie beugte sich über sein Bett und sagte etwas. »Ich liebe dich«, antwortete er. Julie rief etwas in den Saal hinein, er verstand sie nicht, ließ seinen Atem ausströmen, er sagte nichts mehr. Worte waren nicht imstande, irgendetwas festzuhalten, die Zeit nicht und die Liebe nicht. Es bedurfte keiner Worte mehr. Alles hatte sich erfüllt. Wahrhaftig war die Liebe, Julie wusste das, Moritz fühlte das. Im Geist umarmte er beide.

36

»Ich kann jetzt nicht«, antwortete Julie, über die Patientin gebeugt. Sie hatte bei der Frau Gallensteine vermutet, nach dem Öffnen der Bauchdecke jedoch einen Pankreastumor festgestellt.

»Der Mann am Telefon spricht Französisch.« Professor Kilian hatte den Operationskittel nur provisorisch übergeworfen. Er hielt den Mundschutz mit der Hand fest und warf einen Blick in die offene Bauchhöhle.

»Von wo kommt der Anruf?« Julie hob kurz den Blick.

»Aus Antibes.«

Während sie den Gewebeschnitt führte, versuchte sie, sich die Landkarte vorzustellen. Doktor Lemieuvre hatte Nina in Marseille behandelt, Marseille lag im Westen. Das Haus dieses Malers, wie hieß er noch, lag weiter östlich. Wer sollte Julie aus Antibes anrufen? Seit der Trennung von Karl hatte sie kein Wort mehr von ihm gehört, keine Zeile gelesen. Wieso sollte er am Telefon Französisch sprechen? Es kann nicht Karl sein, dachte sie, trotzdem war Julie plötzlich sehr aufgeregt. Während einer Operation konnte sie keine Aufregung gebrauchen.

»Der Mann soll Ihnen seine Nummer geben«, antwortete sie dem Professor.

»Ich hätte Sie nicht gestört, Kollegin«, erwiderte Kilian, »doch der Anrufer sagte einen merkwürdigen Satz: *Il meurt.* Mein Französisch ist nicht besonders, doch es war keinesfalls falsch zu verstehen.« Kilian schaute in Julies erschrockene Augen.

»*Il meurt* – er stirbt?«

Der Professor nahm ihr das Skalpell aus der Hand und ließ es in den Abwurfbehälter fallen. »Erlauben Sie, dass ich übernehme? Ich weiß nicht, was dieser Anruf bedeutet, aber ich weiß, wenn es um Leben und Tod geht, Julie.«

Unter dem Mundschutz presste sie die Lippen zusammen. »Der Verschluss des Ductus choledochus wurde nicht durch einen Stein verursacht, sondern …«

»Ja, ich sehe schon«, unterbrach Kilian sie freundlich. »Gehen Sie nur, ich mache weiter.«

Julie trat vom Operationstisch zurück. »Danke.«

Der Professor wandte sich an die Schwestern. »Meine Damen, ich habe so etwas schon länger nicht gemacht. Ich verlasse mich auf Ihre Führung.«

Eine von ihnen kicherte. Kilian ließ sich das Skalpell reichen.

Das Büro des Chefs lag am Ende des Traktes. Julie zog im Laufen den Kittel, die Haube und die Handschuhe aus. Die Sekretärin bedeutete ihr, gleich weiterzugehen. Julie lief über die Schwelle in Kilians Zimmer und griff nach dem Hörer. Ein Ächzen ließ sie zusammenfahren. In ihrem Bastkorb lag Kilians Boxerhündin, sie schlief und träumte geräuschvoll.

»Hallo? Hier spricht Julie Landauer.«

»Mademoiselle Landauer?«

»Ja?«

»Ich bin Jean Marc Garbay«, antwortete jemand auf Französisch.

»Garbay … Ich weiß im Augenblick nicht …«

»Ich bin der Flieger.«

»Der französische Pilot?«

»Ich habe Monsieur Kupfer und seine Frau in München abgeholt.«

»Ich erinnere mich. Weshalb rufen Sie an?« Mit beiden Händen umklammerte Julie den Hörer.

»Es geht um Karl.«

»Wo ist er?«

»In Antibes.«

»Ich dachte, er wohnt in Marseille.«

»Bis vor kurzem. Karl ist … Er ist krank.«

»Was meinen Sie damit?«

»Es ist die grippe espagnole. Er hat sich infiziert. Er liegt auf der Quarantänestation.«

»Wie schlimm ist es?«, fragte Julie nach einem Augenblick, in dem ein dunkler Tropfen in ihr Herz fiel.

»Er liegt im Sterben.«

»Nein«, antwortete sie klar und deutlich.

»Pardon?«

Sie presste die Faust auf die Tischplatte. »Karl wird nicht sterben.«

»Der Arzt hat mir gesagt …«

»Vergessen Sie den Arzt.« Julie holte tief Luft. »Er stirbt nicht. Nicht so schnell. Ich komme zu ihm.«

Ein ungläubiges Lachen. »Sie wollen nach Frankreich reisen?«

Ein kurzes Bedenken Julies. »Woher wissen Sie überhaupt von mir? Hat Karl Ihnen gesagt, dass Sie mich anrufen sollen?«

»Dazu kam er nicht mehr. Aber er hat mir von Ihnen erzählt. Von Ihnen beiden.«

Julie richtete sich auf. »Ich nehme den nächsten Zug.«

»Das ist zu spät, Mademoiselle. Man hat mir gesagt, Karl würde diese Nacht nicht überleben.«

»Ich komme, so schnell ich kann«, entgegnete sie nüchtern.

»Dann werde ich Sie vom Bahnhof abholen.«

»Danke. Ich danke Ihnen, Monsieur …«

»Nennen Sie mich Jean Marc.«

»Danke, Jean Marc.« Julie wusste nicht recht, was sie zum Abschied sagen sollte. »Wieso tun Sie das für Karl?«, fragte sie schließlich.

»Er ist mein Freund«, lautete die schlichte Antwort. »Au revoir, Mademoiselle.«

Obwohl Julie das Klicken hörte, behielt sie den Hörer noch in der Hand. In diesem Moment, während sie auf die Wand hinter Kilians Schreibtisch starrte, war sie glücklich. Glücklich, weil sie wusste, was sie wollte, was sie zu tun hatte. Sie wusste, was ihre Aufgabe war. Es stand so glasklar vor ihrem Bewusstsein wie selten etwas in ihrem Leben. Julie war glücklich, weil sie erkannte, für wen sie alles tun musste, alles, alles für ihn. Diesen Menschen würde sie retten, ihn musste sie gesund machen, ihm würde sie ihre Liebe schenken, ihre allumfassende Liebe. Sonst wusste Julie nichts, und diese Sicherheit, diese Klarheit, von der sie ganz erfüllt war, machte sie froh.

Kilians Doktordiplom hing in einem silbernen Rahmen an der Wand, daneben seine Ernennung zum Professor. Den meisten Platz nahm jedoch die Fotografie eines Boxerhundes ein. Kilian hatte eine Schwäche für diese Rasse. Der Hund auf dem Bild war seit langem tot, die Hündin im Körbchen mochte seine Enkelin sein. Sie schnüffelte und räkelte sich, während Julie den Hörer sinken ließ und eine Nummer wählte.

Ängstlich hielt sie ihre Tasche umklammert. Darin war ihr größter Schatz, die Medikamente, die sie über die Alpen bringen musste, in den Süden, ans Meer. Es war noch nicht lange her, dass Julie zuletzt vor diesem Bahnhof gestanden hatte, damals war sie zu spät gekommen. Heute würde sie rechtzeitig sein, heute würde der Zug nicht ohne sie abfahren. Er würde sie zu Karl bringen, daran hatte sie nicht den geringsten Zweifel.

Vom Stadtzentrum näherte sich ein schwerer Wagen. Julie wurde warm ums Herz. Wenn es Oskar nicht gäbe, den selbstlosen, liebevollen Freund, könnte sie ihre Reise nicht antreten. Unter keinen Umständen wären die Formalitäten in so kurzer Zeit zu erledigen gewesen. Der Wagen hielt, die Tür ging auf. Das Erste, was Julie bemerkte, war ein Stempelkissen.

»Was hast du vor?«

»Da du nicht auf die Amtsstube kommst, kommt die Amtsstube eben zu dir.« Oskar hatte das Fach an der Rückseite des Vordersitzes aufgeklappt. »Ich kenne mich mit all diesen Stempeln nicht aus.« Seine linke Hand glättete ein druckfrisches Formular, die rechte hob den Amtsstempel. »Am besten, ich verwende sie alle. Das dürfte die Franzosen beeindrucken.« Beherzt drückte Oskar den Gummi auf das Kissen und setzte die Gravur hart auf das Papier. Das bayerische Wappen erschien.

»Jetzt noch den. Und den auch noch.« Seine Hand presste Druckerschwärze auf das Dokument. Schließlich öffnete Oskar die Feder und unterschrieb am unteren Rand.

»Bitte sehr, Fräulein Landauer, Ihr Pass.«

»Ich liebe dich, Oskar.«

»Und ich dich, meine Kleine.« Er überreichte ihr das Papier. »Pass auf dich auf. Bist du nicht etwas zu warm angezogen für die Côte d'Azur?«

Statt einer Antwort fiel Julie ihm um den Hals. Sie hielt ihn so fest, wie sie nur konnte.

Er streichelte ihren Rücken. »Es wird schon gut gehen.«

Sie richtete sich auf. »Und wenn er stirbt?«

Oskar sah sie aus diesen müden, liebevollen Augen an. »Wir sind alle in Gottes Hand.«

»Das sagst du, ein eingeschworener Sozialist?«

Sein Blick wurde ernst. »Die Grippe ist tödlich. Steck dich nicht an, Julie. Das ist alles, worum ich dich bitte.«

Sie faltete und verstaute das Dokument in ihrem Mantel.

»Fahr zu deiner Liebe«, sagte Oskar. Nichts Trauriges lag in seinen Worten. »Werde glücklich mit ihm.«

Julie hob den Kopf und wischte die Tränen ab. Der Himmel über ihr war geschlossen. Wo ich hinfahre, scheint die Sonne. Die Sonne hat die Kraft zu heilen. Julie wandte sich ab und lief auf den Eingang des Bahnhofs zu.

37

Karl war nackt, hell und schlank lag er da. Langsam erlosch die Station, Stille schlich sich in die Säle ein, Stille über den Betten. Ein schwarzes Kruzifix hing an der getünchten Wand. Der Schüttelfrost kam in Schüben, das Fieber war unvermindert hoch. Julie hatte kalte und heiße Kompressen angewandt. Karls Herz war stark genug, das zu verkraften, es waren seine Nerven, die ihr Sorge machten. Das Zittern und die erbärmlichen Krämpfe warfen seinen Körper hin und her. Dann erstarrte er wieder und fiel wie gelähmt auf das Lager zurück. Julie hatte ein Stück Holz zwischen seine Zähne geschoben, er hätte sich sonst längst die Zunge abgebissen. Das Knirschen seiner Kiefer, das rhythmische Schlagen seiner Füße gegen den Bettrahmen – vor einer Stunde war Nasenbluten dazugekommen. Julie nahm Zellstoff und wischte das Blut ab. Mit einem feuchten Lappen säuberte sie Brust und Schultern, das bleiche Gesicht. Die Injektionsspritze lag bereit. Wenn sonst nichts mehr half, wenn die Anstrengung für den Körper zu groß werden würde, musste sie Epinephrin verabreichen.

Der Stationsarzt hatte vorausgesagt, dass der Kreislauf eine solche Behandlung nicht überstehen würde, und jede weitere Verantwortung abgelehnt. Warum Julie wegen eines Sterbenden den weiten Weg gemacht hätte, hatte er wissen wollen. Ihr Französisch war nicht gut genug, um ihm die wirklichen Zusammenhänge zu erklären. »Ich bin seine

Braut«, hatte sie gelogen und ihre Worte im selben Moment geglaubt. »Bitte, erlauben Sie mir, ihn zu pflegen.«

Südfrankreich ächzte unter der Epidemie, es gab viel zu wenige Ärzte. Wenn die Braut eines Sterbenden über die Alpen kam, um einen, den man schon aufgegeben hat, zu pflegen, warum sollte man ihr die Erlaubnis verweigern?

Ein kehliger Schrei, Karls Hals und Schultern wurden emporgeworfen, seine Hände umkrampften das Laken. Seine Brust glänzte von Schweiß, die Rippen zeichneten sich ab. Mit ihrem Oberkörper warf Julie sich über den Geliebten und hielt ihn nieder, hielt ihn fest. Er siedete vor Fieber, dabei waren seine Hände und das Gesicht eiskalt.

»Mein Liebster, sei nur ruhig, Karl, mein lieber Karl …«

Sie fühlte das Schütteln und das Jagen, alles in ihm war in Aufruhr, so laut und verzweifelt, als ob es nie mehr aufhören würde. Julie musste ihre ganze bisherige ärztliche Erfahrung verleugnen: Sie kannte den Krankheitsverlauf von Tuberkulose, die der Spanischen Grippe ähnelte; meist trat der Tod durch akute Lungenentzündung ein. Bei jedem anderen als Karl hätte sie den Tod innerhalb der nächsten zwölf Stunden diagnostiziert. Dabei lebte er schon länger als vorausgesagt. Eine ganze Nacht, eine schreckliche Nacht hatten sie zusammen überstanden. Julie war bei ihm gesessen, manchmal im Hinüberdämmern halb vom Stuhl gesunken, aber im selben Augenblick erwacht, wenn Karl sich auch nur rührte. Sie hatte mit ihm geredet, ohne zu wissen, ob er sie hörte.

Er kam wieder zur Ruhe, eine von vielen Attacken verebbte. Julie bettete ihn auf die Seite und setzte sich daneben. Durch ihren fliegenden Atem war der Mundschutz feucht geworden, Schweiß ließ ihr Haar strähnig in die Stirn hängen, sie schob es unter die Haube. Sie löste das Band vom Mundschutz und nahm ihn ab. Zärtlich, verzweifelt und voll

Liebe betrachtete sie den Mann, der ihr Leben verändert hatte. Bei ihm zu sein, mit ihm zu sein, fühlte sich einfach an, es fühlte sich selbstverständlich an.

»Als ich herkam, wurde unser Zug beschossen«, sagte sie, »habe ich das schon erzählt? Hinter der französischen Grenze fuhren wir eine Steigung hoch. Plötzlich schlugen Kugeln in den Waggon ein. Das war aber keine Artillerie, es waren Bauern, die mit ihren Schrotflinten ein Wettschießen veranstalteten.« Julie zog Karls Körper an sich. Sein Herz schlug ruhiger, der Atem ging gleichmäßiger. Es kam ihr tatsächlich vor, als ob er lauschen würde. Wenn er diese Nacht, wenn er die Morgendämmerung überstand, könnten sie einen weiteren Tag gewinnen. Die meisten starben im Morgengrauen. In der Unentschiedenheit zwischen Gestern und Heute verlöschten die Lichter am häufigsten. Gott, lass uns noch eine Dämmerung sehen, betete Julie.

»Ich erzähle dir noch ein bisschen von München«, fuhr sie fort. Karls Lippen waren bleich und trocken, sie blieben unbewegt. »Die Entente hat die Friedensbedingungen überreicht. Sie sind noch viel katastrophaler ausgefallen als erwartet. Zwanzig Prozent des Reiches sollen an die Siegermächte abgetreten werden.« Julie schob ihren Arm unter Karls Schulter und hob ihn zu sich hoch. Obwohl sie die Ansteckungsgefahr kannte, war sie sicher, ihr würde nichts geschehen. »Die Zeitung schreibt, dass solche Konditionen keinen Frieden bringen können, sondern bestenfalls einen jahrzehntelangen Waffenstillstand.«

Sie ließ seinen Kopf ein wenig sinken und erschrak, als seine Augen geöffnet und zur Decke gerichtet waren. Hatte er sich heimlich davongemacht? Hastig legte sie ihn aufs Bett, presste die Finger gegen seine Halsschlagader und horchte an seiner Brust. Das Herz schlug, Herr im Himmel, es schlug noch, langsam und ganz leise. Sein Herz, sein Leben, er atmete.

»Mein Geliebter, liebster Karl, geh noch nicht. Schau doch, bald wird es hell, dann wollen wir zusammen aufs Meer hinaussehen. Wir betrachten den Himmel, warte noch, ich flehe dich an, Liebster, bis die Sonne aufgeht.« Julie lachte, weil sein Herz noch schlug, sie weinte aus Verzweiflung, weil sie als Ärztin das letzte Aufbäumen und die plötzliche Beruhigung von Menschen kannte, bevor sie den Schritt nach drüben taten. Julie streichelte seine Wange, das Haar, berührte das Grübchen an seinem Kinn. »Lebe noch, Karl«, flüsterte sie. »Lebe mit mir. Ich gehe nie wieder fort von dir, das verspreche ich. Ich bleibe, wir bleiben zusammen. Du hast es gewusst, nicht wahr, dass wir zusammengehören? Du wusstest es noch vor mir. Wir haben uns dagegen gewehrt, aber wenn du weiterlebst, Geliebter, dann wird es Wirklichkeit. Ich bitte dich, lebe.« Sie weinte und vergrub ihr Gesicht an seinem. Sie küsste ihn, so innig und glücklich und verzweifelt, sie schüttelte und streichelte ihn.

Da kam es Julie plötzlich vor, als ob seine Hand ihren Rücken berührte. Sie wollte hochzucken, ihn ansehen, aber als ob sie einen Schmetterling nicht verscheuchen wollte, blieb sie regungslos sitzen. Da war es wieder, sie fühlte deutlich, wie er sie streichelte. Seine Hand glitt über den glatten Stoff des Kittels, einmal, zweimal. Vorsichtig richtete Julie sich auf und sah ihn an. Keine Furcht war in seinen Augen, auch kein Schmerz, kein Gestern zeichnete sein Gesicht, selbst die Krankheit nicht. Er lag da und atmete, seine Lippen hatten Mühe, zueinander zu finden.

»Julie –«, hörte sie.

»Ja, Karl –«

Er legte den Kopf zur Seite, als wollte er sie in besserem Licht betrachten. »Ich möchte fortgehen.«

Nein, nein, wollte sie schreien, blieb aber still. »Das darfst du nicht«, sagte sie. »Bleibe hier, bleib bei mir.«

Mit einer kleinen Bewegung bedeutete er, dass sie ihm zuhören sollte. »Ich möchte …« War das ein Lächeln in seinem Gesicht, ein kleines verschlafenes Lächeln? »Ich will nach München zurück. Mir gefällt es hier nicht.«

»Nach München? Dorthin will ich ja auch.« Julie weinte. »Ja, lass uns nach Hause fahren, Liebster, gleich, wenn es dir wieder besser geht, wenn du gesund bist.«

Er dachte nach und nickte ernsthaft. »München. Ja.«

»Es ist jetzt so schön dort. Der Frühling in den Parks, auf den Balkonen, in den Alleen. Der Frühling, Karl. Es wäre eine Schande, wenn du den Frühling in München verpassen würdest.«

Er atmete hastiger, sprechen konnte er nicht. Weinend nahm sie ihn in die Arme und fühlte das bisschen Leben, das schwache Leben, das noch in ihm war.

Er flüsterte. »Ich möchte … zu meinem Sohn.«

»Ja, natürlich, du sollst ihn wiedersehen.«

»Mein Sohn. *Mein* Sohn.« Mit einem Mal blickte Karl auf. Er schaute an Julie vorbei. »Wird es schon hell?«

»Was sagst du?«

»Kommt dort der Morgen?«

Sie folgte seinem Blick. Hinter dem schwarzen Fenster war nichts, nur das Notlicht spiegelte sich in der Scheibe.

»Das dauert bestimmt noch Stunden«, antwortete sie.

»Ach nein, nicht mehr so lange.« Erwartungsvoll schaute er an ihr vorbei, als ob sich dort ein Schimmer gezeigt hätte.

»Noch nicht. Noch nicht.« Sie klammerte sich an ihn. »Noch nicht, Karl.«

In ihrem Arm sank er zurück. »Noch nicht.« Er atmete weich und gleichmäßig, atmete die schwere Meeresluft ein, er atmete aus. »Dann habe ich mich wohl … getäuscht.«

Sie betrachtete ihn, die Tränen rannen ihr übers Gesicht. »Ja, Karl, lass uns zusammen warten. Warten wir gemeinsam, bis es hell wird.«

Mit all ihrer Liebe blickte sie ihm ins Gesicht und dachte an die Wochen, die Stunden, die ihnen geschenkt worden waren, in denen das Leben sich neu angefühlt hatte, sie dachte, wie sie das Leben durch ihn erkannt und es lieben gelernt hatte. Die Wochen, die Stunden. Langsam hob Julie seine weiße, durchsichtige Hand und küsste sie. »Wie sehr ich dich liebe. Wie sehr.«

Und so blieben sie zusammen, die Nacht über, die Stunden, so lange, bis der erste zögernde Schein das Zimmer zärtlich betrat.